U1014321

人生即燃烧

王蒙——著

江苏凤凰文艺出版社
JIANGSU PHOENIX LITERATURE AND ART PUBLISHING, LTD

要尽力，然后享受生活的一切可能。

目录

辑壹

文学在场

人生再艰难，文学依然在场。

辑

贰

行板如歌

作家不是世界的审判官，而是世界的情人。

辑

叁

我向往的安详

人们要面对的文本太复杂了，比如一个词语，比如一个宇宙。

辑

肆

读书六议

我主张读一些费劲的书，读一些你还有点不太习惯的书。

辑

伍

人生实苦，然而有美

用一种审美态度观照自
我,就有了人生的滋味。

辑
陆

经典的尺度

很多时候，经典的价值在于它创造了一个世界而不在于去解释这个世界。

谁能保证自己的生活里永远是胜利成功？永远是鲜花掌声？不可能的。当你碰到挫折、委屈的时候，受到冤枉、打击的时候，这时你能不能拉开一下距离，用审美的态度观照一下自己呢？却原来我是面对这样的困难，好比泰山压顶。你想象一下，一个健康的人，一个有道德、有良心的人，但是他面临了泰山压顶的压力，他应该有一个什么样的精神世界？这种自我观照会不会使自己更聪明、更智慧、更坚强？在人生之中，如果有这种审美的态度，就有了人生的滋味。

——王蒙

辑壹

文学在场

人生再艰难，文学依然在场。

谈学问之累

“知识愈多愈反动”的说法自然不对。“书读得愈多愈蠢”云云，在特定的条件下，还是有几分道理的。我国戏曲舞台上，话本小说里，口头传说中，书呆子的形象为人们所熟知所嘲笑，当然不是没有来由的。总括起来这些受书害的人们的特点是，瘦弱，不能吃苦，不能稼穑，胆小，见到美女神魂颠倒却又不敢追求，常需要小丫鬟的提挈栽培，遇事没有主意，遇到恶人就吓破了胆，酸文假醋，该断不断；另一方面却又优越得不行，一朝得中状元，翻脸不认糟糠之妻与贫贱朋友。他们的形象真叫够可以的。

书是教人学问、教人聪明、教人高尚的，为什么书会使某些人蠢起来呢？因为书与实践、与现实、与生活之间并非没有距离。人一辈子许多知识是从书本上学的，还有许多知识和本领是无法或基本无法从书本上学到手的。例如：游泳，打球，太极拳，诊病把脉，开刀动手术，锄地，割麦，唱歌，跳舞，拉提琴，恋爱，靠拢领导，团结群众，与对立面斗心眼儿，申请调动，申请住房，增加收入……直到写小说。书是非常重要非常重要的，但书未必都很实在。书要比口头语言的传播精密得多、负责得多，但也常常经过太多的过滤和修饰。还有许多题目题材尚未形成可以成书的原料与动机，有些事理太鄙俗、太丑恶，书本上不肯写。例如没有一本书教人们如何“走后门”，但事实上“走后门”的愈来愈多。换一个角度想，即使为了加强廉政建设，也需要更好地研究开后门与走后门的林林总总，但如果当真撰写出版一本“后门大全”，则很可能起到消极的教唆的作用。这也叫两难。有些事理太高妙、太精微，许多艺术上的感觉、激情直到技巧只可意会，不可言传，不可通过书本来传授——即使是烧一碟好菜，也不是光靠读菜谱能做得到的。还有些事理太重大、太根本，与之相比，书本的分量反而轻了。比如一种人生观，一种主义一种信仰，往往是一个人的全部经验的总结，全部人格的升华，全部知识的融会，它来自生活这部大书的因素超过了某几本具体的书。如果某几本具体的书起了关键作用，也是因为符合了该读者的生活经验与生活需求。例如读了《钢铁是怎样炼成的》便去参加革命，首先是因为生活中的革命要求已经成熟，而这种革命要求已经酝酿在、躁动在这位读者的心里、梦里、血管里、神经里。再比如说道德，至少在我们这里绝无仅有哪一本书告诉人们可以不道德与教导人们如何不道德，亿亿万万的书教导人们要道德、要道德、要道德，但不道德的人和事仍然是层出不穷。从这里也可以看出书的局限性、书的作用的局限性这一面。

有许多许多的好书我们还没有读或我们还不知道它的存在。与此同时还有许多伪书、谬书、坏书。特别是有许多陈陈相因的书。创造性的书难找，照抄或变相照抄的书易求。读书、抄书、注书，遂也写出了书再供别人去抄去注，去改头换面，在书的圈子里循环，在书的圈子里自足自傲，被书封闭在一个缺少现实感也缺少生活气息的狭小天地里，最后连说话也都是书上的话、现成的话、见 × 书第 ×× 页的话，这很可爱、很高尚，也很误事、很可怜，办大事时候就更麻烦。所以毛泽东主席当年大声疾呼地反对“本本主义”，还说过教条主义不如狗屎，说过读书比宰猪容易得多的一类话。年轻时我曾拜访求教过一些前辈学者，获益良多。但确实也碰到过这样的人，除了背书、引书、查书、解书以外，他回答不了你自己琢磨提出的任何疑问，他从不把书本知识与生活现实做任何的比较联系，他从来不发表任何原生的（即出自他自己的头脑与经验的）活泼新鲜独到的见解。

泛论暂且按下，这里只抽出一个问题探讨一下：学问与文艺的关系到底如何？七八年前我在《读书》上发表过一篇文章：《一个值得探讨的问题——谈我国作家的非学者化》，此文的主旨是针对“我们的作家队伍的平均文化水平有降低的趋势”的，我提出：“我们既提倡作家不应与学者离得那么远，作家也应严肃治学，又不能要求作家普遍成为一般意义上的学者。也许从反面更容易把话说清：即作家绝不应该满足于自己的知识不多的状况，作家不应该不学无术。”

很可惜，大概一些朋友并没有读我的这篇文章更没有弄清我的这一段概括题意的话就认定并传开：某某写文章了，某某提倡作家要“学者化”了。认为谈得好者、响应者有之，认为是制造新的时髦浮夸，乃至认为此后创作中出现大量名词术语洋文假洋文旁征博引的始作俑者就是提倡作家“学者化”的某某人者亦有之。既然谈了“非学者化”并有所忧虑，那当然是叫俺们“学者化”了，这种非此即彼的想当然倒确实说明了一点粗疏简单。

反求诸已，那一篇文章中我强调了作家努力地严肃地治学求学乃至“争取做一个学者”（是争取，还没到化的程度）的必要性，却没有谈够另一面的道理，即学问和文艺，特别是和文艺创作与鉴赏，有相通、相得益彰的一面，也有相隔乃至隔行如隔山的一面的道理。这样，一面说“争取做一个学者”，又说“不能要求作家普遍成为一般意义上的学者”，就没把道理讲明讲透讲痛快。这样，引起某种片面简单化的理解，责任就不能全推出去。

学问与文艺有相通的一面，所以在那篇文章里我强调了作家要加强学习特别是文化知识的学习。但学问与文艺，毕竟也有不同的一面：前者相对地重理智、重思维、重积累、重循序渐进、重以公认的标准与手段加以检验而能颠扑不破的可验证性；后者则常常更多地（也不是绝对地）重感情、重直觉、重灵感、重突破超越横空出世、重个人风格的独特的不可重复性无定法性。

例如，甲先生是那样的懂文学、懂文论与文学史，读过那么多文学读物，谈起文学来是那样如数家珍，为什么他硬是搞不成创作呢？（毛主席就批评过：中文系的毕业生不会写小说……试答如下：只是喜爱文学的人最好去教文学讲文学论文学；而只有既喜欢文学更热爱生活执着生活并能够直接地不借助于现成书本地从生活中获得灵感、启悟、经验与刺激，从生活中汲取智慧、情趣、形象与语言的人才好去创造文学。）生活是文艺的唯一的源泉，文学本身并不能产生文学，只有生活才能产生文学。这些都是我的一贯信念。作家应该善于读书更需要善于读生活实践的大书、社会的大书。学者当然善于读书，如能通一点大书（不一定同时是实行家）也许更好。换一个说法，作家多少来一点（不是全部绝对）学者化，学者多少来一点生活化，大家都学会倾听生活实践的声音，如何？

或又问，乙先生是那样的学贯中西、文通古今、读书万卷、著作等身，为什么听他谈起某个作家作品却是那样博士卖驴不得要领，或郢书燕说张冠李戴，或刻舟求剑削足适履，使生动活泼奇妙紧张的艺术鉴赏的痛苦与欢欣，淹没在连篇累牍而又过分自信的学问引摘里？

试答：学问也能成为鉴赏与创作的阻隔。已读过的书可能成为未读过的书的阅读领略的阻隔。已经喝过太多的茅台、五粮液，并精通“茅台学”“五粮学”，不但无法再领略“人头马”“香槟”，不但无法再欣然接受“绍兴黄”“状元红”以及“古井”“汾酒”，甚至也不再能领略茅台酒与五粮液。因为对于这些人，新的茅台五粮液引起的不是精密的味觉嗅觉视觉的新鲜快感，而是与过去饮用茅台五粮液的经验的比较，与先入为主的“茅台学”“五粮学”的比较。已有的经验起码干扰了他的不带成见的品尝。所以几乎中外所有的老人都常常认定名牌货一代不如一代，都认定新出厂的茅台掺了水。经验与学问的积累、牵累、累赘，使他们终于丧失了直接去感觉、判断外在的物质世界的能力，甚至丧失了这方面的兴致。当然，这种学问（经验）的干扰不一定都是否定意义上的。如果新的文艺接触恰恰能纳入先前的学问体系之中，如果某个文艺成果恰恰能唤起已有的但已逐渐淡忘模糊的学问经验，它也能激起一种特殊的狂喜，获得一种一般人难以共鸣的“六经注我”的心得体会。这里的主体性是自己已有的包括已忘未忘的学问经验，而不是文学艺术作品本身。最后，不但六经注我，生活也注我，宇宙也注我，“我”只能不断循环往复，而不注我的也就只能置若罔闻了。实实的可叹！

举个例子。偶读上海古籍出版社出的《胡适〈红楼梦〉研究论述全编》第二百八十九页《与高阳书》中，这位大学者是这样说的：“我写了几万字的考证，差不多没说一句赞颂《红楼梦》的话……我只说了一句：‘《红楼梦》只是老老实实地描写这一个坐吃山空、树倒猢狲散的自然趋势，因为如此，《红楼梦》是一部自然主义的杰作。’此外，我没说一句从文学观点赞美《红楼梦》的话。”胡适接着写道：“老实说，我这句话已过分赞美《红楼梦》了。书中主角是赤霞宫神瑛侍者投胎的，是含玉而生的——这样的见解如何能产生一部平淡无奇的自然主义小说！”

（王某忍不住插话：是您给《红楼梦》戴上自然主义的帽子，后来发现它的脑袋号不对，所以“不能赞美”脑袋，却必须坚持帽子的价值的无可讨论与无可更易。削头适帽，确与削足适履异曲同工。）

胡适自我感觉良好地说：“我曾仔细评量……我平心静气的看法是：雪芹是个有天才而没有机会得着修养训练的文人——他的家庭环境、社会环境、往来朋友、中国文学的背景等等都没有能够给他一个可以得着文学的修养训练的机会，更没有能够给他一点思考或发展思想的机会（前函讥评的‘破落户的旧王孙’的诗，正是曹雪芹的社会背景与文学背景）。在那个贫乏的思想背景里，《红楼梦》

的见解也不过如此。”

胡适接着举“女儿是水做的骨肉，男人是泥做的骨肉”，“女儿两个字，极尊贵、极清静的……”为例，指出“作者的最文明见解也不过如此”，更举贾雨村的关于清浊运劫的“罕（悍）然厉色”的长篇高论，指出“作者的思想境界不过如此……”我想，我从未怀疑过胡适是有学问、颇有学问的人，我对他的学问不乏敬意。而且我知道胡适写过具有开创意义的新诗集《尝试集》，虽然其中的诗大抵中学生水准，在当时能带头用白话文写诗，功不可没。但看了他对《红楼梦》的评价，我颇怀疑他是否有最起码的文学细胞和艺术鉴赏细胞。这位大学者读文学作品的时候未免太缺少一种纯朴、敏感的平常心、有情之心了！他老是背着中西的学问大山来看小说了，沉哉重也！什么叫“没有机会得着修养训练”呢？把曹雪芹送到康奈尔大学、哥伦比亚大学或高尔基文学院去留留学如何？什么叫“思考或发展思想的机会”？是指他没有与苏格拉底、柏拉图对过话还是指他没有在导师指导下完成博士论文？什么叫博士，胡当然是知道的，什么叫大作家，知道吗？曹雪芹的价值在《红楼梦》而不在他的学历和论文。更不在他的背景，我们叫作“阶级出身”的。如果曹雪芹的“背景”不是“破落户的旧王孙”，而是洛克菲勒家族或牛津、剑桥的曾获诺贝尔奖奖金的学者之家，他还是曹雪芹吗？他写出的还能是《红楼梦》吗？曹雪芹的见解、思想境界也许不如杜威或者萨特高明，所以他没有贡献出什么什么主义，正如那几位大哲学家没有贡献出《红楼梦》一样。而《红楼梦》的价值，当然不在于表达曹雪芹的“修养训练”“发展思想”“见解高明”（这些都适合于要求博士论文而不宜于要求“亘古绝今第一奇书”——蔡元培语——的《红楼梦》）。《红楼梦》的价值在于它的原生性、独创性、生动性、丰富性、深刻性。人们面对《红楼梦》的时候就像面对宇宙、面对人生、面对我们民族的历史、面对一群活灵活现的活人与他们的遭遇一样，你感到伟大、神秘、叹服和悲哀，你感到可以从中获取不尽的人生体验与社会经验、不尽的感喟、不尽的喜怒哀乐的心灵深处的共振，也可以从中发现、从中探求、从中概括出不尽高明的与不甚高明的见解。《红楼梦》的价值在于它创造了一个世界而不在于去解释这个世界。“天何言哉”？“天”创造了四时万物，对四时万物发表见解则是真正聪明与自作聪明的亚当夏娃的后代们的事。《红楼梦》的价值还在于它的真切与超脱，既使你牵肠挂肚又使你扑朔迷离、怅然若失。只有丧失了起码想象力的博士才会认为有必要指出曹雪芹的缺乏妇产学知识，他竟然认为宝玉是神瑛侍者投胎与衔玉而生！这使我想起我在“五七干校”时学的批判材料，材料说：“明明蔬菜是我们贫下中农种的，作家却说是兔子种的，这不是睁着眼说瞎话吗？”（指那个家喻户晓的“拔萝卜”的故事。）原来教条主义也是不分“左”“右”地亲如同宗的噢！

这不过是一例，学问家以己之长，攻创作家之短，或自以为是创作家之短。而这一例竟然以一般的学问标准——修养训练呀，发展机会呀，背景呀见解呀什么的——去攻创作的奇才、天才、无与伦比的曹雪芹。伟大的作家恰恰在这一点上与一般学问家不同，他不仅是修养训练的产物，更是他的全部天赋，他的全部智慧、心灵、人格、情感、经验……他的每一根神经纤维和全身血液的总体合成。文学系多半培养不出创作家来，医疗系倒“培养”出了许多大作家——鲁迅、郭沫若甚至俄国的契诃夫。诸如此类的事实，不能成为贬低文学科系或反过来贬低作家的理由，也不能成为视医学训练为作家之必需的理由。

反过来说，作家当然也不该忽视自己的修养训练。其实曹雪芹在当时条件下还是受过许多修养训练的，否则他哪儿来的那么多文化知识与生活知识？特别是他的语言积累，难道不是“当然”使博士惭愧？他的“女权主义”思想可能确实“贫乏”，他的知识特别是不见于经传的知识却实在丰富得很。而作家的创造性得之于不见经传的知识、得之于生活这本大书的要比得自康奈尔、哥伦比亚图书馆的更多也更重要。他的这方面的“背景”独特而且源远流长，没有这样的背景而换成博士可能认为绝不贫乏的希腊罗马文艺复兴产业革命的背景，曹雪芹就不是曹雪芹而是曹尔斯特博士、曹尔斯特教授、曹尔斯特院士了。这样的教授院士说不定还有人可以替代，而曹雪芹与《红楼梦》，却是无可替代的唯一。

希望学问多一点灵气。希望创作家多一点学识，却不要因学识而“戕宝钗之仙姿”又“灰黛玉之灵窍”。学问家也不要因灵气而想当然地信口开河，随意指点，甚至一口一个当然，就像王善保家的论搜检方案，一口一个“自然”其实远不自然当然一样。知之为知之不知为不知，是知也。我们的学问，我们的创造力，究竟涵盖了多少对象，又有多少（不应是多少而应是多得多）对象，还处在我们的理性、我们的悟性灵性所远远没有达到的黑洞里啊，谁又可以高高在上地摆出全知全能的架势来呢！

作者附言：给《读书》撰文谈读书的局限性，令人歉然。笔者其实一直是提倡读书、提倡学问、决心拜学者前辈们为师的。但事实确也有另一面的道理。不能轻视也不能迷信学问。天下的事，常常需要讲两句话，“既要……又要……”的句式虽然俗，却是必要的。有什么法子？打油一联曰：既要又要全必要，求知疑知近真知。

名士风流以后

中国传统的儒家的忠君观念，转化为一种有君无我的道德精神、自我牺牲感情，很有几分感人乃至崇高伟大之处。《红楼梦》里的人物贾政，一直是被新派批评贬得一文不值的，但每当我读到元妃省亲，贾政虽是父亲，但以臣子身份向贵妃行礼，并表白了自己对“今上”的忠贞之情的时候，常常为之鼻酸泪下。

近读罗宗强著《玄学与魏晋士人心态》一书，书中引用了《春秋繁露·天地之行》里的话：“为人臣者……朝夕进退，奉职应对，所以事贵也；供设饮食，候视疢疾，所以致养也；委身致命，事无专制，所以为忠也；竭愚写情，不饰其过，所以为信也；伏节死义，难不惜其命，所以救穷也；推进光荣，褒扬其善，所以助明也；受命宣恩，辅成君子，所以助化也；功成事就，归德于上，所以致义也。”读了这一段十分道德化与文学化（感情化、排比化、虚拟化）的文字，不能不赞叹一番，这可真是做到大君无私，毫不利己，肝脑涂地，忠了个一塌糊涂了。

以君为天、以臣为地，中国的政治学还这么“象征主义”地提出与解决问题，从这个“所指”上再去尽做与做尽“能指”的文章。中国自古以来喜欢用文学语言和比喻手段讲政治、讲政策，反过来又喜欢用政治语言政策语言讲文艺，这也绝了。这就加浓了中国政治的感情性、气魄性、道德性与不确定性，同时也加重了中国文艺的政治性政策性尖锐性。这个问题，我打算另文讨论。

根据罗氏的论述，两汉时的文人，虽无循吏的“直接施政”的责任，但在心理上对大一统的政权是亲近的。他们“大体是以文学侍臣的身份出现的”，所谓“倡优畜之，流俗所轻也”。就是说，他们是被“养”起来的一批文人。这也不足为耻为“轻”，既然君像“天”一样的无所不在、无所不覆盖，而且以强调君权君贵为基础建立并治理了发育了这样一个泱泱大国，我们也就无权站着说话不腰疼地要求东方朔、枚皋、司马相如等摆脱君王统治，实现独立人格与自我价值。

罗氏认为，随着政治的问题病入膏肓，“士”与政权走向冲突与疏离。“他们从忠心耿耿维护大一统政权的心态中解脱出来，走向自我”，乃有玄学之产生。这里，把玄学的产生完全归因于士人政治态度、政治心理即士人与政权的关怀的变化，而丝毫未提及文化上的渊源，似令人不太满足。

魏晋士人心态，这是一个很有魅力的话题。六十年代初期陈翔鹤写的小说《广陵散》与《陶渊明写〈挽歌〉》在当时那种沉闷与压抑的空气中，多少通了个气孔，让人从对嵇康与陶潜的回顾中获得某种感情的融通与激荡。当然，小说很快受到严厉的批判，情况变得更糟糕，陈翔鹤也在“文革”中悲剧性地结束了自己的一生。嵇康之祸的余波竟然延续到二十世纪六十年代的社会主义中国，好生令人叹息。

嵇康的故事脍炙人口。尤其是他的受戮前观日影而奏《广陵散》的无与伦比的浪漫主义风格才调真神仙中人也。看来还得感谢司马昭，他虽然杀了嵇康，毕竟还给他留下了表现与完成自己的浪漫主义结束曲的机会。杀人者亦有自己的“宽容”，嵇康不幸之中有大幸焉。

嵇康为什么被杀？罗氏认为是由于“他太认真”，“性烈”，“在思想感情上把自己和世俗对立起来”，罗氏最精彩的论述是：“以自己为高洁是可以的，以世俗为污浊则不可。”以致他认为这是嵇康的“性格弱点”。由于“认真”“性烈”“与世俗对立”，就要掉脑袋，这很可怕也很不好。另一方面，从嵇康本人方面探讨一下经验教训，并非没有话可说。

这一点很重要，不仅仅是为了处世、搞平衡、自全与远祸。许多年以前我就写文章主张“老王卖瓜，自卖自夸”是可以的或可以允许的，而“王麻子剪刀，别无分号”是要不得的。这里的问题在于承认价值标准的多元性与选择取向的相对性。人各有志，人各有境，应该允许百花齐放与多元互补。你选择了“越名教而任自然”，不等于人人或所有的士人都必须以你为样板。如果选择了入世，而且是在入世的努力中为百姓为国家以及从长远利益上说是为朝廷做好事，清正廉明而不是蝇营狗苟，那就没有必要视若雠仇。山涛向朝廷推荐嵇康代己为官，看不出有什么恶劣的用心，辞谢是可以的，写“公开信”与之绝交，就有点不合分寸。说实话，古往今来许多清高伟大寂寞之人，也不是一向寂寞的。阮籍就曾经想着入世，陶渊明也曾经“有过抱负，有过与时冥合的想法，并因此而入仕”。罗氏认为陶有“内心未能免俗的情结”，谁又能免俗呢？孟浩然也有过以诗求仕的记录，他在《临洞庭上张丞相》一诗中便道出了“欲济无舟楫，端居耻圣明”的心曲。只是他不走运，一句“不才明主弃”（其实这句诗也显得酸溜溜的），得罪了皇帝，这才不得不“端居”到底，变得“高山安可仰”起来。时势造英雄，时势也造寂寞得伟大清高的人物。就以今人我们所尊敬的沈从文先生而论，解放初期，他见到解放军纪律严明，新中国气象万千，曾有过积极为新社会而工作也就是入世的想法，后来的“左”的现实，摧毁了他的想法，几乎使之精神崩溃，再后来才不得不孤独寂寞并从而被弟子颂扬得伟大起来。许多的清高带有被迫性。沈从文的可尊敬之处在于寂寞了也就实实在在地寂寞去了，直到“文革”以后，时来运转了，他也仍然是洁身自好，绝无失态之处。这就比一边做着隐士，一边又指手画脚、招摇卖弄、居高临下、出口伤人、与人为恶的自封的祖师爷作风强多了。李国文前不久在《随笔》上写有《隐士难为》一文，读了令人齿冷。

笼统地说，一个比较正派，比较善意（儒家所说的“仁”）的人，入世或者出世，都会正派与善良一些。而一个褊狭峻急或者虚伪刚愎的人，出仕则是酷吏，出世则为伪君子，皆不足为训。当然，一般地说，为官者享尽了当时的荣华富贵，再搞些鼠窃猫儿腻的事情，更易被公众切齿痛恨。而在野名士包括被迫做名士或暂时做名士实为待价而沽的人，在文采风流的同时难免有多多少少的穷愁潦倒之态，因而容易赢得公众的同情。人们更多地去同情弱者和悲剧人物，这也是合理的，可以理解的。

罗氏书中讲的皇甫谧的例子有趣。他“高洁之名甚大，而世俗与当政者亦始终对其倍加崇敬”。他也隐居不仕，但辞官的原因只是自己有病，并不抨击官场或者时政。他后来还上表向皇帝借书，“无损于自己的高洁，又给皇帝增加了礼贤下士的美名”。当今之世如有这等人物，或被讥为八面玲珑处世奇术，但是单单从“术”的观点很难解释清楚皇甫谧的所为。庖丁解牛，已经不是“术”而是“道”了。这个道仍然是“仁”，是最大限度地肯定人生、肯定众人，包括与自己志趣不同的人，乃可以最大限度地调动一切积极因素，减少一切消极因素，乃至化消极因素为积极因素。有道则有量度气度风度。宰相肚子里撑得下船，这当然不是一个技术问题，靠技术是扩展不了胸怀的容积的。容积问题，是一种智慧（能不能看得更透，能不能有自知之明等），是一种修养（所谓读书深处意气平，所谓耳顺与从心所欲，不逾矩），更是一种品格（所谓小溪最喧闹，所谓有容乃大）。

罗书对于另一位名士阮籍的分析也很别致。罗氏认为，阮籍生活上任诞不羁，不拘礼法（这一点与嵇康无异），但政治上十分谨慎小心，即从不议政，他“幻想逍遥游而终于依违避就”，以致晋文王司马昭认为“天下之至慎者惟阮嗣宗”。罗氏认为阮籍是“惧祸”“佯狂”“玩世”，因而断定他十分苦闷。苦闷肯定是苦闷的，名士风流的另一面就是苦闷与空虚。过于强调“惧祸”，就不好回答另一个问题。阮籍并没有一味惧下去而变成一个奴才，他在晋文王面前可以“箕踞啸歌，酣放自若”，又可以公然托醉拒绝了皇帝老子的联姻要求，够胆大包天的了！这里恐怕有两条，一曰偶然性。一个名士被砍了脑壳，另一个名士保下来了，除了必然的道理之外还可能有“赶上点儿了”的因素，世事并非都如博弈，有时也如押宝。二曰志趣性格。你要出世独立，任性自然，不让别人干涉你，也要以放弃干涉例如朝政为代价；否则你要干预生活还要议政议经，却又不许社会政治势力过问你，在中国没有这么多便宜的事。即使在一个言论更加开放的环境中，它也有自己的另外的前提。言论的多元化是与社会分工的明晰，法制的完备，行政指挥的有效性与抗干扰性，公众对待各种言论的司空见惯，见怪不怪，心理承受能力增加等等分不开的。

罗书中讲阮籍的故事最有趣的是何曾弹劾阮籍一事，名教卫士而又穷奢极欲的何曾面质阮籍于帝前，说阮“纵情背礼败俗”，“污染华夏”。污染一词，却原来这般源远流长。而“帝”居然代阮向何求情，说:“此子羸病若此，君不能为吾忍耶？”此话说得如此“鸽派”，但又根本没有否认对阮的“污染华夏”的指责，说明在是非问题上帝支持的仍然是何曾，只是具体处理上放阮籍一马。如吾辈为阮籍，能不吓出心梗乎？

罗书对向秀失图的讲述是放在“政失准的与士无特操”一节里的。罗氏认为杀嵇康后司马昭要引见向秀是为了验证自己的“借一个有甚大名声”的名士的人头使“桀骜的名士们臣服”的政策的成功与否。于是向秀对司马昭不得不采取了合作乃至阿谀的姿态。细细研究起来，对向秀的“改节失图”似乎也没有多少话可说。我从来不认为今人有权要求古人做烈士。是好人就得做烈士，活了就有玷，这种理论是很不近人情的，这与要求所有的寡妇守节从本质上并无二致。这种伦理价值观念的特点就是要人死不要人活。如果所有的好人都做了烈士我堂堂中华就只剩下坏人生息繁衍了。有一些钱秀才式的假洋鬼子也动不动专让国内的人做烈士，而自己隔着大洋吹牛皮，这样做其实是骗子的不道德行为。

但是，整个历史的这种发展还是有悲剧性。先是忠忠忠，愚忠。后是谏谏谏，是从愚忠出发的士人与朝廷的愚冲突。这种自杀式的死谏，往往能树高名、树形象、树道德标杆，却于事无补乃至成事不足，败事有余。贾宝玉在《红楼梦》中猛批“文死谏，武死战”的腐论，良有以也。顺便说一下，贾宝玉的这一段“批判”相当老辣，而且有点“以子之矛，攻子之盾”，就是说他指出“文死谏武死战”并非真忠，这种高论的犀利与深刻超出了以宝玉的年龄、阅历与水准所能有的见识。其实这是曹氏借宝玉之口而发的一段妙论。

再回过来说向秀。罗氏认为从向秀《思旧赋》中的两次提及嵇康被杀事，可以看出向秀的“深沉的悲哀”与“对于死的恐惧”。他因而断定，向秀的改节是被迫的，“无可选择的选择”。

这第一是对的。第二，向秀一面改节乃至说出令朝廷“一座皆悦”的“巢许狷介之士，不足多慕”的违心话，罗氏认为这“好比一个打了败仗的俘虏，在得胜者的洋洋得意的嘲弄中蒙受耻辱”。（其实，一个或几个喝酒、赋诗、弹琴、谈玄的向秀，与垄断了一切军政文经大权的晋王朝，又何曾“打”过“仗”？他们无非是在大的顺民生涯中寻求一点小自由，寻求一点才华与不合时宜、性情与思辨游戏欲的发泄而已。无仗，无胜的丝毫可能，又哪里来的败？）另一方面，他毕竟还可以有创作自由去写《思旧赋》乃至流传至今，这与嵇康受戮前仍然获准奏一曲《广陵散》一样，不也还是有一点“人文精神”，有一点“政策”的吗？

第三，也不必把《思旧赋》看得那么重。如果罗氏之向秀惧祸说能够成立，向秀能不为自己的终于“无咎”而窃喜而庆幸乃至踌躇意满乎？愈是意满，就会愈是感觉到另一方面的失落，乃有思旧之悲。人就是这样顾此失彼、得陇望蜀、自相矛盾的。向秀生是晋王的人，死是晋朝的鬼，不但绝无叛意，连“箕山之志”的狷介也表态放弃乃至批判（这种批判中的潜台词就是“别误会”，“小人大大的良民”），剩下几分穷酸几滴涕泪，秀才人情纸半张，写篇“赋”透露一下也是抚慰乃至混骗一下自己，又有什么大不了的呢？

当然，过分地自这个角度来观察思忖向秀失图一事，也会绝对化，变成了绝对化的相对主义，于是一切玩世混世欺世堕落便都有了道理。罗氏书中对于西晋王朝建立以后的奢靡、结党营私、“维持刚正的信心的消失”、“归附去就，视私利而定”种种，有许多叙述介绍。于是士人心态的主要趋向既不是儒家的成仁取义，也不是老庄的越名教而自然；而是搞什么“士当身名俱泰”。换成现在的语言来说，就是搞实用主义与机会主义。“嗜利如命”“求自全”“纵情以自适”“求名”“求仙求佛”，这些都是中国古典式的感官享乐与自我中心自我推销。魏晋之人的那点“自由”主义在现实的严峻面前一碰，就扭曲成了彻底的机会主义，读之可叹。这究竟应该算是一个失落乃至堕落的过程呢，还是一个解构乃至解放解脱的过程呢？是进了一步还是退了一步呢？思之怃然而又粲然。

经过了士无特操的这么一段，随着政局国事的变化，接下来的是东晋士人的潇洒风流，高情远韵，优雅从容，怡情山水，“摆脱压迫感、紧张感，也摆脱雄心壮志”。他们身上，“找不到对于国家民族的责任感”，他们不再是带有叛逆挑战色彩的任诞，而是含蓄节制的中国式的贵族与绅士风度。这样，他们反而实现了与朝廷、与官场、与名教观念的和解，获得了相互的认同。谢安不但是名流，而且是建功立业的高官；王羲之不但是高士，而且是望族。他们有高度的文化修养与精神追求，又有优裕而不恣肆的物质享受，他们实现了一种把高雅与世俗，把标榜自我与舒适随和结合起来的新的境界。对于士人来说，这似乎绝佳。但罗氏又指出，这实在“是一种狭小的心地的产物，是偏安政局中的一种自慰”。从经世致用的观点看，这样的名士当然也很成问题。

书中提到的人和事、政和文还有很多很多。比如罗氏对于陶渊明的分析就很有特点，这里不一一抄引。值得读者回味的是这个发展过程，从愚忠愚谏到疏离政治任情自适，自适亦不可得不可准（如丢了脑袋），然后变成了完全的价值失范，再接着是偏安自适，成仙成佛，真是异彩纷呈，各有千秋，终无成果。这既是很合乎否定之否定、正反合的规律的，也是令人亲切地觉得恍如昨日的。

还有一个问题，几千年来论者对魏晋玄学与名士的抨击不少，甚至把国运之衰即“中华之所以倾弊，四海之所以土崩”归咎于此。这实在说明了那种用一条绳子把一切都绑在一起的思维模式，这种思维模式所形成的思想的贫乏、符号系统的贫乏的可悲。把玄学与名士风流当成治国平天下的“方针”，当成取士（选拔干部）的标准，当然是荒唐至极，“取才失所，先白望而后实事……言重者先显……养望者为弘雅，政事者为俗人，王职不恤，法务坠丧”（罗书所引《晋书·陈传》）是当然的。反过来说，所有的士人都在求官求仕，修齐治平，满门忠烈，死谏死战，人人都成了救亡义士，也只能形成政治的膨胀与爆炸，政争的人为的急剧化尖锐化，使国家益发不可收拾。这里需要的是有一点社会分工分流的观点，让玄学与名士风流作为学术的一个流派，知识分子的选择之一种、人生的可能性的一种的探讨继续下去。那么，它对中国的艺术、文学、宗教、哲学、生活方式、心理活动方式的丰富与发展会起相当的积极作用，而绝不会成为对朝廷的精神污染或对政事的危害。至少，这可以给从政无望或政见有别的士人以自娱自解的可能，免得大家都怀着必死的壮烈挤到同一间小屋子里。这也有助于那些与政治没有直接关系的学问文化的发展，有利于社会的平衡和成熟。这就好比马牛羊鸡犬豕各有各的功能，如果以单一的御事或者司晨或者剪毛的标准来要求一切家畜，当然是自找麻烦，自树敌人，窒息万物生机，不可思议。

这里我用了“知识分子”一词。古代中国的士既是知识分子又是候补官员或候补政治犯，这是中国当时的社会现实与文化传统所决定的。如果轻易地以欧洲标准来衡量，可以轻易地判明“中国没有知识分子”，正如断言中国从来没有民主，没有法制，没有市场，没有科学与学科，没有音乐也没有体育一样。用欧洲的定义来衡量，中国是什么都没有。现在有些海外新移民便喜欢出这一类的大言以制造黑马效应，比如说中国从来没有诗人而只有政客，或中国没有知识分子而只有妓女。但这种断言既无聊又蛮横，在本质上，它与以绝对化的中国标准中国定义去衡量、断言欧洲人都是“无父无君”的红毛鬼、鬼佬一样；或者与以另一种参照系要求中国人特别是知识分子个个要脱胎换骨，重新做人一样。士就是中国式的知识分子。魏晋时期的名士风流，就是中国古代“士”的个性解放。中国的历史太丰富了，读起罗书来也如行于山阴道上。我已经好久没有读过这样有趣又有货色、有见地的书了，乃草此文。班门弄斧，现趸现卖，捉襟见肘，识者哂之。

漫说喜剧

仁者悲，智者喜。

悲的基础是同情，是善，是火。

喜的基础是超越，是明，是水。

喜是悲的升华，是悲的超度，是悲的极致。而悲，是喜的核心。

生死亦大矣。生死亦悲矣。生死亦喜矣。

悲从中来，是有深度的悲。

喜从中来，喜从悲来，是有深度的喜。

喜是额头的慧眼，喜是洞穿的预见，喜是对世界的把握与完成。

比如博弈，胜者喜，败者悲，这是普通的一层悲喜。

胜者喜后或还想再胜连胜叠胜，或想本可以胜得更快更好，或虽胜而并未得到足够开胃的赞誉，便也讪讪地悲将起来，寂寞起来，隔膜起来。

败者悲后或反省自己悲得小里小气，或回味相斗的许多乐趣，或思量个中道理若有所得果有所恃，便也款款地喜将起来，豁达起来，活跃起来。

就是说，可以悲其悲，也可以喜其悲。可以喜其喜，也可以悲其喜。更可以若悲若喜，既悲既喜，无悲无喜，全看你停在哪里，走几步，走到哪里。

误会，是悲剧与喜剧的一种普遍有效的形式。有时，误会便是戏剧性。把衷心读成哀心，把猎人读成腊人，或者一种古怪的方言口音，便有点可笑。这种笑很浅薄，但任何文字与语言的游戏已经包含着形式的独立化与抽象化。强不知以为知，既可笑复可悲。当然这都是浅层次的喜与悲。把风车当成敌人，把奸贼当成亲信，这是深一层的误会，因为这误会不是局部性与偶然性的，这误会是一种认真的谬误，是悲剧性的喜剧。

可以为必然的谬误而悲哀，可以为对于这种谬误的洞悉与揭穿而欣喜。

都追求成功，但常常遇到失败。都抱怨别人，却不知自己同样受到抱怨。都费尽心机，殊不知其中只有极小的一部分有作用。这是一种深刻的误会，一种深刻的悲剧、喜剧、悲喜剧。

失度，是另一种普遍适用的形式。

都知道文学的夸张，艺术的夸张是喜剧的格局。却没有想一想：人生中有多少非文学非艺术的夸张（或忽略，即负夸张）比文学的与艺术的夸张更夸张，也更文学并且更艺术。

比如遗失，丢了东西便着急地寻找，这是正常的，不是戏剧。丢了一角钱便捶胸顿足满地打滚，便有些喜剧味道。欣赏这种喜剧又有点残酷的意味了。

比如夫妻吵架打架，只要没发展成彻底破裂，旁观者便总觉得带有喜剧色彩。总觉得为一点小事不必动那么大肝火，更不宜浪费眼泪。

所以说，喜剧感常常是一种清明感、一种分寸感，也是一种距离感。与一切谬误、误会、失度保持距离。与自己的局限性保持距离。与自己的私心私欲保持距离。

浅的幽默是一种小儿科的游戏，比如耍贫嘴，比如出洋相，比如故意打岔。

一点也不耍贫嘴，一点也不出洋相，一点也不自娱娱人并且动辄责备别人贫嘴的人却也令人敬而远之，甚至觉得有些可怕，干吗这么一脑门子官司？

幽默感是一种距离感，却又是一种亲切感。是对群众的良知良能的认同。

嘲弄，批评性的幽默、讽刺，要深刻得多。它是一种传神的勾勒，是机智也是学问和经验。

然而，被嘲弄者也嘲弄嘲弄者。世人读《阿Q正传》莫不为鲁迅对阿Q之嘲弄所折服。但阿Q也嘲弄城里人切的烧鱼的葱丝不合规格。如果阿Q会写剧本的话，他又将怎样嘲弄他的读者和观众呢？

常常有一种误解：认为悲剧比喜剧更有深度。

是这样的吗？《阿Q正传》的故事当然可以写成一个悲剧，写成对封建社会迫害农民的控诉，令人悲愤，催人泪下。然而，能有那样深邃和丰富的内涵吗？

更深刻的喜剧既是嘲弄又是辩护。既是嘲弄别人也是嘲弄自己。既犀利尖刻又宽厚慈悲。既骄傲自信又谦逊克己。是机智的笑，又是赞叹的笑，是开怀的笑，又是会心的笑。

这样的笑的核心是理解。是严厉的笑，又是宽容的笑。

喜剧常常具有一种轻松感，即使表现着最不轻松的题材。比如关公战秦琼，以及其他一些韩复榘的故事。

这种轻松，是对韩复榘式的伪庄重的一种惩罚，是充满了人民性的轻松。做到这样的轻松并不容易。缺乏自信的人怎么弄怎么难受，轻松不起来。作威作福的人生怕不能吓倒一片，便要摆架子、撑面子，欲轻松而不敢。私欲重的人——小人——常戚戚，轻松得了吗？鼠目寸光，为鼻子底下的小利而苦斗的人也太不轻松了。

当然，也有另一种轻松。浑浑噩噩者，事不关己高高挂起者，丧失了最起码的责任感的游戏人生者也轻松。归根结底，喜剧的精神并不就是一切。谁知道呢？喜剧精神和悲剧精神都是需要的。后者是指一种我不入地狱谁入地狱的献身精神、认真精神、英雄主义精神。

喜剧精神是一种自我批评的精神。是一种健康的反省精神。是一种民主的精神。没有民主的自我批评，就没有喜剧。

喜剧总是充满着人民性，传达着老百姓的乐观、达观和自信。从长远和整体来说，谁也消灭不了人民，欺骗不了人民。人民是真正的强者和智者。

喜剧又发挥着一种制衡的作用，用笑的手段平息着沉淀着躁狂的灵魂，所以它完全可能很深沉。

中国应该并且一定能够出现优秀的喜剧性作品。她的经验太丰富了，她的对比太丰富了，她拥有喜剧的传统和喜剧的智慧，她拥有一个充满喜剧的世界。

人生即燃烧

从生命个体来说，我们能够支配的关键的岁月不过那么几十年，然后再无第二次机会。对于人的一生来说，那才是机不可失，时不再来。生命由于它的短暂和不可逆性、一次性而弥足珍贵而神奇而美丽。虚度这样的生命，辜负这样的生命，这是多么愚蠢，多么罪过！一个人丢了一百块钱人民币都会心痛，那么丢失了生命中有所作为的可能，不是更心痛吗？

在儿童时期，人们的差异并不太多，大家都在同一条起跑线上。此后呢，差得就愈来愈远了，有的光阴虚度，深悔蹉跎；有的怨天尤人，郁郁不乐；有的东跑西颠，一事无成；有的萎萎琐琐，窝窝囊囊；有的胡作非为，头破血流……有几个人成功？有几个人满意？有几个人老后能够不叹息：少壮不努力，老大徒伤悲！

而人生的不同的类型不同的结局，大体上是青年时期就可以看出点端倪来的。青年时代，谁不愿意投入生活、投入爱情、投入学习、投入事业、投入社会、投入人间？

即使生活还相当艰难，爱情还隐隐约约，学习还道路方长，社会还明明暗暗，人间还有许多不平，你也要投入，你也要尽力尽情尽兴尽一切可能，努力去争取一切可以争取到也应该争取到的，以使你能够得到智慧和光明，得到成绩和价值。我并不笼统地赞成古人立大志的说法，但你总该希望自己对社会对人群对国家民族人类多做出一点贡献，至少是确实竭尽了全力，就是说至少是充分燃烧了，充分发了热发了光，充分享用了使用了弘扬了你的有生之年。一个人就是一个能源，人的一生就是燃烧，就是能量的充分释放。能量应该发挥出来，燃烧愈充分愈好。从无光热，不燃而去，未免是一个遗憾；而刚一冒烟儿，就怠工熄灭了，能不痛苦吗？

人生就是生命的一次燃烧，它可能发出美轮美奂的光彩，可能发出巨大的热能，温暖无数人的心，它也可能光热有限，却也有一分热发一分光发一分电，哪怕只是点亮一两个灯泡，也还照亮了自己的与邻居的房屋，燃烧充分，不留遗憾。而如果你一直欲燃未燃，如果你受了潮或者发生了霉变，那就不但燃烧不好，而且留下大量的一氧化碳与各种硫化物碳化物，发出奇奇怪怪的噪声，带来对人类环境的污染，乃至成为社会的公害，这实在是非常非常遗憾的。

也许你不能留名青史，但至少应该对得起自己的这仅有的几十年。也许你未能立德立功立言，但至少是充分发挥出了自己一生的能量。也许你的诸种努力未能奏效，例如从事艺术创作但未能被社会所承认，经商却终于未能成功，从军但终于打了败仗，但是最后“结账”的那一天，你至少可以说我已尽力了，你的失败如楚霸王垓下之败，非战之罪也。我始终不赞成以成败论英雄，我也无能帮助读者乃至我自己着着皆胜。但是至少心里应该有数，你是有志有为而且选择了正确的道路，但终因条件不具备未能大获全胜呢，还是你上来就不成样子，无志气，无作为，不学习，不努力，意志薄弱，心胸狭窄，企图侥幸，却又愤愤不平，终于一事无成。如果是前者，我愿向你致以悲壮的敬意，我还愿意把你的故事写下来，让读者为之洒一掬清泪。如果是后者，谁能纠正？谁能弥补？谁能同情？

我的长篇小说《活动变人形》中的主人公倪吾诚，在他的生命到了后期末期之时，他突然说："我的生活的黄金时代还没有开始呢。"这实在太恐怖了。一个人的成就有大有小，然而你应该尽力。尽力尽情尽兴尽一切可能了，这就是黄金时代，这就是人生的滋味，这就是人生的意义价值，这就是辉煌，燃烧的辉煌，奉献的辉煌。你尽了力，你就能享受到你尽力后的一切可能性，哪怕是"天亡我也，非战之罪也"的悲壮感和英雄主义。你享受到了尽力本身带来的乐趣，尽了力至少能得到一种充实感成就感，你也就赢得了，必然赢得了，首先不是别人，而是你自己的尊敬和满意。比如你是一枚炮弹，被尽力发射出去了，而且爆炸了，即使没有完全命中目标，也是快乐的。你是一粒树种，落到了地上，吸足了水分养分，长成了树苗，长成了大树，即使没能长到更大就被雷击所毁，你也可以感到某种骄傲。你的形象是一株树的最好的纪念碑，你的被毁至少是一次大雷雨的见证，是一个悲剧性的事件。人生是一个过程，是一个时间段，是一次能量释放反应，重在参与，重在投入，重在尽力。胜固可喜，败亦犹荣，只要尽了力，结账时候的败者，流出的眼泪也是滚烫的与有分量的。而没有尽力，蹉跎而过，那可真是欲哭无泪了！

《三国演义》里的“前现代”

读《三国演义》还是小时候的事。近日断断续续地看了一些同名电视剧的片段，产生了一些胡思乱想：

那是一个英雄辈出的时代吗？什么英雄？争权夺利，好勇斗狠，尔虞我诈，就是英雄吗？刮骨疗毒，拔矢啖睛，一不怕疼二不怕死就是英雄吗？这疼与死又所为何来呢？他们关心的唯一热点无非是争夺权力，特别是争夺那唯一的一把龙椅罢了。为了争龙椅，不惜杀人如麻，血流成河，不惜决堤放水，乘风放火，不惜生灵涂炭，啼饥号寒……这么多英雄怎么没有一个人替老百姓说一句话呢？

刘备火烧新野，带了一些老百姓避难樊城，就大仁大义到了近乎迂腐的程度了。可如果他不搞什么火攻，老百姓又哪里有这种流离失所星夜逃亡之苦？

个别地看，英雄事迹不无感人之处，例如击鼓骂曹，例如孤胆英雄赵子龙长坂坡救主子的儿子；但综观全局和历史，这样的乱世英雄愈多，老百姓就愈没有好日子过，生产力就愈不发展，社会就愈不进步。中国已经吃够了这种争王位的英雄们的亏！

赶巧前不久看了电影《西楚霸王》，对巩俐、张丰毅等主演的这部片子的商业性改头换面及其得失这里暂且不表。问题是秦皇出巡时刘邦与项羽的反应：“大丈夫当如是”也好，“彼可取而代之”也好，都透露了中国的有为之士以做皇帝为人生的最高目标、以官阶为价值判断的唯一标准的可怕与可悲。价值标准的一元化贫乏化俗鄙化，“价值 = 权力”的公式，使终极目标千篇一律都成了“取皇帝之位而代之”。欲代之的“英雄”甚多，而皇帝的位置只有一个，如何能不争不斗不杀他个尸横遍野白骨如山？价值标准的单一化看似是天下定于“一”了，有利于统一与稳定，但须知，“一”能定天下，也能乱天下。有了“一”就有了一切，便都来争这个“一”了，焉能不乱？政治 = 权力 = 升官图，而最高的价值 = 一切有为之士的终极目标 = “龙位”——这样的等式实是中国数千年来战乱不断，发展缓慢，而终于在近百年显出了积弱来，即是说搞出了亡国灭种的危险来的一个重要原因。

也许，对于三国时期的英雄们来说，老百姓是太没有意义了。三国时期的英雄们，其实是拿老百姓当垫脚石当工具当牺牲品的英雄。这样的英雄今天难道还算英雄吗？我们能够无条件地接受“三国”的英雄观念吗？

那个时候的政治呢？当然是赤裸裸的权力政治。这种政治的特点，一个是砍脑壳政治，一会儿就提溜一个一秒钟前的活人的脑袋进来，并以此为勇为豪气为人生最大快事。一个是阴谋政治，就是不断地使计谋。而计谋的核心在于欺骗、说谎，谁善于欺骗谁就胜利而且获得智多星的美名，谁相信了——轻信了别人谁就要为此付出血的代价。这种心理暗示实在太可怕了。

“三国”里的计谋也有趣。例如王允巧使的所谓连环计，使计的一方如此卑劣而又一厢情愿，堪称愚而诈、小儿科而又不择手段。用如此下作的方法去做一件似乎是伟大的事业——忠君报国，就是说汉朝的社稷要靠色情间谍来维持。这未免可悲可耻。这种伟大事业的伟大性与正义性也随之可疑起来。

而被使计的一方，即董卓与吕布，居然一步一步全部彻底不打折扣地按照王允布下的圈套走，按照一个年方二八（周岁只不过十五）的小女子的指挥棒跳舞，说一不二，比校场操练还听话还准确，这能够令人相信吗？如果说董吕两个人也曾经掌握权柄，赫赫一时，能是这样彻头彻尾的白痴吗？何进中计一节也是一样的匪夷所思，如弱智傻瓜，如韩少功写的《爸爸爸》然。

如果吾国一个未接受过职业的色情间谍训练的十五岁的小女子，在一千几百年前就能胜任这样一个极端狡猾极端残酷极端非人性的角色，这是多么的不祥呀！我们这个民族究竟出了什么问题？

这种权力政治的第三个特点是叛徒的政治。整个《三国演义》电视剧的第一部分叫作什么“群雄逐鹿”的，就是一部叛卖史。吃谁的饭砸谁的锅的吕布，没有好下场，不但快了人心，也体现了“三国”对叛徒政治的否定。但是，以我们的头号英雄人物刘备来说，据说关羽张飞诸葛亮对他都是忠而又忠义而又义的了，可他对谁忠义过呢？他投靠过吕布、曹操、袁绍、刘表然后又都叛变了他们。在这一点上，他与所谓反复无常的吕布究竟有什么区别呢？

这也透露了封建政治的悖论。一方面要忠要义，一方面又有什么“良禽择木而栖，良臣择主而事”的“叛变有理”论。哪样对呢？全看“活学活用”了。

一些“三国”故事，颇有浓厚的黑社会黑手党故事的意味。上来就是“桃园三结义”，典型的黑社会做法和黑手党语言：“不愿同年同月同日生，但愿同年同月同日死”，一副盗匪的亡命气。电视剧里张飞的形象尤其可笑复可憎，一副匪气霸气蠢气、恶声恶气、昏头昏脑、蛮不讲理、成事不足、败事有余、对“大哥”如奴婢鹰犬、对他人如阎王虎狼的嘴脸，谁需要这样的“三弟”呢？只能是黑社会的大哥大。他给人们的视觉观感甚至还不如《沙家浜》里的胡传魁。

当然，《三国演义》并不是历史，而是民间的历史传说，它反映的是吾国百姓草民们对历史的观点，包括“误读”与趣味性通俗性“重写”。但是想一想，吾国百姓们对于天下大事、历史沿革，特别是政治军事斗争包括对于英雄主义的解读竟曾经是如此简单化、俗鄙化、小儿科化、赤裸裸地野蛮与霸道化，这不能不给人以触目惊心之感。

也许《三国演义》的故事里要把刘备树成一个仁义之主，王道而非霸道的化身，然而这个任务实在是太艰巨了。按现在表现的，刘关张之属实在与曹孙袁乃至何进、董卓等没有什么质的差别。

也许在封建社会，王道云云只是说一说的，而实际上，人们只承认霸道的力量。霸道当然是有力量的，这力量却也是有限度的，超出了限度，就会走向反面。这种国内政治的霸权主义，很实用实惠，但又是不无危险的，弄不好它会流于愚昧短见的野蛮主义蒙昧主义。它是令我泱泱文明古国早期灿烂而后来停滞的一个原因，思之令人害臊叹息。

《三国演义》电视剧下了很大功夫，制片态度不可谓不严肃，但收视效果似不理想。除了某些观念上的愚昧野蛮令今人感到格格不入以外，我认为电视剧反映了作品本身的一些不足。人物的类型化与事件的简单化就是其中要者。由于《三国演义》所述故事繁复纷纭而又千奇百怪，“三国”人物是又多又杂，似乎是三教九流男女老幼都写到了，故而总体看来，“三国”的阅读效果堪称是相当成功的，人们的一般印象是“三国”写得丰富多彩、琳琅满目。但这种丰富多彩琳琅满目的效果是粗线条的，一往屏幕上立，类型化小儿科化的毛病就显出来了。

我想起了一位可敬的领导同志常举的例子来了，他多次说过：“谁说恋爱是文学的永恒主题？《三国演义》就没有写恋爱嘛，还不是一样写得栩栩如生？”

活人少而类型多，当然用不着爱情。但是不要轻视类型的生命力，愈是类型愈容易理解接受和普及，成为“典型”，成为“共鸣”。成了典型共鸣了也还是暴露出了类型化的缺憾，这个问题似乎值得深思。

我草此小文的目的当然不是要以张飞的态度对《三国演义》这一古典文学名著搞一次砍杀，不是对于“三国”的全面评价，也不是——基本上不是对于同名电视剧的批评。电视剧里的某些情节处理得还是很妙的，例如袁绍兵败后派眼线搜集所部的言谈话语，有非议者立即杖责或处死，这么一干更是军心大乱。鉴于此，袁绍之子乃诛杀专门挑拨是非的打小报告的眼线。这段故事可圈可点，令人发出会心的微笑。

但我也从同名电视剧上看到了一些值得反省、值得重视的东西——用金克木先生的名言叫作“前现代”的东西，如骨鲠在喉，不吐不快。我们的学问家热衷于“后现代”已经很久了。中国这么大，中国与世界的交流日益增加，中国的发展变化日益与世界同步，因而中国这里也有了超豪华超奢侈的后现代，这不是不可能的，但是毕竟这里多得多得多的是前现代——离现代化还远去了呢。不论从电视剧《三国演义》里的张飞身上还是从各位餐馆老板祭供的关老爷身上，或者是从电影屏幕上看个没完没了的这个帝那个妃上（张中行先生在一九九四年第四期《文学自由谈》上对此有一精彩评论，读之大快），我都觉得我们应该比关注后现代还要严重地关心前现代。

“滚滚长江东逝水，浪花淘尽英雄……”这首《西江月》列于全书卷首，也唱在每一集电视剧前头。很好，好得很。当此“三国”各路英雄活跃在黄金时间的千家万户之际，我看是该淘一淘了洗一洗了。再不要出现这种“群雄并起”的局面了，再不要出现这样的豺狼英雄了。在进入二十一世纪的时候，该与前现代的“三国”精神“三国”意识道一声“拜拜”啦，您！

文学的方式

文学的总体性、过程性和多义性

“文学的方式”不是指文学本身的各种方式，不是指例如小说的方式、诗歌的方式，或者写作的方式，等等，而是相对于文学以外的其他方式而言，是指用文学的方式来把握这个世界，用文学的方式来改善我们的人生。为什么要用“方式”这个词？因为在中文里我找不出一个更好的词来。在中文里，“方”似乎是指一种程序，比如说药方、处方，有配置的意思。“式”有程序命令的意思。而我所讲的“方式”实际是指一种角度，这里面包含着一种对于价值的选择。所以这个“方式”更接近于英语中的“why”，而不单纯是一种方法。

究竟何为“文学的方式”呢？首先，我认为文学是一种总体性的方式。一个喜好文学的人、一个文学工作者、一个作家，他对人生的感受和对人生的表述，是总体性的。其他有许多方式，根本的要求则是简约、简明。比如说政治的方式，政治在任何时候都需要弄清楚敌、我、友。毛主席曾经说过：谁是我们的敌人？谁是我们的朋友？

这是革命的首要问题。比如中国的抗日战争，我们立场是非常鲜明，非常坚定的。谁是抗日的一方，谁是侵略的一方，一点都不含糊。至于日本侵略者里面，有没有翩翩君子？有没有很有才华的人？有没有被强迫拉拢到这个侵略战争当中的人，等等，这些对于确定这场战争的性质是没有意义的。哪怕某个日本军司令是一个孝子，是一个模范丈夫，也丝毫改变不了他侵略者的性质。我们抗日的人中有些人有缺点和弱点，有没有受过良好教育的人，有说话粗暴的人，等等，这也没有多大的定性上的意义。但是文学的方式就不一样了。文学无意向任何简明的结论挑战，但是文学提供的往往是一种总体的、非常斑驳的图景。

从历史上看，一个著名人物，不仅是政治人物，包括科学家，还有其他家，他的私生活到底怎么样，并不是非常有意义的，有时甚至很无聊。你如果没完没了地研究一个大人物私生活，甚至会让人觉得你别有用心。我看过很多材料，写爱因斯坦对他的情人、对女人的态度是极端恶劣的。是真是假我不知道，当然我不可能对这个领域进行什么研究。但是如果你要写一篇关于爱因斯坦的小说，或者纪实，那么这个就很有趣，很有意义了。到底是别人不了解他，还是他自己有什么隐痛，还是说他确实在某些地方非常偏执（许多伟人都有一种偏执）？许多天才在他所熟悉的领域是天才，但是在另外一些领域也许智力还达不到一个常人。这都是可能的。

再比如说，组织部门任用干部，往往讲德才兼备。要考查他的档案，但是并不要特别详尽地介绍他的相貌。我参加过很多各式各样的会议，党组会、党委会等等，讨论过很多人事问题，但是很少在这些会上听到介绍某人的生理特点，比如头发的颜色等。公安局倒介绍，那是追缉犯人的需要。美国的汽车驾照上，人的眼球是什么颜色也是要写上去的。可能美国的各色移民比较多，头发什么颜色、眼球什么样颜色都要有。我记得在“文革”当中看一些小报，讲“九大”还是“十大”的时候，毛主席就说：恩来，你在哪里？你帮个忙。因为没选举以前大家都坐在下面，毛主席很多不认识。他后来就看着名单说：这个人是谁啊？周恩来就在一边请被点到名的干部站起来，让主席看看。这一看呢，就是文学的方式，因为干部任免程序没有这一条，党章里也没有这一条，必须经过中共中央主席目测合格者方可入选。这种方式非常文学，是一个人对一个人的感应，对一个人的印象，而不仅仅是干部登记表上的那些东西，姓名、年龄、籍贯、家庭出身、简历、学历、受过什么奖状、曾任职务等等。

因此说，文学的总体性，包含着过程性和多义性。科学需要的是结论，居里夫人是怎么达到那个结论的，一般人不知道她探索的过程。但我们知道她很伟大、很辛苦，她的超人的献身精神和投入状态，都是让我们非常感动的。而文学所要表达的，却是那样一个过程。有时候文学作品也能给你一个很清晰的结论。比如说，周立波的《暴风骤雨》、丁玲的《太阳照在桑干河上》，都有一个很清晰的结论。什么清晰的结论呢？就是中国的农民，特别是中国的贫农，在中国共产党的组织领导之下，闹翻身，争解放，和恶霸地主做斗争。只有拿起枪，只有进行土改，才能翻身，才能有幸福的生活，否则就活不下去。这是非常清晰的结论。但是也有很多好的文学作品并没有结论，比如说《红楼梦》。《红楼梦》的结论是什么？是封建社会快要解体了？

是封建社会太糜烂了？封建社会充满了不义，封建社会、封建体制必须推翻？封建思想必须清除？这当然有道理。但是这个结论，是经现代的人分析出来的，是人们有了唯物主义的历史观，有了阶级斗争的观念，有了社会发展的观念，有了对封建主义的批判乃至于痛恨以后，才做出来的结论。也有人对《红楼梦》做出了其他的结论，可以做出“色即是空，空即是色”的结论，可以做出所谓情天恨海，感情是风月孽债，人不要有情，尤其是男女之间的感情，有了感情就是一切悲剧的根源，最理想的状态就是无情，得出这样的结论。如果我们说这个结论是错的，那个反封建的结论是正确的，那是因为我们受到了辩证唯物主义和历史唯物主义的教育。如果是一个出家的和尚，他就不那么说。他会说你那个才是错的，他是对的。曹雪芹对此也没有做过结论。对《红楼梦》的结论，我们一度有些拔高了，几乎要把贾宝玉、林黛玉，还有晴雯捧成反封建斗士了。那些结论，我老觉得曹雪芹从坟墓出来一看，他的作品有这么大的战斗性，老先生一定会吓一跳的。比如贾宝玉见了北静王受宠若惊，匍匐在地。他把北静王送给他的小纪念品转赠给林黛玉，而林黛玉一把扔过去，说什么臭男人的东西给我。那么林黛玉扔这个东西是不是反封建呢？我也很怀疑。因为她并没有说什么封建王侯的东西你扔给我，而只是嫌臭男人，归根到底还是在讨贾宝玉的好。所以有了文学方式总体性的认识，再回过来看《红楼梦》，是不是一定要得出反封建的唯一结论？我们不能否定《红楼梦》反封建的意义，这是任何人都否认不了的，但是肯定还有一些其他的东西。我无意故意唱反调，我只是说咱们应该面对现实，实事求是。

还有一个有趣但也非常可怕的例子，就是肖洛霍夫的《被开垦的处女地》。这部作品曾经得过斯大林文学奖金。而肖洛霍夫呢，斯大林也是保护过他的。当时他写了《静静的顿河》，有人批评他，说很多地方美化了哥萨克白匪军，那时斯大林对肖洛霍夫也没有做特别高的评价，只是说像《静静的顿河》这样的作品也不是全无益处，意思就是也还行。对于当时的肖洛霍夫，有这一句话就够了。因为他本身写得非常好，又有斯大林的一言九鼎，他就站住了。到了赫鲁晓夫时期，他担任了中央委员，成了赫鲁晓夫访问美国时到处说事的一个招牌，到哪里都说："这就是我们的大作家——米哈依尔·肖洛霍夫。"肖洛霍夫在苏联的作家代表大会上，还有一句格言，他怎么说的呢？他说，西方攻击我们，说我们是按照党的指令来写作，这是胡说。我们是按照自己的良心来写作的。但是我们良心属于苏联共产党。我很年轻的时候看他这句格言，很感动。但是，最近我国苏联文学评论家提出了一个新的观点，说肖洛霍夫的《被开垦的处女地》表面上看是歌颂苏联的农业集体化，实际上是揭露苏联农业集体化里面的混乱，对生产力的破坏等种种极"左"的行为，还描写了富农的抵抗。这里我不详细讲这部小说了，但是我认为这绝不是肖洛霍夫有意识这样做的。如果是那样的话，肖洛霍夫不就变成一个大阴谋家了？成为打着红旗反红旗的大阴谋家了嘛。他一边说把心献给党，得斯大林奖金，又在赫鲁晓夫时期当中央委员，又是代表团的代表，同时又把农业集体化彻底否定……他不可能有意这样做。出现这样结果的原因在于，文学的方式包括小说的方式是总体的，又是过程的，它展示一种总体的、非常斑驳的图景。这个总体和过程，我们对它是可以进行分析的，而且可以见仁见智。上面说的评论家之所以对这进行分析，得出那个结论，一是因为苏联已经解体了；二来苏联集体农庄也已经解体了；三是中国的人民公社化也并不成功；还有第四，中国现在实行的是社会主义市场经济，苏联也发生了非常大的变化。这是运用《被开垦的处女地》总体斑驳的图景所提供的种种信息，进行了新的排列组合，进行了新的连接所得出的结论。

文学的直观性、形象性和思想性

和文学的总体性、过程性、多义性相关联的，是文学的直观性和形象性。文学在直观性上，是各类艺术载体当中最弱的。一幅画，视觉上是真正直观的，画一棵杨树就是杨树，画一个美女就是美女，画风景就是风景，画耶稣就是耶稣，画圣母就是圣母，甚至光线、色彩、轮廓、阴影、情调，哪怕是比较抽象的画，所表达的对比也都是直观的。戏剧在舞台演出的时候也给你极真切的感觉。音乐虽然没有可视的形象，但你在听觉上可以感受到，对你的听觉器官发生作用，这也是直接的。但是文学运用的是语言，语言实际上是一种符号。由于编码的不同，符号对不同的民族，它的意义是不一样的。

汉语对我们来说非常亲切，但对不懂汉语的人是没有意义的。文学的直观就是语言描写上的直观。但是它又是最强有力的。为什么呢？因为人的各种思想、各种感觉、人和人之间的交流手段（当然现在有了多媒体），都离不开语言。它既是直观的，和别的艺术门类相比，它又是充满了思考的。比较起来，作家更能够或者更习惯于多思考、多琢磨一些事儿。这在“文化大革命”中也表现得特别明显。“文革”

中，江青作为当时所谓文艺革命的“旗手”，最烦的、最讨厌的就是作家。她宁可选择演员，演员很容易得到信任，后来有的演员也被拉到他们的阴谋里。她也可以很快地制造出有代表意义的绘画来，但是她就觉得作家太黑，当时全国很少有作家能够符合她的心意。这个原因恐怕就在于作家比较喜欢动脑筋，比较喜欢思考。

作家的思考与哲学家的思考又有很大的不同。哲学家，甚至神学家，我不是指世俗的一般宗教职业者，而是指把神学当作一门学问加以研究的这些人，他们是用一种哲学的或者神学的方式，来思考世界和把握世界的。比如世界的本原是什么？五行：金、木、水、火、土；四大：地、水、火、风，都是在寻找世界的本原。这里面带有唯物论的特点，但是有人还要往根上寻找。老子就提出“道”的概念，认为世界的本原是“道”。当用这种哲学的方式来掌握世界的时候，对他来说最有意义的已经不是世界的千差万别，不是世界的形形色色，而是在各种具体事物背后的总体性、根源性的那个概念和那个命题的表现了。比如说“道”，在老子那里，一切万物，“道”才是最根本的。比如说“理”，宋明理学。冯友兰提倡新理学，他有句名言：“未有飞机之前，已有飞机之理。”飞机是后来制造的，但是飞机之理，就是空气动力学等等，这些道理是早已客观存在的。这是哲学的方式。但是到了文学这儿就不一样了。

文学的一个好处，就是直观、具体、形象。有时候我们看一篇好的小说、一篇好的散文，之所以感到如见其人，如闻其声，如至其地，就是因为文学的直观性和形象性。但是文学同时又是充满着无尽思考的，所以说文学既是形象的，又是思考的。再拿《红楼梦》为例，《红楼梦》中有各种非常具体的描写，比如说“黛玉葬花”，这是非常具体的描写，她拿着小花锄去收拾那些落地的花瓣。特别是像“寿怡红群芳开夜宴”，那整个一晚上众丫鬟们为贾宝玉过生日的欢声笑语的场面，他们怎么开玩笑，怎么娱乐，到最后谁靠在谁身上，谁倒在地上，都永远栩栩如生，似乎那夜宴永不结束。什么时候我们翻开这本书，等于又参加了一次贾宝玉的生日晚会。看《红楼梦》时间长了，连说话都会受他影响。但是《红楼梦》里面又不缺乏抽象的思考，还包括神学的思考。科学是讲究实证的，也是可以用逻辑来分析的，神学不同。人到底是从哪儿来的？一个个生命个体消失以后到哪里去？说贾宝玉是女娲补天时所炼就的一块有灵性的石头，这一说尽管是作者的不衷之言，但它里面所包含的深渺和悲凉，是几乎无法用其他形式来表达的。石头的特点就在于没有生命，无声无息，无冷无热，但这块石头特别，有了灵性，于是变成了贾宝玉在无生命和生命之间的一种纽带。这个纽带也就是曹雪芹的神学思考。绛珠仙草得了神瑛侍者的灌溉，所以绛珠仙子要下凡界用眼泪来还给他，这是一个非常美丽的故事，也是一个深邃的思考。

想象并思考了这些以后，脑子就开始累了，疼了。因为你只能思考有限的东西。比如想你的父母，很容易；但要思考你的七百代子孙，那就没法思考了。再比如，由猿而来的你的最早祖先是什么样的，你也没法思考。思考到脑疼了以后，就进入了神学的思考，也就不需要论证也不需要逻辑了，不再需要判断真和假。所以《红楼梦》有它最直接、最生动、最形象的东西，又有很深的思考；它是主观的，又是客观的；它是抽象的，又是鲜活的。

文学与科学不同。从牛顿力学发展到爱因斯坦的相对论，那些理论、那些定律对所有人来说都是有效的，当然又有发展。牛顿力学三大定律是普遍有效的，牛顿发现它们也有非常个性化的过程。你或者接受它，如果你不接受它，你要证伪它，总之你要找出和它这个定律不符合的诸多事例来，要做出严谨的科学实验或者计算才行。但是文学就非常不同了，同样描写一件事，可以有许多不同的版本。假设在座的各位中有三个人去郊游，坐车碰到了最惊险的交通事故，回来之后这三个人各自叙述事故的经过，在大致相同的情况下一定会各有侧重，各有风格。有人强调惊险，有人强调滑稽，也许还有人强调自己的命大。文学的叙述是描写客观的事件，但是这个客观事件是被作者个人的情感思想所影响的。

各个国家由于民族文化心理不同，对文学的要求并不一样，由此对很多东西的理解也完全不一样。比如说，中国人看见月亮就会想起故乡，因为我们的思维方式都受到了李白诗句的影响。现在的孩子二三岁刚会说话，父母就会教他们学唐诗里李白的《静夜思》，这使小孩子从小在脑子里就贯穿着一样东西，看见月亮就思念故乡。尽管最初这种联想只是李白的，不见得当时所有人看见月亮都会思念故乡，而现在，我们已经没有这个运用想象力的过程了：看到月亮，然后想到家乡的月亮，而后想到这月光照着我的同时也照着家乡，于是思念家乡。由于《静夜思》，我们没有这个想象过程了。不过家乡在欧洲的话，月光不会同时照着，因为时差大。在美国时差更大，你在中国见月亮的时候，人家那儿见的是太阳。所以看见月亮思念故乡也是有一定条件的。文学作品里，月亮也好，波浪也好，它们有时候甚至左右了我们的思想。我们如果看见长江水，立刻就觉得“浪淘尽、千古风流人物”。我也写过一首诗，叫《拉力器》，只有 14 个字，给大家介绍一下：“多少青春，多少肌肉，突然展翅，不飞。”这是悲哀的，拉力器让我回忆起即使展翅也不能飞的严峻岁月。美国作家约翰·契佛的小说里面，描写一个女孩子从台阶上往下走，穿着高跟鞋往下走，描写那个声音像吃冰淇淋小匙碰到玻璃杯时发出的声音。这样的描写给我的印象太深了，我每次吃冰淇淋都会用小匙敲杯子，但是很不幸，不管在哪儿，我始终敲不出高跟鞋碰台阶的声音。即使敲不出来，他的描写仍然使我叹服。我刚才就是用实证的方式去检查文学，约翰·契佛说的是一种感觉，我很喜欢这个比喻，实在是好极了。这是非常动人的东西，它又不像牛顿定律那样可以得到检验，这完全是个人的一种感受。

所以有时候一个作家，要是迷上文学的话，他会觉得文学是无可替代的。只有在文学之中，他才能把个人的许多特点都表现出来，甚至可能表现得比自己的实际还要美好。作家在这方面非常幸福，把东西写得那样美好。他集中了他最美好的东西，一个比喻、一种感情，比他自己都美好。我曾经和一个诗人开玩笑，他的诗写得好极了，为许多女性读者所倾倒，他还常收到女性读者的来信。但和他近距离交流的时候，我发现他并非那样美好，这也可以说是诗人的一种特性——把美留给读者，把丑留给自己。我还发现，在文章里常提倡素食的人，吃起肉来比我还凶。但他要求别人吃素食的文章的确写得非常好，他可以用主观化、个人化的处理来表达对世界的感受。所以文学的方式也是一种人性化方式，是一种使大千世界变得更加丰富的方式，是一种尽情地发挥人的想象力的方式。

文学的想象、审美和创新

文学的方式还是一种想象方式，对于全民族想象力的提高有着极大的好处。我们现在都讲想象力，智商里也包含着想象力，想象力和创造力又是不可分的。江泽民同志说“创新是一个民族的灵魂”，那么一个从事文学的人就是靠创新吃饭的。所有的艺术都要创新，文学尤甚。画可以画两次，同样的两幅画都可以卖一个好价钱。但文学就不同，如果写一篇小说，在《上海文学》上发表了；第二次你又写了一篇一模一样的，在《北京文学》上发表，那可就出丑了。

文学要求想象，要求创新。在科学里面，你不能把想象当成果；而在文学里，想象就是成果。你只要把想象写下来了，这就是成果。它并不要求真正地实现。人们在爱情上的想象非常多，特别是那些没有实现的爱情，往往在文学上表达得特别动人。感人的一个重要原因，恐怕就在于它没有实现；相反，如果你的爱情实现得非常顺利，热恋到白热化时你是不会向对方背一首爱情诗的，因为那时你所关心的，你的兴奋点已经绝对不在文学上面了。但是如果你失恋了，就会非常急地找一首诗；或者你求爱而不得，也许会给对方写一首诗。本来没有实现的东西是种悲哀，是一个遗憾，但到文学这儿就是一个资源，是一个宝贵的资源。第一，怕你没有想象；第二，怕你想什么就实现什么。心想事成了就没有文学了。相反，心想而不能成的时候，往往会出现特别好的文学。所以文学对于人的意义，就是开发人的智力，开发人的想象力。1971年我在新疆上“五七干校”的时候，发了一个学习材料叫作《贫下中农批判修正主义》，其中一个是批判童话《拔萝卜》。一个贫下中农说，萝卜明明是我们农民种的，而现在偏说是兔子种的，这不是睁着眼说瞎话吗？我当时就纳闷，咱们民族是怎么了？连童话里面讲劳动都否定了，我们还有什么想象力？我们还能有什么创造力？

文学的方式还是一种关注审美的方式。我们很多作家热情地投入社会生活，热情地投身于某项事业。比如说，捷克的共产党作家伏契克，他本身就是反抗法西斯的一个战士。他的著作将他受刑、包括怎么被拷问的过程全部都写了出来。他被法西斯绞死了，但他这本书却留了下来。奥斯特洛夫斯基——《钢铁是怎样炼成的》的作者，他也是投入的。如果不投入他不可能写出《钢铁是怎样炼成的》。我们还可以举无数的例子。今年9月我到南非访问，那里有一批非常著名的作家，包括一些白人作家，都曾经被白人的种族隔离政策所迫害、打击，有的还蹲过监狱。他们都是积极投入到社会的斗争中去的，而且他们到现在还有一种刚刚获得解放的激情。但是仅仅投入还不至于成为文学，它需要你跳出来，需要你进行审美。你是这个世界的一员，在这个意义上来说，你只是一个点，只是一个个体。但是当你想用文学的方式来把握这个世界的时候，你就要跳出来，拉大距离，从而能够看它的全局、整体，否则你怎么可能有好的文学作品？既要入乎其内，又要出乎其外，这样才能了解得具体、了解得深刻，世界才能够和你相关，经验才能激发你的真情。

有了真情实感，才能令人信服，审美也才能够不局限于眼前的事物。比如说，一件事情做成功了固然是可喜的，但是失败了，也有一种美在里面。审美观是很有意思的东西。一个失败，当你对它进行审美的时候，你会对它产生同情，它能唤起你的悲悯之心。我想起 1978 年左右的时候有过一个摄影作品，叫《上访者》。那画面让你一下子就看出“文化大革命”结束之后，社会上各种冤假错案堆成了山。那张照片太惊心动魄了，而且这张照片有非常高的审美价值。这个审美价值，不是说这个“上访者”是个美女，而是观众的审美感受和艺术家的人道主义感情结合起来，让人感觉到“这个人”受了许多折磨，但是还抱着希望和期待，仍然在苦苦地望着、追求着、奋斗着。审美是一个说不清楚的东西，但是我愿意和大家一起来探讨。

谁能保证自己的生活里永远是胜利成功？永远是鲜花掌声？不可能的。当你碰到挫折、委屈的时候，受到冤枉、打击的时候，这时你能不能拉开一下距离，用审美的态度观照一下自己呢？却原来我是面对这样的困难，好比泰山压顶。你想象一下，一个健康的人，一个有道德、有良心的人，但是他面临了泰山压顶的压力，他应该有一个什么样的精神世界？这种自我观照会不会使自己更聪明、更智慧、更坚强？在人生之中，如果有这种审美的态度，就有了人生的滋味。

我们现在开放多了，《光明日报》的副刊曾经开过一个专栏，叫作《我的悔》，专门写你自己最后悔的一件事。《北京晚报》副刊上也有过一个专栏，叫《尴尬一瞬》，专门写自己人生当中尴尬的事。后悔的事也好，尴尬的事也罢，这都不是正面的定性。但是当你把它写成文章以后，就变成了人生的一个小插曲、小镜头，乃至于变成了一点幽默或者是一声叹息，这个时候你对它看得就更清晰了。所以文学的方式是一个投入的方式、审美的方式，同时又是一个心理健康调节的方式。

语言的功能与陷阱

文学的方式，更是一种语言的方式，因为文学的一切是靠语言来实现的。当然文学书籍也可以有插图，但是文学的力量归根到底还是在于语言。现在外国的书籍出版，也有许多稀奇古怪的构想，比如说有些儿童书籍带有香味，书翻着会有许多味道出现，特别好闻，这就使你更想翻下去；有的儿童文学作品里头加了多媒体，一打开就像新年贺卡会发出好听的声音。但这些都不是文学的正宗，文学之所以是文学，它主要是靠文字。而语言和文字恰恰是人和非人之间最明显的区别。

前不久我听了一个大学生演讲，我觉得现在的大学生用词用得非常精练。他说：虽然我上无片瓦，下无一席之地，但是我还有自己的语言，我还有我会写的字，那么在我这有语言有字的情况下，我就感到富足。他最高兴的事儿就是他在语言上的富足感，而语言对人的作用实在是太大了。语言是人创造出来的，语言是为人服务的。外国有一派学者说，语言反过来统治着人类，人的各种思想实际上已经被已有的语言管住了，人本身还不知道。因为文化的力量、语言的力量太大了。“独在异乡为异客，每逢佳节倍思亲”，这已经规定了你的感情方式；你结婚了，你非常高兴，你会想到“洞房花烛夜，金榜题名时”；有时候你听到好消息，会立刻想到杜甫的“漫卷诗书喜欲狂”。这都说明语言的力量非常大。

我从 1982 年到 1992 年担任了两届中央委员。有时候我参加一些会议，就发现找词非常重要，你一定要找到一个非常合适的词，最概括又很清晰，还能不被坏人利用，最大限度地鼓励，并且还要好听。

有时候我看电视广告，觉得它也是一个找词的过程。有些词找得我实在不敢恭维。一种是你看了半天广告，不懂它要干什么。还有，有种牙膏叫“冷酸灵”，我一看名字就开始有不适之感，我不知道厂商为什么不从正面找词儿。为什么要叫“冷酸灵”呢？你哪怕是叫“很舒服”都比它好啊。

语言的选择和语言的运用很重要，但是语言的方式也会带给文学一些先天的弱点，因为语言毕竟还不是事实。比如，用语言描写一场战争和实际发动一场战争可是两回事。谁敢随便发动一场战争？但是如果你喜欢，又有笔有纸或者有电脑，你完全可以描写得枪炮齐鸣。写爱情也是这样，如果一个人每天都在从事各种样式光怪陆离的恋爱，人们可能会认为这个人是不是有病，但是你描写爱情，就不会碰到这样的问题。你用你的语言描写一个人哪怕同时爱上10个人，一般说也不会遭到追究，更不会发生其他的苦难。所以语言和实际不完全一致，语言的实现是一种虚拟的实现，并不是真的实现。有时候我也开玩笑说，现在有些作家喜欢在作品里写婚外恋，不但写第三者，连第四者、第五者都写出来了。但是你们不要认为凡是写第三者的，都很风流，其实那有很多技术性和操作性上的困难，现实生活中并不可能。有时候我甚至觉得恰恰是因为实现不了，所以才成了笔下的语言。一些写爱情写得好的作家，都是单身汉。安徒生就是单身汉，他写《海的女儿》《冰姑娘》都写得很美。

凡事都有另一面，语言也可能是虚假的，可能是套装的。“语言上的巨人，行动上的矮子”，在这里语言就成了贬义词。新疆一位过世的维吾尔族诗人，他有一句诗“我们有一批用舌头攻占城池的勇士”，就是讽刺语言的虚夸。在维吾尔语里，“舌头”就是语言。

我们知道，攻占城池毕竟是用武器、用军队，而不能用舌头、用语言。如果你的军事力量已经足够了，派一个能说会道的人去跟敌人谈判，也可以说用舌头攻占城池。但是从根本上，不是靠舌头，而是靠背后的军事力量，靠武装斗争。所以这里我们也看到了文学的非操作性和非行动性的一面。说是语言的弱点也可以，因而不要对语言手段抱不切实际的希望。

我有一个亲戚，80 年代初的时候被任命为一个小官，非常地兴奋。那时他从我这里拿了一些杂志看，看到蒋子龙的小说《乔厂长上任记》，写的是乔厂长大刀阔斧地进行改革，实干苦干，大干特干。我这个亲戚看完以后就激动得不得了，马上模仿着在他的小单位改造了一番。改造了一年，我这个亲戚就被调走了，因为他太莽撞了。小说里的东西，你把它当成操作的东西来做，很可能要失败。当然也有能操作的，有实践意义的。据说刘伯承司令员就很喜欢看《日日夜夜》里头描写保卫斯大林格勒战役的巷战描写，因为那些描写符合战略战术的一般原则。高扬同志担任河北省委书记时，曾经在省三级干部大会上把陆文夫的小说《围墙》当学习资料发给大家，因为《围墙》里面描写了一个不是空混的，而是自己实干苦干，而且富有创造性的一个干部。当时大部分文学作品不能在实践中照搬。我常常套用《三国演义》里的一句话，“言过其实，终无大用”，就是指说的比他实际做的好，这样的人没有办法派上大用处。我希望我们通过“言过其实，终无大用”这句话来警惕自己，在讨论文学的方式、文学的优越性同时也能看到语言不足的一面。

可能性与小说的追求

一　可能性对文学来说是一个关键词

小说让“可能”变成现实

我要讲的不仅限于小说，但主要谈小说，原因是小说大体上是按照生活的本来面貌再现生活的。

可能性，在文学当中是一个关键的词，甚至于对人类的实践活动都是一个非常重要的词。比如说，各种原理的探索和发现都是对一个可能存在的东西或可能存在的规律的追近。一个建筑师在他设计的宏伟建筑未建成之前，这个建筑对他来说只能是一个可能性。当然在科学的或工业的许多领域内，可能性并不意味着学问、实践或者活动的完成。只是画蓝图，不意味着建筑的完成，必须把它建成了，经过检验合格才算完成。但是文学不一样，文学上的可能性就是要把这个“可能”写得和现实一样，把可能性写好了就是完成了一部好作品，也就是使可能性虚拟地实现了。比如说爱情的可能性，爱情的可能性不能像建筑师似的画一张设计图，告诉人们你们应这样相爱，这是不行的。你必须把这种可能性写得栩栩如生，和确已发生过一样，和已经完成过一样，和已经是现实一样。在文学作品里我们所说的可能性就是可能的现实，或者是现实的可能。

诸葛亮 用最通俗的例子说起，比如写一个人的智慧，这个人能智慧到什么程度？于是我们马上就会想到诸葛亮，诸葛亮的智慧就是上知天文、下晓地理，可以借东风火烧战船，可以看出谁有反骨，未出茅庐而知天下大事。这是我们所知道的一个人可能有的智慧，他的预见，他的知识，当然诸葛亮还加忠诚，智慧和忠诚的可能到了诸葛亮身上就变成了现实。但是这个诸葛亮是小说中的诸葛亮，它表达的其实是一个人可能的智慧与忠诚，是人们对于智慧与忠诚的理想。

林黛玉 再比如说一个美丽的人物——林黛玉，《红楼梦》写出了一个又多情、又美丽、又孤独、又忧郁、又脆弱、又天才、又智慧的女孩子的可能性。你很难设想出一个身体比林黛玉更健康的女孩子，每天早上跑四百米，但是具有林黛玉的才能和敏感。谈到诗，她十三四岁就能写那么好的诗，人又那么聪明，又那么秀气，很难超过她。这与其说是林黛玉的实际状况，不如说是一种可能性。

安娜·卡列尼娜 俄国人把他们对于女人的美丽与真情的可能性的想象寄托在安娜·卡列尼娜身上。在俄国人心目中，她是一个圣洁的形象。托尔斯泰本来是写情欲给人带来的毁灭，但是最后被人们接受了，她变成了一个最美丽最圣洁的形象，所以俄国人看了美国人演的电视连续剧《安娜·卡列尼娜》就气得不得了，因为在他们心目中最圣洁的、高不可攀的，一个比美还要美的安娜·卡列尼娜落实成一个美国女演员。哪怕这个美国女演员身高 1.72 米，三围也都很合乎标准，但她把可能性给封杀了，她已经不是可能性了，变成了一个活人，甚至难免会有美国女人所特有的健康、豪爽、热情、淳朴，会有一种简单，会有一种浅薄，会有一种粗俗。

小说的“可能与不可能”

可能　特别是小说，为什么我没全面地谈文学的可能性而谈小说的可能性呢？因为小说是大概按照生活的原貌来给你讲一段生活，给你讲一段已经发生的事情。已经发生的事情不是绝对已经发生的事情，而是可能发生的事情。比如说爱情，可能发生的最震撼人心的爱情故事，于是有了罗密欧与朱丽叶。大家琢磨一下，小说里最动人的爱情故事大都是不成功的爱情故事，如梁山伯与祝英台、罗密欧与朱丽叶、安娜·卡列尼娜、包法利夫人，没有成功了的。没有几个两人身体健康，都有高等学历、正当职业、三室一厅，然后生活和谐，白头到老。当然白头到老也很可爱，也有专写白头到老的，但正是在这种又是完全可能的又是没有完全实现当中，发挥了文学的威力和魅力。一个男孩、一个女孩很好，都很可爱，就是两人老是被各种机缘错过，你说这是怎样的勾人魂魄！

可能与不可能　还有些是把不可能和可能混在一起，譬如有一些神怪小说、童话，它里面有一些前提是不可能的，至少到现在为止我们常人认为是不可能的。比如说唐三藏，他收了两个徒弟，第三个徒弟沙僧我没研究透，先不谈。我们先说前两个徒弟，一个是猪，一个是猴，你想来想去总认为是不可能的，毕竟是佛教的高僧收了两个徒弟，这毕竟不是养两个宠物，也不是搞一个家庭小动物园。但是它又是可能的，小说在猪八戒的身上尽量靠拢猪的特点，好吃懒做、喜欢睡觉，有很多粗俗的东西，但猪八戒从大节看也还不错，他的一些表现符合猪的性格，符合猪的可能性，所以我们就慢慢接受了，他亦猪亦人，亦俗亦佛，亦忠亦奸，亦蠢亦精，很多地方符合了这种可能性。一只猴儿能有孙悟空那么大的本事？这是不可能，但同时又是一种可能。因为从另一个角度来看，猴子在动物中是够精的，有一句话叫“猴精猴精的”，在动物里你很难找到比猴儿更精的。所以作者把一只猴儿描写得那么有本事，齐天大圣，定海神针，种种的故事，在这种可能与不可能的组合之中产生了文学的形象。

文本的可能性　还有一种，它确实不但是可能，而且是现实，就是所谓的纪实小说，所写的不是可能性，而是真正发生的事情。有一些作家，他的经历极为奇特，而且他不习惯于虚构，几乎是忠实地把已经发生的事情、已经看到的事情、已亲身经历的东西写下来。即使在这种情况下，依然是一种可能性。为什么呢？因为对同样一件事情、同样一个人，可以有非常不同的文本，这里探索的是文本的可能性，你用一个什么版本来说。不要说生活中经历的一些大事了，就是一件小事，比如宿舍里住着六个人，谁和谁有点不愉快，说话有点冲撞等一些小事情，这六个人就会有六个版本，或称六个文本，不可能完全一样，有的站在这边一点，有的站在那边一点；有的描写得大而化之，有的特别注意细节；有的是以调侃的态度来叙述这个事情，有的是很激愤地叙述这个事情。所以仍然有一个可能性的问题。

二　小说可能性之两方面

小说可能带给人类什么

这里所说的小说的可能性分两部分来谈，第一部分是小说可能带给人类什么，换句话说，就是小说的理念可能是些什么。中国自古是比较轻视小说的，重视诗歌，所有的大人物都写诗。也重视散文，特别是议论文、八股文，要是中了状元那也是不得了的事情。可是小说一直被认为是引车卖浆之流，在茶馆酒肆里街谈巷议的那些比较粗俗的故事，是我们小说的原型。但是到了近代，到了现代，对小说就提得越来越高，到了梁启超，就提出欲兴一国之政治者，必兴一国之小说，欲兴一国之经济者，必兴一国之小说，把小说的作用看得越来越重要。在小说能有什么理念的问题上，这里只做一个粗略的讨论，并尽量用我们中国的传统语言来讲。

载道　文以载道，这是中国早就有的传统。这里讲的载道是说通过一些很可能是通俗的、曲折的小说故事，能体现宇宙的和人生的一些根本性的道理，能给人以大的智慧。当然不是说所有的小说都能做到这一点，有的小说看了以后不但增长不了智慧，甚至会让你变得更加愚蠢，但确实有些小说在看完之后让你觉得在接近这个“道”，让你接近这个宇宙的本源、根本的规律。所谓“道生一，一生二，二生三，三生万物”，所谓“道可道，非常道”，但你在接近这个道。

那么和这个载道相接近的，属于这个范围里面的我们也可以讲知命，知天命。这一点在文学作品中就更多，不管是看《三国演义》，还是看《红楼梦》，甚至于你是在读其他体裁的文学作品，比如说看莎士比亚的戏剧，它都有一种非常强的宿命感；巴尔扎克的小说，也有一种非常强的宿命感。其实宿命感就是人对自己不能完全掌握自己命运的一种叹息。全世界那么多人，那么多美好的愿望，但是究竟有多少人达到了自己的目的呢？究竟有多少人是胜利者呢？也有人分析，一个胜利者都没有！比如《红楼梦》里一个胜利者都没有。谁胜利了？林黛玉当然是失败者，难道薛宝钗胜利了吗？薛宝钗当然没有胜利。在莎士比亚那么多戏剧中，你也能感觉到。我在这里并不是宣传宿命论，这和世界观无关，我只是说人生的一种感受。这里可说感受到一种冥冥中你所无可奈何的东西，你感受到在冥冥当中有一种不是你自己能够决定的东西，所以我要讲，载道就是要知命。

还有一个问题现在也是常说的，就是超越。我们通过读一部又一部的小说，读了很多，就会知道世间的悲欢离合。有俄国人，有北欧人，有日本人，当然首先是我们中国人，有各个朝代的人。我们看到人和人之间可以爱到什么程度，可以恨到什么程度，斗争可以激烈到什么程度。最后我们在得到了种种感受之后，我们能不能达到一点点超越呢？

我想这个超越和虚无并不完全是一个意思，在这点上我稍微多讲一讲。有人说《红楼梦》中有一章在宣传所谓色空观念，色即是空，空即是色；好了，好便是了，了便是好，世界上的一切事都是虚无的。你看着是娇妻爱子，但实际上娇妻对你也不会忠实，爱子对你也不会孝顺，你没有什么对娇妻爱子那么放不开的；你看仕途高升是多么可爱，但是你今天高升，明天不知道出点什么事，就戴上枷锁，就进监狱了。但是如果我们判断《红楼梦》的思想倾向的话，不能单独从那几句歌来判断，我们要看整本书，整本书要求的是一种超越，但同时又有对人生充分的认同。看《红楼梦》你就会知道，林黛玉很美、很可爱、很纯洁，林黛玉绝对不是赵姨娘，绝对不是尤二姐，林黛玉就是林黛玉。贾宝玉有贾宝玉的泛爱、真情，他的这种真情，也有很多真实的东西，如《寿怡红群芳开夜宴》，你会感觉到那是那个时候的青春的颂歌，因为那个时候不可能一群丫鬟一见贾宝玉，就“happy birthday to you”，只能用那个时候的方式，就是大家猜拳呀，行令呀，聚会呀。当然贾宝玉要享受，他既是那里唯一的男子，又是众女儿们爱慕的对象，还是贾母和王夫人宠爱所集中的一个人物，自然有特别的优越性，这揭示的是古代的一个命题，什么命题呢？就是“无非无”。这个话非常别扭，就是说无并非压根儿什么都没有。如果说《红楼梦》中有一种虚无，那是经历了人生的真正的滋味以后的超越，是什么都有过了以后的无，而不是对人生本身的否定。既然爱和不爱都一样，既然是为官的家业凋零，一切都是失败，人人要失败，那一生下来就掐死他好了。超越不是这个意思，而是在已经受了酸甜苦辣、悲欢离合以后，你会感觉到心胸更开阔，感觉到“白茫茫一片大地真干净”，这个干净并不是什么都没有。如果压根什么都没有，就没什么白茫茫的大地，只能是从黑洞到黑洞，一片白茫茫的大地，既有大地，又有白茫茫，已经是非无了。

所以说文学作品中的载道，哪怕是最虚无主义的、最超脱的东西，都是建立在人生的沧桑经验之上的，是对人类沧桑经验的一种肯定，是对那些表面的东西、肤浅的东西、狭隘的东西，亦即所谓浅层次的东西的一种超脱。它让人明白，人生当中原来可以有这么多悲欢离合，可以有这么多升降浮沉，可以有这么多前因后果。这样你在现实中碰到一点鼻子底下的小事，就根本不会把它放在心上，就能做到“无”了，能做到无就是超越，就是知命。人不可能每件事都计较，每个人都计较，每一分钟都计较，只有在有所不闻、有所不问、有所不知、有所不为的情况下人才可能有所知、有所问、有所闻、有所为。我想，大家看小说，会得到我们称之为“载道”的一种东西。

求仁 小说不管写成什么样，哪怕写得很残酷、很黑暗，但是我们总希望在里面看到作家的一颗仁者的心，一种对人类同情、理解、良善的愿望。很多写旧社会悲苦的作品，但读后都会让人感觉到作家有一颗求仁之心、仁者之心。鲁迅是一个非常尖锐的人，他的很多作品看上去是非常无情的，有些批评是严酷的，甚至是苛刻的，但鲁迅在写到劳动人民的时候，他永远有一颗同情心。他写到那些不幸的知识分子的时候，也仍然有一颗同情心。不管是看《故乡》里的闰土也好，还是看《药》里夏瑜和他的家庭，甚至于看阿Q，你总觉得在那么多嘲笑后面，仍然有一颗仁者之心。因为他写了阿Q那种物质和精神上的绝对匮乏所造成的这样可悲的处境，至于他写到孔乙己，写到魏连殳、子君、涓生这些不同时期老式和新式知识分子的悲剧时，更有一颗同情之心。

和求仁有关的或是非常接近的一个词，我很喜欢的一个词就是悲悯之心。因为人生确实并不顺利，人生有许多痛苦，有许多失败，有许多挫折，有许多困惑。那么作家写的这些作品，并不能够保证人们看完后心想事成、万事如意。因为万事常常不一定如意，或者不大可能都如意，心想也可能事成也可能事不成，所以有时候虽然是在小说里谈一些贩夫走卒之流的故事，但里面隐含着悲悯之心。比如《今古奇观》中杜十娘怒沉百宝箱，看完后总觉得难以释然。当然不同的人看杜十娘怒沉百宝箱也许会有不同的遗憾，要是一个财迷看完后最痛苦的是“那个箱子要是分给我一点，也比扔到江水里面好嘛”，或者最好考证一下，那个箱子掉在什么地方，能不能去打捞一下。但是更可悲的，是杜十娘本身的命运，她一个风尘女子，还希望得到真情，这个愿望实际上是实现不了的。关于悲悯之心，在《悲惨世界》那个主人公冉·阿让身上，悲悯简直是得到了理想化的表现，感到冉·阿让简直就是天使，就是佛，就是“我不入地狱谁入地狱”，就是拯救所有人的灵魂，所以叫《悲惨世界》，这个小说题目的本身就充满了悲悯。

也有把求仁的可能性变成了小说中的自我忏悔的，这种忏悔性的小说也非常多，最著名的例子就是托尔斯泰的《复活》。作品中描写聂赫留道夫公爵的忏悔，一个出身很高贵，自以为很文明，自以为很绅士的这么一个人，当他回想往事，反思自己年轻时的所做所为，发现了自己身上那么多自私的东西、卑劣的东西、不负责任的东西。托尔斯泰在另外一个小说《安娜·卡列尼娜》里，对安娜·卡列尼娜可以说是用悲悯的眼光来写，而他对列文呢，则是用忏悔的眼光来写。在小说进入了忏悔的阶段时，就一下子获得了一个非常大的严肃性。一般地说我并不主张一切小说搞得非常严肃，因为人们每天的生活就够严肃的了，再看几本内容很严肃的小说，这够呛。但是我们不能否认有一些小说里确实有作者的血泪忏悔，有作者的血泪反省，而且我非常尊重这样的作者、这样的作品。我归纳到求仁这个大题目底下的，还有小说中表现的英雄主义和人道主义，这在古今中外都有，都是为了树立一种道德的理想，把道德的理想变成一个活生生的人。看《精忠岳传》，或者是《说岳全传》，也是树立一个爱国的、忠君的、几乎是无可挑剔的、完美无缺的英雄形象。人道主义呢，那就更多了。十九世纪的现实主义作家几乎都在自己的作品里头拼命地表达同情不幸的“被侮辱与被损害的”人的情愫。这是属于第二个方面，就是求仁的方面。

批判小说的批判功能也是非常明显的，特别是在十九世纪后期，一批所谓批判现实主义的作家，他们和古典主义不一样，古典主义侧重于传奇，侧重于英雄故事。到了批判现实主义时期，他们注视着社会生活，他们剖析了社会生活中那么多的不义，那么多的不仁，那么多的不公正。不管是巴尔扎克、托尔斯泰，还是狄更斯，还有很多，俄国的更多了，他们都在自己的作品当中揭露了社会的许多问题，也揭露了人性上的许多问题。和批判有关系的，但是没有批判那么深刻的，比如说我们中国也有过所谓黑幕小说，像《官场现形记》《二十年目睹之怪现状》。现在也不能说这种小说已经绝种，就是有一种类似的揭示的快感，好像让你知道，或者是生活，或者是某一件事，某一个群体，这里头有多少黑幕。但是这种单纯的黑幕小说，它的文学成就是有限的，因为它缺少一种更深刻的分析，也缺少我前边说的那种仁者之心。

益智　小说还追求益智，就是增加你各个方面的知识。这方面的作用也是不可少的，虽然有些不大靠得住。

对魏、蜀、吴三国的历史，包括我在内，我们是从哪儿知道的呢？非常抱歉，我们是从《三国演义》这部小说里知道的，尽管这部小说里有许多和史实不完全符合的地方，可是我知道了史实之后反倒觉得非常遗憾。比如历史学家说周瑜并不是那么年轻，也不是那么爱生气，因为你在京剧舞台上，在《三国演义》里（京剧舞台其实也是按《三国演义》来描写）诸葛亮是一个足智多谋、留着长须、身上穿着八卦服，学问很大、智慧很高的人。周瑜是戴着翎毛、很帅很漂亮，但又很好胜、火气很大的人。但史学家说根本不是那么回事，说周瑜的年龄比诸葛亮还大；根据历史上的考证，周瑜也不是气死的，也不是活得那么短命。我知道了这个情况以后，小说的力量让我不愿意面对真实，觉得很遗憾，觉得好多的故事都没有了！有时候我们也知道一些具体的小说素材是怎么来的，这个作家也承认故事是根据谁的故事来的，但好事者是非常多的，他就愿意想办法去考证。比如说一个爱情故事，这男的是谁呀？那男的是老赵。那这女的是谁呀？这女的是小丁。你一考证就玩儿完。本来小说里写的小丁是非常美丽、非常漂亮的人，但你看到她的时候她已经58岁了。你一考证，哎哟，她值得这么失魂落魄吗？所以说小说给你很多知识，充实了你生活的经验。因为每个人现实生活的可能性是非常受限制的，而文学的可能性是不受限制的。你可以读希腊的古典神话，可以读荷马的史诗，可以读欧洲的、美洲的、航海的、探险的、沙漠的，一直到侦探的、警匪的……各种作品都可以读。

还有人们不希望各种经验都有，比如被抢劫的经验，不希望有；天灾人祸的经验，不希望有；战争的经验也不是好事，原子弹轰炸的经验你也不希望有。但人们不希望有又希望知道，又求这个“知”，那怎么办呢？那就读小说呗，小说在这方面起一个益智的作用。

游戏　这一点非常地重要。刚才我讲了小说那么多重要的作用，又载道又求仁，又批判又益智，但是最后我说，要游戏！因为小说不是以教科书的形式、以教科书的性质来让人受教育。当然你们文科有些书必读是为了得分，那另外再说。对多数人来说，从小说里头得到一种娱乐，得到一种趣味，得到一种轻松。邓小平同志就讲过，他说我有时候也看小说，我要换换脑筋啊。我想他说的换换脑筋，就是他整天忙于国家大事、党的大事，还有国际的大事，他换换脑筋就是轻松一下。所以连邓小平同志也承认，读小说有所谓“换脑筋”的作用，有休息的作用。

小说的游戏作用是被很多东西所决定的，它很有吸引力，可以转移你的注意力，即使它非常严肃，题材非常重大，但是它毕竟都是纸上谈兵，没有现实的危险。哪怕你看《忏悔》，看得心里头非常感动，甚至于流了眼泪，但这毕竟不是那个“双规”的忏悔啊，它不具有“双规”的威胁呀！你是舒舒服服地流泪的呀！还有叙述本身可以成为游戏，文字本身也可以成为游戏。自从人学会了语言、学会了文字以后，除了表达的功能外，如用语言来请求，用语言来说服别人，或者用语言来威吓、恫吓别人，语言还有一个功能，那就是游戏！语言本身是很好的游戏，有绕口令，如“吃葡萄不吐葡萄皮”什么的，这本身就是一个游戏。还有一些纯粹的文字游戏，它也有一种游戏的作用，能够使你变得轻松，能够使人通过非常美好的描写、非常深情的描写，起到一种间离的作用、间隔的作用。比如说李商隐，李商隐的很多诗是非常颓废的，如“春心莫共花正发，一寸相思一寸灰”“春蚕到死丝方尽，蜡炬成灰泪始干”，但是通过这种绝美的描写，使他的爱情和仕途上的悲哀，与文字表达之间产生了一个距离，变成了一个咬文嚼字——要有对偶，要有平仄的和谐；字还要用得非常的准确、非常的古雅，这又变成了一种对文字的推敲。我相信一个人到了这个时候，反倒得到了一种解脱。所以说小说游戏的作用也是非常重要的。

美 这一点为什么把它放在最后谈呢？因为这是我最没有把握的一点，但又是最重要的一点。就是通过我们的小说来追求一种美的可能。这种美的东西，对于文学家来说是太重要了，对于喜爱文学的人来说也太重要了，但是谁也说不清楚。你从理论上、科学上、学问上、学派上，讲美讲丑都可以，都可以讲得很方便。有时候我也想，世界上有许多事本来很明白，你一研究它，反而不明白了。一个最简单的问题，就是馒头，这馒头什么叫熟了？一吃就知道了。要对“什么叫熟了”下个定义，我觉得这事就麻烦了，不黏牙就叫熟了？干面儿它也不黏牙啊。吃着香就叫熟了？你如果想下一个科学的定义就非常困难。但是小说里能够给你一个美丽印象，哪怕你写的是很丑恶、很残酷的事情。有时候美让你欣赏、让你愉悦。比如去年我 12 月去印度访问，泰戈尔的一些作品读起来，你就感觉到美。

但是也有从恶的一面、残酷的一面，来迫近这种可能的美丽。譬如说一个英国作家，更严格地说应该是爱尔兰作家，叫奥斯卡·王尔德，如果你看过《快乐的王子》这个童话，觉得他是对世界充满着悲悯。他写城市里一个快乐王子的雕像，看到一些贫民、穷人生活的惨状，就委托一只小燕子来帮助这些穷人，今天说你把我的眼睛里的宝石挖去送给这个孤儿，明天说你把我头上的一个金片送给那个寡妇，最后小燕子来不及往南方飞便被冻死了，而这个快乐的王子也心脏爆裂，那是非常悲悯的。前年我在都柏林，看了爱尔兰话剧团演的《莎乐美》。《莎乐美》是根据《圣经》上的故事编写的。那个演员非常漂亮，不但是现实的漂亮，而且是可能的漂亮，她的声音特别有一种感动力，她演的莎乐美是一个非常漂亮的公主，她的爸爸抓住了一个当时认为是邪教的头子，绑在那儿，她随爸爸过来看。莎乐美一下子爱上了这个邪教头子，但是这个邪教头子对莎乐美公主不屑一顾，根本不予理睬。宫廷卫队队长爱着莎乐美，而莎乐美对那个宫廷卫队队长也是不屑一顾。于是那个宫廷卫队队长就当着国王、王后、莎乐美、邪教头子和各位宫廷卫队队员的面自刎，顿时身首异处，栽倒尘埃，就这么死了。事后她爸爸情绪很低落，说："莎乐美啊莎乐美，你给我唱首歌，给我跳支舞吧。"莎乐美说："我不想跳。"她爸爸求她，她还是不想跳。她爸爸说："只要你给我跳支舞，你提出任何的要求我都能够做到，都满足你。"莎乐美说："我就要邪教头子的脑袋，把脑袋割下来送给我！"她爸爸害怕了，说："提这样的要求是恐怖的、是有罪的。"莎乐美很坚定："我可以给你跳舞，你不能食言，我一定要这个邪教头子的头颅。"最后她爸爸被莎乐美给镇住了，被她的美给镇住了。她跳了一个舞，她爸爸就把邪教头子的脑袋割下来了，然后莎乐美就抱着这个脑袋亲吻，并不停地说："我爱你呀！"中国人看了这个一定很奇怪，这比神经病还厉害嘛！这里面美变成了一个可怖的力量，美变成了毁灭的力量，一个毁灭的因素。欧洲人喜欢玩儿这套，中国人灵魂深处也有类似的东西，中国人对美女一直认为是妖魔鬼怪，妲己、杨贵妃都是女祸。

下面我们再来分析这种心理，把美当作一种破坏的力量来表现，当作一种可怖的力量来表现，当成一种令人震颤的因素来表现，这是很奇怪的。欧洲还有美国一些作品有写吸血鬼的，我翻译过一部小说，讲一个很美好很可爱的女子，她是个吸血鬼，他们信这个，至少曾经信过这个，就认为有一个特别美的美人是吸血鬼。我们中国也有，就是京剧《武松杀嫂》。这本来是个暴力戏，但是京剧的表现方式是让观众把它当审美的对象来看，特别是武松杀人的动作，和潘金莲的躲避、躲闪、翻跟头，变成了一个舞蹈，那也是一种可怖的美。曹禺的话剧《原野》，里面有一段就是在荒野之上，仇虎要走了，金子追仇虎，瞎老太太拿着足以打死人的铁杖在后面追，那也是一种可怖的美。

由此可见，小说是从各种不同的角度、侧面来探寻美究竟是一个什么东西，美究竟会给我们一些什么样的震撼，美究竟会给我们一些什么样的吸引，美究竟会给我们一些什么样的刺激，美究竟会怎么样使我们叹为观止。有时候美使我们舒服，有时候美使我们不舒服，使我们感到一种惊奇、一种惊异、一种被刺激的感觉。就是在小说提供的各种不同的人生的经验当中，从各种不同的场景当中，从各种不同的宇宙的变换当中，在寻找一种东西，寻找一种能够震撼我们心灵的，或者能像泰戈尔那样愉悦我们的心灵、能够抚慰我们的心灵的一种美。

追求永恒　不管是载道也好，求仁也好，批判也好，益智也好，游戏也好，追求美也好，能起到什么作用呢？我们的小说在各种文学形式当中可以说是最富于世俗性的，它经常要讲一些平民百姓的故事，经常要讲一些男女婚丧嫁娶的故事，经常要讲一些恩怨情仇的故事，这种最富有世俗性的后面，揭示的是人们在追求一种形而上的东西，在追求一种永恒。

各式各样的小说里有很多很粗俗的东西、很浅薄的东西、很简单的东西和常说的善有善报、恶有恶报、善恶报应。但是在小说背后反映的是人的一种精神追求，反映了人把自己的精神提升到一个形而上的境界、一个永恒的境界的一种可能性。

在这里我也愿意提一下，就是我们大家都知道的一些故事，这些故事作为小说的发生学来讲，我觉得它们给人以启示，让人咀嚼起来无穷无尽。第一个我最喜爱的故事就是《天方夜谭》，也叫《一千零一夜》。故事一开始就开宗明义，是一个暴君由于受到女人的欺骗，每天晚上娶一个老婆，第二天早上杀掉。最后宰相把自己的女儿谢赫拉萨达送到暴君的身边，谢赫拉萨达对暴君说："明早我就要被砍头了，请允许今晚我的妹妹来陪我。"就把妹妹找来了。妹妹说："姐姐，你给我讲一个故事吧。"于是她就开始讲故事，暴君也在旁边听。讲到天快亮的时候，她说："我已经到了死期了，我不再讲了。"这个暴君说："这个故事这么好啊，今天不杀了，明天再杀，晚上接着讲。"于是她又讲了一晚，这样讲了一千零一夜，这个暴君恢复了人性，把他这条杀人的规矩取消了，一个也不杀了。哎呀，我觉得作为小说的发生学简直找不到更好的诠释了！首先小说是作为一个克服死亡的因素、作为克服残暴的一种因素而产生出来的。其次，小说还是作为克服恐惧的一种因素而产生出来的。为什么小孩子总是到晚上临睡的时候磨着他妈妈讲故事呢？他白天玩得正高兴的时候，在外面连蹦带跳，上墙头、上树，甚至和小朋友打架，他也不会听你讲故事。但是到了晚上，他相对处于一个弱势，人处在弱势的时候需要故事呀。暴君也有处于弱势的时候，虽然他那么残暴，但其内心是非常空虚的，他听到谢赫拉萨达给她妹妹讲故事，他也非常爱听，也吸引了他。小说也有这样一种充满魅力、充满吸引力的因素，也有使人向善的因素，我觉得这特别好。我们中国人喜欢讲大灰狼的故事，版本很多。是羊还是兔子？正宗的版本是什么，是羊？反正是比较温顺的一种动物。它们的母亲外出了，结果被一只狼冒充它们的外婆混进来了，这些弱势的动物联合起来最后把狼消灭了。我觉得这是一个非常好的故事，也是一个永恒的故事。

小说是对时光的一种抗拒，一本成功的小说能使其中的人物永葆青春。在我们的心目中不管什么时候，林黛玉永远是少女，没有一个人的脑子里会想象林黛玉是一个老妪；不管什么时候，贾宝玉都是个 boy，你也永远不会想到贾宝玉是一个 old man。所以说小说追求着一种永恒，连接着一种永恒，这是小说的最高境界。

小说构成的可能性

叙述的可能性　就小说创作本身而言，小说构成的可能性就更多了。比如说叙述的可能性，没有比叙述更引诱人的了。就是要把一件事情讲给别人听，能让人听得津津有味，这实在是一个本事。同样的一个故事，同样的一件事，有人就可以讲得非常生动，讲得非常鲜活，讲得惟妙惟肖，讲得如临其境，如见其人，如闻其声。看《红楼梦》多了，连说话的方式、语言都受到影响，它的叙述能够达到鲜活的程度。第一要生动鲜活，第二要精彩。人生可以是精彩的，也可以是不精彩的，生活中有许多不那么精彩的东西，但是你能不能从这些不精彩的东西里像沙里淘金一样地淘出精彩呢？这难道不是一种本事吗？这难道不是人类能力一种非常好的表现吗？我们说一个是生动鲜活，一个是精彩，那么和精彩紧连着的、比精彩低一等的就是刺激。有很多通俗小说，虽然不甚精彩，但是它很刺激，也算有可取之处。还有，在叙述当中，不断寻求叙述的角度、叙述的声调，这方面的文艺理论非常之多。我现在来说话，当然就是以王蒙的口气来说话，那我写小说就不见得。写小说的我，也可能是小说里的一个主人公，也可能是一个女性。1954 年我在《人民文学》正式发表的第一个短篇小说，叫《小豆儿》，《小豆儿》中那个“我”是女性。

结构的可能性　除了叙述的可能性还有结构的可能性，结构的可能性也是无限的。最普通的叫所谓的线性结构，就是按因果关系、按时序来讲叙一个故事，这个方法没有什么不好的。但是如果人人都这样，先讲因后讲果，后一个果又变成一个新的因，如此循环人就烦了。所以就必然出现一种反线性结构，或者是多几条线，或者是颠倒次序。有很多小说它必须颠倒次序，比如说推理小说、侦探小说，必须把结果描写得非常刺激，把破案的过程写得非常艰难，这才会有人看。一般的侦探小说、推理小说规律是这样，一看开头就放不下了，结局出来了，没有什么特别精彩的。但是小说通过它的结构完全吸引住了你，完全掌握住了你，完全让你欲罢不能。这些结构也好、叙述也好，可能性往往又是互相背拗的。比如一般我们希望让这个结构非常清晰，能够看得很明白、很清楚。但是有的作品在这方面让人费点劲，看得不那么舒服，甚至一开头看得乱哄哄的，左边说一句，右边说一句，前边说一句，后边说一句，好像给你一大堆七巧板，或一大堆积木，让你看完以后慢慢把它拼起来，最后你在心中整理出一个线索。而这样对有些人来说不失为一种乐趣，他不希望看现成的结论，不希望看流水账似的，或像编年史似的这样的过程。而且这种所谓时空的跳跃叙述能给人一种哲理的启示，这种启示是在那种按时空、顺序写的作品里所得不到的，这就是所谓的结构的可能性、叙述的可能性。

语言的可能性　我再特别强调一个，就是语言的可能性。自从有了小说以后，它能把那些我们司空见惯的语言，那些用了又用、已经变得苍白、变得陈旧的语言，经过使用上的花样翻新，能够化腐朽为神奇，使语言一下子发了光，一下子具有了强大的力量，这样的作品太多了，这样的故事也是非常之多。也有些小说家他们甚至不完全遵循一般的语法和修辞的规律。修辞学、语法学里有很多规矩，我们是应该学习的、掌握的。但到了小说家那里呢，有时他是鬼斧神工，有时他匪夷所思，你不知道这个词他怎么能就用上了，而且用了以后收到与众不同的效果，我想这样的例子也是非常之多的。

所以从小说的表现上，从小说的创作上，或者说从小说的制造上，它的可能性是无限的。我们可以说，小说是人的精神的试验场，这个试验场不仅是便捷的，而且是无穷无尽的。

辑贰

行板如歌

作家不是世界的审判官，而是世界的情人。

行板如歌

柴可夫斯基好像一直生活在我的心里。

当然与五十年代的唯苏俄是瞻有关系。但是对于苏俄的幻想易破——也不是那么易——对于柴可夫斯基的情感难消。他已经成为我的生命的一部分了。

他之容易接受，是由于他的流畅的旋律与洋溢的感情和才华。他的一些舞曲与小品是那样行云流水，清新自然，纯洁明丽而又如醉如痴，多彩多姿。比如《花的圆舞曲》，比如《天鹅湖》，比如钢琴套曲《四季》，比如小提琴曲《旋律》，脍炙人口，家喻户晓，浑如天成，了无痕迹，它们令人愉悦光明，热爱生命。他是一个赋予生命以优美的旋律与节奏的作曲家。没有他，人生将减少多少色彩与欢乐！

他的另一些更加令我倾倒的作品，则多了一层无奈的忧郁，美丽的痛苦，深邃的感叹。他的伤感、多情、潇洒，无与伦比。我总觉得他的沉重叹息之中有一种特别的妩媚与舒展，这种风格像是——我只找到了——苏东坡。他的乐曲——例如《第六交响曲》(《悲怆》)，开初使我想起李商隐，苍茫而又缠绵，缛丽而又幽深，温柔而又风流……再听下去，特别是第二乐章听下去，还是得回到苏轼那里去。他能自解。艺术就是永远的悲怆的解释，音乐就是无法摆脱的忧郁的摆脱。摆脱了也还忧郁，忧郁了也要摆脱。对于一个绝对的艺术家来说，悲怆是一种深沉，更是一种极深沉的美。而美是一种照耀着人生的苦难的光明。悲即美，而美即光明。悲怆成全着美，美宣泄着却也抚慰着悲。悲与美共生，悲与美冲撞，悲与美互补。忧郁与摆脱，心狱与大光明界，这就产生了一种摇曳，一种美的极致。

这也可以说是一种哲学。人生苦短，人生苦苦。然而有美，有无法人为地寻找和制造的永恒的艺术普照人间。于是软弱的人也感到了骄傲，至少是感到了安慰，感到了怡然。这就是柴可夫斯基的《第六交响曲》的哲学。

在他的《第五交响曲》与《D 大调小提琴协奏曲》中，既有同样的美丽的痛苦，又有一种才华的赤诚与迷醉，我觉得缔造着这样的音乐世界，呼吸着这样的乐曲，他会是满脸泪痛而又得意洋洋，烂漫天真而又矜持饱满。他缔造的世界悲从中来而又圆满无缺。你好像刚刚迎接到了黎明，重新看到了罪恶而又清爽，漫无边际而又栩栩如生的人世。你好像看到了一个含泪又含笑的中年妇人，她无可奈何却又是依依难舍地面对着你我的生存境遇。

是的，摇曳，柴可夫斯基最最令人着迷的是他的音乐的摇曳感。有多少悲哀也罢，有多少压抑也罢。他潇洒地摇曳着表现了出来，只剩下美了。

这就是才华，我坚信才华本身就是一种美。它是一种酒，饮了它一切悲哀的体验都成了诗的花朵，成了美的云霞。它是上苍给人类的，首先是给这个俄罗斯人的最珍贵的礼物。是上苍给匆匆来去的男女的慰安。拥有了这样的礼物，人们理应更加感激和平安。柴可夫斯基教给人的是珍惜，珍惜生命，珍惜艺术，珍惜才华，珍惜美丽，珍惜光明。珍惜的人才没有白活一辈子。而这样的美谁也消灭不了，在火里不会燃烧，在水里也不会下沉。这后两句话是一首苏联革命歌曲中的句子。原谅那些毫无美感但知道整人的可怜虫吧，他们已经够苦的了。

在我的《组织部来了个年轻人》中，我描写了林震与赵慧文一起听《意大利随想曲》。《意大利随想曲》最动人之处就在于它的潮汐般的、波浪般的摇曳感与阳光灿烂的光明感。人生太多不幸也罢，浮生短促也罢，还是有了那么迷人，那么秀丽，那么刻骨，那么哀伤，有时候却又是那么光明的柴可夫斯基的音乐。那是永久的青春的感觉与记忆。这能够说是浪漫吗？据说行家们是把柴可夫斯基算作浪漫主义作曲家的。

一九八七年我在意大利的佛罗伦萨看到了老柴的故居，在佛市郊区，在灌木丛下有一个白栅栏。可惜只是驱车而过罢了。缘止于此，有什么办法呢？

我宁愿说他是一个抒情作曲家。也许音乐都是抒情的。但是贝多芬的雍容华贵里包含着够多的理性和谐的光辉，莫扎特对于我来说则是青春的天籁，马勒在绝妙的神奇之中令我感到的是某种华美的陌生……只有柴可夫斯基，他抒的是我的情，他勾勒的是我的梦，他的酒使我如醍醐灌顶。他使我热爱生活热爱青春热爱文学，他使我不相信人类会总是像豺狼一样你吃掉我、我吃掉你。我相信美的强大，柴可夫斯基的强大。他是一个真正的催人泪下的作曲家。普希金、莱蒙托夫的抒情诗的传统和屠格涅夫、契诃夫的抒情小说的传统。我相信这与人类不可能完全灭绝的善良有关。这与冥冥中的上苍的意旨有关。

我喜欢——应该说是崇拜与沉醉这种风格。特别是在我年轻的时候，只有在这种风格中，我才能体会到生活的滋味、爱情的滋味、痛苦的滋味、艺术的滋味。柴可夫斯基是一个浓缩了情感与滋味的作曲家，是一个极其投入极其多情的作曲家。

他的一些曲子很重视旋律，有些通俗一点的甚至人们可以跟着哼唱。其中最著名的应该算是《第一弦乐四重奏》第二乐章——《如歌的行板》了。循环往复，忧郁低沉，而又单纯如话，弥漫如深秋的夜雾。行板如歌云云虽然只是 Andante Cantabile 的译文，但其汉语语词也是优美的，符合柴可夫斯基的风格。我写过一个中篇小说，题目就叫《如歌的行板》，这首乐曲是我的主人公的命运的一部分，也就是我的生命的一部分了。冯骥才说本来他准备用“如歌的行板”为题写一篇小说的，结果被我“抢”到了头里。有什么可说的呢！大冯！你与柴可夫斯基没有咱们这种缘分。我不知道有没有读者从这篇小说中听出柴可夫斯基的音乐来。还有一些其他的青年时代的作品，我把柴可夫斯基看作自己的偶像与寄托。

真正的深情是无价的。虽然年华老去，虽然我们已经不再单纯，虽然我们不得不时时停下来舔一舔自己的伤口，虽然我们自己对自己感到愈来愈多的不满……又有什么办法！如果夜阑人静，你谛听了柴可夫斯基的《如歌的行板》，你也许能够再次落下你青年时代落过的泪水。只要还在人间，你就不会完全麻木。

于是你感谢柴可夫斯基。

在贝多芬故居

当我们即将结束对波恩—科隆的访问，乘美国飞机前往西柏林之前，冒雨访问了贝多芬故居。贝多芬，仅仅这三个字本身已经够令人神往的了。上小学的时候，我在语文课本上读到了他的《月光曲》的故事。稍稍大一点，在中学举行的唱片欣赏会上，我为他的《田园》交响乐而陶醉、欢欣，禁不住喝彩。解放后，更不用说了，他的《英雄》（第三）、《命运》（第五）及气势宏伟的《第九交响乐》，是那样普遍、强烈而又深深地打动过远在东方的中国青年的心，他的音乐大大地丰富、震撼了（应该说是净化而又强化了）人们的灵魂。直到现在，贝多芬仍然是我们人民最熟悉、最敬仰、最崇拜的音乐家。而江青竟然丧心病狂地借着批判什么“无标题音乐”，企图向贝多芬身上吐口水。“四人帮”被粉碎了，一九七七年，中央电视台终于播出李德伦指挥的贝多芬《命运》交响乐的演出实况，这曾经被国内外公众一致认为是一件大事。在中国，贝多芬的命运已经和人民的命运联系起来了，他已经成为文明、智慧、艺术、激情、良心和人道主义的象征。我们怎么能不急于去瞻仰这位巨人生活和劳作过的地方呢？我们的心怎么能不为离贝多芬这样近而怦怦跳动呢？

然而，贝多芬无言，贝多芬故居无言。那只是一所窄小的、不起眼的、古老的带阁楼的房子。在挺拔的高楼大厦之中，在珠光宝气、五光十色的店铺当中，它显得谦逊甚至寒碜，除了楼梯和地板老旧，因而有点变形，有点凹凸不平，走上去不断地发出吱吱扭扭的呻吟声，除了给你一种“发思古之幽情”的感受之外，这座楼并没有任何值得称道之处。贝多芬出生的房间、会客的房间和弹琴的房间……都那样矮小而平凡。低矮的天花板，甚至使你觉得有点喘不上气来。贝多芬用的琴，远不像现在音乐厅舞台上的钢琴那样巨大而又辉煌。这真的是贝多芬的故居吗？是至今没有多少人能望其项背的贝多芬的出生地吗？当然。文章憎命达，艺术也憎命达吗？还是真正的巨人不屑于去追求那些庸俗的富贵荣华？而古今中外，那些养尊处优、神气活现、威风凛凛的家伙，倒多半是一些庸俗的草包呢！

陈列品中间，给人印象最深的一个是贝多芬的秘密遗嘱。贝多芬在因耳疾而失去听觉以后，痛不欲生，写下了这个遗嘱。但他终于默默地承受了命运的这一打击，咬着牙挺了过来，聋着耳写下了一个又一个脍炙人口的乐章。这份遗嘱是直到他死后才发现的。不论什么大人物都会有自己的精神危机，真正的强者不是从来不发生“危机”的人，而是发生了危机能咬着牙挺过去的人。但另一方面，声音的巨匠、声音的大师、声音艺术的无所不能的创造者本人，却听不到声音，如果真有命运之神的话，这个命运之神也真太残酷了。

我们还看到了贝多芬的葬礼的照片，走在送葬的长长的行列前头的是舒伯特，《鳟鱼》《未完成交响乐》的曲调似乎在耳边响起。

莱茵河的流水，一浪接着一浪啊！可惜的是，我在西德先后下榻的波恩、西柏林、汉堡、慕尼黑、海德堡和法兰克福的六个旅馆里，除了汉堡的大西洋旅舍里可以收听到这些古典乐曲外，其他的旅舍的收音装置上，好几套节目中，播送的差不多都是咖啡馆和酒吧间的舞曲。

当我这个外行怀着虔诚而又感伤的心情，观看着贝多芬的那些画满“蛤蟆蝌蚪”的乐谱手稿的时候，过来了两位黑眼睛、黑头发的姑娘，她们中的一位问我：“你们是中国人吗？”我连忙告诉她们，我们是来自北京的中国作家访问团，并且把我的一张名片交给她。她们立即自我介绍说：“我们是从台湾地区来的。我们在美国哥伦比亚大学读书，是到德国来旅游的。”她们又问：“如果有人给你们解说，我们可以和你们一起听解说吗？”真是让人高兴，我兴奋地把她们介绍给我们的团长冯牧和诗人柯岩，以后的参观我们一直在一起。

参观结束以后，中国作家访问团的成员签名留念，两位台湾女学生也把名字签在我们中间，但在名字的后面画一个括弧，注明是学生。她们两位的名字大概是陈淑云和周曼玫，当时没好意思用笔记下来。其中的一位在分手时向我索取名片，我才悟到刚才只给了她们一张。我再把名片给她们时，她们说：“幸会，幸会！”我说：“找个机会到北京玩一玩吧！”她们齐声回答：“我们都想去！”

在贝多芬的故居，我们碰到了台湾的骨肉同胞，碰到了温柔、亲切的台湾姑娘。是巧遇吗？是巧遇。是偶然吗？却并非偶然。对于人类优秀文化的尊崇，从来都和热爱祖国的感情相连。而粉碎“四人帮”后中国所发生的变化，中国人民和各国人民的关系所发生的变化，也大大推动了海峡两边的同胞们的接近。贝多芬的音乐是沟通人们心灵的桥梁，所以它是不可摧毁的，江青留下的只是一段丑闻。海峡两岸的中华儿女的接近，也是不可阻挡的，沟通海峡两岸同胞的桥梁，终将架设起来！

对于音乐，我所知甚少，只是爱好而已。贝多芬和柴可夫斯基，是我最倾心的两位大师。柴可夫斯基的乐曲有一种丝丝入扣、渗透到人的心灵里去的魅力，有一种忧郁的、抒情的、委婉的美。而贝多芬，他的作品是那样华丽，那样雍容，那样强劲而又丰满。它具有的是征服人心、点燃人心的火焰般的力量，它充满了威严的、强大的对于光明的渴望和信心。

当我冒着小雨从贝多芬的窄小的故居走出来的时候，我充满了欣悦之情。贝多芬就在这里，贝多芬就在我们的心里。我们每个人都应该比现在的状况更好一些。我们每个人都可以像贝多芬那样永远光明，永远善良，永远执着向上……

我们明朝就要远航

我不是歌唱家，但连我自己回想起来都觉得惊异，五十年代我怎么会唱那么多苏联歌曲！

如果说我会唱的苏联歌曲多如天上的星星，未免像是吹牛。但如果说我会唱的歌曲比王府井大街上的灯火还多，却仍然不失为一种东方式的谦逊。

让我们来试一试。请点歌吧：要哪个作曲家的作品？杜那耶夫斯基还是索洛维约夫·谢多依？勃兰切尔还是米留金？或者是查哈罗夫的民歌风？要哪部电影的插曲？《光明之路》？《童年》？《小海军》？《萨特阔》？《库班的哥萨克（幸福的生活）》？《夏天》？《忠实的朋友》？《蜻蜓姑娘》？要哪个民族的哪个歌唱家演唱过的？聂恰耶夫的《列宁山》？尼基丁的《春天的花园花儿好》？庇雅特尼茨基合唱团的《有谁知道他呢》？哈丽玛·纳赛洛娃的《哈萨克圆舞曲》？那歌声中穿插着的金铃般的笑声令人心旷神怡！乌兹别克的塔玛拉·哈依的演唱里跳荡着羊皮鼓的节奏。还有在中国大受欢迎的阿塞拜疆的拉希德·培布托夫呢，他用抒情男高音唱着《货郎与小姐》的插曲：

卖布，卖布哇，
卖布，卖布哇……

我再问你，你要我歌唱十月革命与内战期间的哪个英雄呢？肖尔斯？（副歌的高音部是怎样地撕裂人的心肺！）夏伯阳？伏罗希洛夫？布琼尼？更不要说斯大林了！我会唱的歌颂斯大林的歌曲足够开半场音乐会！

在这些我们喜爱的苏联歌曲里面就有索洛维约夫·谢多依的《海港之夜》：

再见吧，亲爱的城市，
我们明朝就要远航，
当黎明时光，在船的甲板上，
看蓝色的头巾飘荡……

也许是少不更事，也许是那纯洁的年代、纯洁的心的生发，五十年代，从来没有见过海，没有上过舰艇，更没有当过水兵的我一唱起这个歌就觉得感同身受，身临其境，为之销魂。在海港上，在夜雾里，前面是辽阔无垠的大海、即将开始的远航，背后是亲爱的城市、亲爱的姑娘、飘荡着的送行的蓝头巾。这是怎样的美和惆怅，怎样的豪迈而又温柔、缠绵而又自由！这旋律，这节奏，传达着的正是海潮与心潮的起伏，大海与水兵的呼吸，夜雾与头巾的飘荡。我分不清歌声、水声与心声了。

后来就不唱这些歌了。

让人没有心情去唱它。

偶然唱起，恍如隔世，只觉得不协调，好像气管里吸入了一片碎玻璃——危险的体内异物。

一九七九年，我们举家从新疆迁回北京，后来，我的搁置了二十多年的书稿《青春万岁》也终于见了天日。《青春万岁》后记里提到的“谨以此书献给”当年“马特洛索夫夏令营”的朋友们，到我们的临时栖身之地（当时还没有房子）来看我的妻子和我。我们这些五十年代的青年们冒着小雨去了劳动人民文化宫，在一座大殿的廊檐下面，我们唱起了当年爱唱的歌，其中有《列宁山》，也有这首《海港之夜》。

我们唱这些歌，只是为了纪念（悼念？）我们自己的逝去的青春。

一九八四年，我欣然接受了去苏联塔什干（现为乌兹别克斯坦首都）参加亚非拉电影节的建议。这在前几年是无法想象的。我欣然成行，除了别的许多大的原因外，还有两条“个人动机”。一个是我想运用一下我在我国新疆十六年所学到的有关苏联中亚地区各民族的语言、文化、历史的知识，去接触这方面的第一手材料。第二，我要到原诞生地去寻找我所钟爱、我所失去的那些歌曲。

这最后一条对于代表团来说可能无关紧要，对于我个人，却是牵肠挂肚。

春节刚过，在我家里，许多个晚上都响起了五十年代的苏联歌曲声。“太阳落在山的后边”之后便是“一条小路弯弯曲曲细又长”，“遥远啊遥远”之后便是“听吧，战斗的号角发出警报……”

快要五十岁的时候忽然大唱起不到二十岁的时候爱唱的异国的歌，这也是一种难得的体验。我失眠了。

中国的作家可真有福气！他们的独有的体验，独有的各种连续的和各种中断的往复，提供着多么丰富的灵感！

我告诉我的家人、我的朋友，访苏期间，我要用我的为数不多的零用外汇，全部去购买苏联歌曲原声带。

一位最近从苏联归来的朋友劝告我不要这样做，理由是苏联的盒式录音带质量不理想，价钱又不便宜。

是这样吗？我将信将疑。似乎有那么一丝遗憾，如果真是这样的话。

初夏时分，我来到了苏联。在莫斯科的俄罗斯饭店，在塔什干的乌兹别克斯坦宾馆，在第比利斯的埃维丽亚旅舍，我只要一有机会进房间，便立即拧开广播旋钮，我要寻找我的老朋友——我的歌。甚至在我需要睡觉的时候我也不关收音机，而只是把音量拧小一点，在这似曾相识、陌生中包含着某些我熟悉的特色的歌声中我会更好地入睡。即使已经睡熟，即使我已经失去了一切知觉，我的耳朵——我的心仍然在谛听，仍然在寻觅，仍然在期待着。

总算听到了一次《喀秋莎》。听到了一次在苏联唱之已久的《五月的莫斯科》：

柔和晨光，在照耀着，

克里姆林宫古城墙，
无边无际苏维埃大地，
正在黎明中苏醒……

我知道，在苏联，每逢五一节都要反复播放这首歌的。这首歌大概诞生得很早，四十年代或者三十年代也说不定，但我接触到它，还是在五十年代。

大概除了苏联国歌之外，这是在苏联唱得历史最久的一首歌了。

歌声依旧，人事全非，呜呼！

此外，广播里、电视里、晚会上听到的诸多歌曲都是我所不知晓的。但这些歌曲的豪情与柔情的结合、热烈澎湃与忧郁委婉的交织，特别是那种特有的阔大、坚决、自得而又自信的如醉如痴的行进感，都使我联想起五十年代我所熟悉的那些苏联歌曲，这是我能够一下子就辨认出来的啊。

另外还有那种女中音领唱的俄罗斯民歌。一听到这熟悉的歌声，便像是看到了戴着月牙形头饰的健壮异常的俄罗斯妇女，她们平伸着右臂，左手叉着腰，底气充足地引吭高歌。周围是单调而又宏伟的金色的麦穗，麦浪滚滚，一望无边，忧郁中、寂寞中散发着那么强大的热烘烘的力与爱，啊！

当然，这次在苏联听到的歌曲中，也有五十年代从未与闻的新品种，包括本地民歌旋律与迪斯科节奏相结合的沙声叫喊与软软的“气声”吟唱。看来这些歌也是西方影响的产物，在苏联，我见到的“进口”的通俗歌舞远远比进口的消费品多。

电影节前夕，我拜托电影节委派给我们的翻译兼联络员嘎丽娜给我录点歌曲——不是说他们的录音带不怎么样吗，我自己带了两盒带子。

“您要什么歌？”嘎丽娜问。

“比如说《列宁山》，比如说《快乐的人们》《海港之夜》……”

看到她迷惑的表情，我给她哼起了这些歌的曲调。

“啊，原来是这些歌，要不是您，我们早忘了……”她感动地说，“但是，这些歌可太难找了……我有一些学生，他们喜欢搞收音录音之类的，但那多半是现代的，许多是……”她做了一个摇摆舞动作。

“那我能不能从唱片商店买到这些歌曲呢？”

“恐怕也很难。当然，您可以试试。”

“那就麻烦您随便给我录一点什么吧，只要是苏联的。”

感谢嘎丽娜和她的学生们，他们给我录了两盘。一盘是现代抒情歌曲，一盘一半是乌兹别克民歌，一半是乌兹别克迪斯科。

后来我又买了一盒男高音独唱，一盒俄罗斯民歌合唱原声带（没有立体声）。

后一盒磁带是在俄罗斯饭店楼下的专收外币的小白桦商店买的。我先问《列宁山》与《海港之夜》，售货员斩钉截铁地摇头。

这盒磁带标价 2.05 卢布，便宜。我付了三美元，出纳员沉吟了一下，找给我一百日元。

我不知道这一百日元对我有什么用场。我便力求文雅地用英语对她讲：“请问，你能不能给我一些戈比（苏联硬币）？”

“不行，这儿是外币商店，没有卢布和戈比。”

“那么，我是否可以麻烦您，请您找给我美分呢？”

面孔呆板的女出纳勃然大怒，恶狠狠地说：“跑到这里要美分？要美分到美利坚合众国去！”

我愕然。她竟忘记了她收的是美利坚合众国的“元”。

然而这并不重要。对于商业从业人员的恶声恶气，我早已被培养出了足够的“预应力”，不能做到忍辱负重就不要进商店。重要的是我毕竟拥有了一盘俄罗斯民歌录音带。一听到那些歌我就想起了五十年代我购买的第一批唱片，那唱片上有一首俄罗斯民歌，题目叫作《康拜因机能割又能打》。

回国后过了一些日子，那位劝我不要在苏联买原声带的朋友来了，他给我带来了一盘转录的磁带。

在A面，我听到了“夜莺啊，夜莺，不要吵”“正当梨花开遍了天涯”“有位年轻的姑娘，送战士去打仗”……在B面，一开始便是：

再见吧，朋友们，

明朝要远航，

冲破晓雾，穿过海洋……

哦，我们明朝就要远航！一样的清丽，一样的深情，一样的扬起来又落下去、高又低、轻又重的波浪！海港之夜啊，你还是那样！

我听了一遍，又听了一遍，好像还了一个夙愿，好像回到了、续上了五十年代。

听完了，分明感到已经不是五十年代了。可以一遍又一遍地重听那时的歌，心境却一次又一次地淡了。

我感到“还愿”的满足，也感到了清明和平息。我感到了“终于见到了你”的欣慰，也感到了“毕竟失却了你”的惋惜。

好像是去看一个失散多年的老友，在你终于找到了他、为他的健康而干了一杯之后，你更痛感到那失去的时光。

好像是去看一部影片，多年前你看过它，未及终场你便遽尔离去，这次你去看完了它。走出影院，青年们问你演的什么电影，你不好意思地说出片名，青年们翻翻眼睛。你解释说：“是一部老片子。”

也许，一切夙愿还是不还的好？就让它萦绕在“海的梦”里吧！

好在只要活着，就不仅有怀旧，有夙愿与旧梦，更有无限的关于明朝的远航的憧憬和希望。

难忘的格里格故居

格里格的名字我们当然并不陌生。他的音乐是人们比较容易接受的那一种，抒情，优美，流畅。他是挪威人，曾经在德国住了很长一段时间，但是，人们说，他的创作的灵感来自他的祖国挪威的美丽与独特的河山。他后来一直生活在挪威西岸的名城卑尔根，直到辞世。

自挪威首都奥斯陆去卑尔根，旅途美不胜收，如诗如画如歌。乘火车如乘格里格的音乐前行，沿铁路如沿格里格乐曲的旋律攀绕，发动、奔驰、降速和暂停似乎也都体现着格氏乐曲的节奏。它使我想起鲁迅的散文《好的故事》——当然，是北欧的、挪威的而不是中国江南的好的故事。夏末秋初，阳光明媚，一片清明的翠绿和墨绿，不同的植被造就了统一的清静和变化的层次，道道水域平光如镜，甚至连嶙峋的巨石与终年的积雪也澄明如洗，强悍的布局中时有宜人的光线扑面而来，正如格里格乐曲的基本色调。环顾森林、山峰、湖泊、积雪、岩石、少量的建筑和居民，如温习格里格的浪漫情怀，原生的裸露与人间快乐浸润交融，万象一心而心生万象。起伏回环，旅途曲折有致却不涉险阻，相当的平稳顺畅；目不暇接之中，风光并不斑驳绚烂，它具有自己的透明和单纯，如格里格的弦乐和长号；辽阔静谧、山野茫茫，画面却不孤寂更不荒凉，一草一木，一石一波都充满了活泼泼的生命，舒适清新，如格里格的主题。

这样的火车之旅着实难得。我曾沿德国的莱茵河坐车目送落日，也曾于黄昏自纽约出发去费城，它们都很美，但没有挪威这里这么多的自然，它们的风光偏重人文景观。我也曾陶醉于祖国秦岭的逶迤与星星峡的严峻。它们是伟大的，牵心动情的，但不同于挪威奥—卑沿线的这种惬意。观光观光，坐在这趟火车上当真体会到了观光的含义与乐趣。

一路上，你常常分不清海、湖泊和河流。如果看挪威的地图，你就会发现她的海岸线曲折细碎，海进入陆地变成了细流，把陆地切割成无数小岛、半岛、山丘、三角洲和锯齿；也可以反过来说，是陆地把海切割成小溪、池塘、山涧、河流和内湖。在中国，不论是大连是北戴河还是海南岛，大体上海是海陆是陆，海在陆外，陆在海边，陆尽为海，海遇陆止，海陆二者布局分明。而在挪威，有时候海并无占领的浩瀚与涌动的声威，海与陆相生共生。海就在你的身边，海化成了细流小洼，温文驯顺，亲切善良。她无处不在，海中有陆，陆中有海，海是你的挚友，海是你的庭园，海是你的日常生活。

而我觉得音乐家格里格的故居是挪威此种海陆交隔的浓缩甚至是提炼。它位于卑尔根的海、山与平地的交接或者更正确一点说是混杂处，格里格的工作室位于陆地的一个细长的尖端，它深入海里如格里格的天才创造深入于挪威的大自然和全世界听者的心灵。小小的房间里只放了一张写字台、一把椅子和一架钢琴。钢琴凳上垫着厚厚的乐谱，因为格里格的个子很矮——只有一米五多，他要把自己的凳子垫高，才好弹奏。多么可爱的小个子！也许和他的写字台、钢琴同样重要的是小房子的巨大的方窗，窗外是海与天，岛与山。山侧是一片岩石峭壁，格里格的坟墓就建立在石壁上。他生前就选中了这墓穴，他把自己的身心最终地交还了挪威的母亲大地。这是一首圣洁的安魂曲。无怪乎挪威人告诉我说他们是怀着宗教的虔诚和终极寄托来对待大自然的。大自然就是他们的上帝、他们的神、他们的活着与死后的安居家园。石壁下有一段栈桥，沿石桥可以走向海的纵深，可以欣赏海的茫茫无际与幽幽无言。挪威的近海与中国的近海在这方面又是不同的，它可没有那么大的潮汐和风浪，错综的地形阻挡了控制了海潮的威风，使海变得更加平和。挪威的沿海是平和的，不知为什么它们使我想起挪威的狗。其实不仅挪威，欧美国家的狗大致都不凶恶，它们彻底地宠物化了，它们也许放松了对应该警惕的人的警惕，但是至少它们本身没有变成对善良者的威胁。

再回到海的话题上来，海可以伟大宽广，怒涛万顷，海也可以温声软语，得心应手。挪威本身就是一个半岛国家，她的重要的城市差不多都依傍着海,海是挪威——她的城市和乡村的一个组成部分，而不仅仅是他们的周边底色。

参观格里格故居是我们访问卑尔根的最后一项日程，隔着门玻璃扒着头看格里格的工作室又是看格里格纪念馆的最难忘的节目。看完他的工作室——或译车间——我与妻漫步到栈桥上，欣赏落向大海的太阳，欣赏明丽而不刺目的、没有污染过的天空，欣赏成群的海鸥闲闲飞过，觉得无限平和，觉得离格里格那样贴近，觉得大自然和音乐是人类的家园，是造物的赏赐，是人的精神的摇篮。人最终应该生活在自然与音乐而不是硝烟、硫化氢废气、吵吵闹闹与子弹呼啸里。人本来都应该有机会接受大自然与音乐的熏陶，暂时没有机会也应该有机会通过艰苦的聪明的与有效的努力去争取和创造这样的机会，否则那才是最大的不公正乃至罪过。

稍向高坡处走走，是一个规模不太大的音乐厅，音乐厅的房顶修成了茅草顶的外观，以与整个情调和谐，而厅堂的内部仍然是现代化的。我想起了杜甫的《茅屋为秋风所破歌》。我们在厅外的另一个小放映厅里欣赏了格里格的音乐风光片与格里格的书信朗诵风光片。格里格的文笔极好，特别是他记述自己对挪威的大自然的感受、记述挪威的自然风光给他的音乐创作以怎样的灵感的那些段落。最好的文字却原来并不准备发表。

再往高处是格里格生平图片展厅和纪念馆的办公室和服务台。这是一个重要的接待客人的地方，所有的贵客都会被安排访问这里。我国的许多领导人都来过。纪念馆的馆长向我们介绍我国领导人访问这里的情景，介绍他们怎样弹奏格里格的钢琴和在那间钢琴室唱歌。四百万挪威人何等地重视自己的文化传统、文化名人，他们崇奉他们，介绍他们展示他们如对待自己的精神的宝石与明珠，他们知道一个民族的地位很大程度上决定于她对人类文化所做的贡献。他们的举世公认的文化名人数量不是太多，但都有杰出的成就与巨大的影响：音乐家格里格，戏剧家易卜生，美术家蒙克等。世上有哪一个有希望有尊严的民族不是为自己的杰出的文艺家而自豪而珍爱，像保护自己的眼珠一样地保护自己的文化果实，而是相反——去贬低它和糟践它呢？

由于日程安排上的困难，为了参观格里格故居，我们从原定的日程上取消了乘船从卑尔根赴施特凡格的节目，代之以匆匆的飞行。这当然有一些遗憾，可以想象那先前拟议中的河上之旅将是多么迷人。但是格里格的故居更是不可不看，它是我看到过的世界上最美丽、最迷人、最安详、最让人心旷神怡而且让人看了又看想了又想的地方之一。哪怕为了它而牺牲了别的，我仍然觉得满足，觉得充实而且快乐。

在声音的世界里

我至今忘记不了孩提时代听到过的算命瞎子吹奏的笛声。寒冷的冬夜，萧瑟的北风，一声无依无靠的笛子，呜咽抖颤，如泣如诉，表达着人生的艰难困苦、孤独凄清，轻回低转，听之泪下。不知道这算不算我这一生的第一节音乐课。

我慢慢知道，声音是世界上最奇妙的东西，无影无踪，无解无存，无体积无重量无定形，却又入耳牵心，移神动性，说不言之言，达意外之意，无为而无不为。

我喜欢听雨，小雨声使我感觉温柔静穆和平而又缠绵弥漫无尽。中雨声使我感到活泼跳荡滋润，似乎这声音能带来某种新的转机，新的希望。大雨声使我壮怀激烈，威严和恐怖呼唤着豪情。而突然的风声能使我的心一下子抽紧在一起，风声雨声混在一起能使我沉浸于忧思中而又跃跃欲试。

我学着唱歌，所有的动人的歌似乎都带有一点感伤，即使是进行曲谐谑曲也罢。当这个歌曲被你学会，装进你的头脑，当一切都时过境迁的时候，记忆中的进行曲不是也会随着时间的流逝而变得越来越温柔吗？即使是最激越最欢快的歌曲也罢，一个人唱起来，不也有点寂寞吗？一个真正的强者，一个真正激越着和欢快着的人，未必会唱很多的歌的。一个财源茂盛的大亨未必会去写企业家的报告文学。一个成功的政治家大约不会去做特型演员演革命领袖。一个与自己的心上人过着团圆美满的夫妻生活，天长地久不分离，人丁兴旺，子孙满堂的人，大概也不会去谱写吟唱小夜曲。

莫非，艺术是属于弱者、失败者的？

我喜欢听单弦牌子曲《风雨归舟》，它似乎用闲适并带几分粗犷的声音吐出了心中的块垒。我喜欢听梅花大鼓《宝玉探晴雯》，绕来绕去的腔调十分含蓄，十分委婉，我总觉得用这样的曲子作背景音乐是最合适的。河南坠子的调门与唱法则富有一种幽默感，听坠子就好像听一位热心的、大嗓门的、率真本色中流露着娇憨的小大姐由来到去（趣）地白话。戏曲中我最动情的是河北梆子，苍凉高亢，嘶喊哭号，大吵大闹，如醉如痴。哦，我的燕赵故乡，你太压抑又太奔放，你太古老，又太孩子气了。强刺激的河北梆子，这不就是我们自己土生土长的“滚石乐”吗？

青年时代，我开始接触西洋音乐，《桑塔露琪亚》《我的太阳》《伏尔加船夫曲》《夏天最后的一朵玫瑰》《老人河》。所有的西洋歌曲都澎湃着情潮，都拥有一种健康的欲望，哪怕这种欲望派生出许多悲伤和烦恼，哪怕是痛苦也痛苦得那样强劲。

很快，我投身到苏联歌曲的海洋里去了。《喀秋莎》和《我们祖国多么辽阔广大》打头，一首接一首明朗、充实、理想、执着的苏联歌曲掀起了我心头的波浪，点燃了我青春的火焰，插上了我奋飞的双翅。苏联歌曲成了我生命的一部分，我生活的一部分，我命运的一部分。不管苏联的历史将会怎么书写，我永远爱这些歌曲，包括歌颂斯大林的歌，他们意味着的与其说是苏联的政治和历史，不如说是我自己的青春和生命。音乐毕竟不是公文，当公文失效了的时候（尽管与一个时期的公文有关的），音乐却会留存下来，脱离开一个时期的政治社会历史规定，脱离开那时的作曲家与听众给声音附加上去的种种具体目的和具体限制，成为永远的纪念和见证，成为永远可以温习的感情贮藏。这样说，艺术又是属于强者的了，艺术的名字是“坚强”，是“恒久”，正像一首苏联歌曲所唱的那样，它是“在火里不会燃烧，在水里也不会下沉”的。

说老实话，我的音乐知识、音乐水准并不怎么样。我不会演奏任何一样乐器，不会拿起五线谱视唱，不知道许多大音乐家的姓名与代表作。但我确实喜爱音乐，能够沉浸在我所能够欣赏的声音世界中并从中有所发现，有所获得，有所超越、排解、升华、了悟。进入了声音的世界，我的身心如鱼得水。莫扎特使我觉得左右逢源，俯拾即是，行云流水，才华横溢。柴可夫斯基给我以深沉、忧郁而又翩翩潇洒的美。贝多芬则以他的严谨、雍容、博大、丰赡使我五体投地地喘不过气来。肖邦的钢琴协奏曲如春潮、如月华、如鲜花灿烂、如水银泻地，听了他的作品我会觉得自己更年轻，更聪明，更自信。所有他们的作品都给我一种神圣，一种清明，一种灵魂沐浴的通畅爽洁，一种对于人生价值包括人生的一切困扰和痛苦的代价的理解和肯定。听他们的作品，是我能够健康地活着、继续健康地活下去、战胜一切邪恶和干扰工作下去、写作下去的一个保证、一个力量的源泉。

流行歌曲、通俗歌曲，也自有它的魅力。周璇、邓丽君、韦唯，以及美国的约翰·丹佛、芭芭拉，德国的尼娜，苏联的布加乔娃，西班牙的胡里奥，都有打动我的地方。我甚至设想过，如果我当年不去搞写作，如果我去学唱通俗歌曲或者去学器乐或者去学作曲呢？我相信，我会有一定的成就的。并非由于我什么事都逞能，并非由于我声带条件特别好，只是由于我太热爱音乐，太愿意生活在声音的世界里了。而经验告诉我，热爱，这已经是做好一件事的首要的保证了。

人生因有音乐而变得更美好、更难于被玷污、更值得了，不是吗？

隔山乱弹

——记在柏林欣赏的一次音乐会

俗话说："隔行如隔山。"所以，老是抱着"外行可以领导内行"的玉律瞎指挥的人，是愈来愈吃不开了。但是，我倒要以"反潮流"的姿态问一句，如果不是"领导"和"指挥"，而只随便议论一下，外行有没有发言权呢？我以为，有。

原因是，绝大多数内行都是以外行为服务对象的，外行就不免要对内行评头论足。饭馆不是专为炊事员开的，服装店不是专卖给裁缝师傅的，谁也没见过哪家医院门口挂过这样的牌子——"未获得医学博士学位者禁止在此就诊"。

基于这种信念，笔者竟然异想天开地要在这篇文章里谈谈现代派的建筑和音乐，虽然我对建筑和音乐的知识绝对不比北京猿人对电子计算机的了解多。可能真正的内行看完我的文章会笑掉大牙，那也好，省去了在口腔医院排长队的麻烦。

一九八〇年六月九日，我们中国作家访问团一行——冯牧、马加、柯岩和我应邀出席在西柏林交响乐厅举行的一次音乐会。晚会以前，陪同我们进行访问的德方翻译苏珊娜小姐告诉我们，这个交响乐厅的建筑是现代派的，建筑师已经去世了，但对于这个建筑的成败得失，至今争论不休——可见，所谓“有争议”乃是察之四海而皆有的正常现象，倒是“无争议”未免给人以寂寞感。我们还被告知，音乐会的前半部分，是现代派的音乐。

音乐厅建筑气度不凡，远远一看，只觉得它“奇”。头一条奇在说不上是什么形状来，方不方，圆不圆，尖不尖，平不平。如果从顶端向下俯瞰，是三个大小不同的正五边形依序内接。这种形状，与其说是建筑物，不如说是立体几何的图形。看来，数学和艺术也不是不可能通婚的。第二奇在它的线条上，别的不说，一进前大厅，但见楼梯扶手左拐右弯，前伸后延，斜插猛转，好像是在空中自由转折伸展的射线，奇诡、恣肆、强劲、错综、不规则，像游龙，更像天马行空（我认为左列四字不宜长期被永远健康的副统帅独占）。这种错综的线条处处可见，不论舞台照明的灯，舞台自身、通路、池座，莫不如此。甚至观众的椅子靠背也不在一条水平线上。

对于这个建筑的观感大大地帮助了我去感受那所谓现代派的音乐（我不说“理解”，因为我不相信人们能够像理解一篇文章一样地理解一段乐曲，不相信音乐语言可以全部翻译成普通语言）。依外行隔山之见，除了见到“现代派”的交响乐所需的乐队人更多，乐器更繁复，音调、音量、乐器的变化特别频繁以外，它的主要特点同样是破碎（抓不住主旋）、错杂，和由此而生的立体感。它忽而尖厉，忽而低沉，忽而颤抖，忽而长叹，忽而刺耳，忽而悦耳，忽强忽弱，忽刚忽柔，忽东忽西，忽断忽续。它在蔑视一切谐和中寻找自己的和谐，它在否定一切旋律中形成自己的旋律，它在飘忽不定的、错综的、斜风阵雨般的击打之中，去冲击听众的心灵。

打一个粗俗的譬喻吧，听传统乐曲好像在流水里洗澡，这个流水可以是山泉，可以是小溪，可以是大河，也可以是奔流直下的瀑布。不管流水怎样弯弯，总有它明显的趋向，上游和下游，既标志着时间先后，也标志着空间的远近，时间和空间是一致的。而这种现代派的乐曲呢，恰如洗一个立体淋浴，喷头（不如说是“水枪”）来自四面八方。忽浇头而下灌，忽迎面而扑鼻，忽连推又带搡，忽钻耳又刺肋。当然，这东西如果搞得过分，特别是对于缺乏淋浴经验的人，也许无异于受刑，但在许多情况下，却也可能与小溪温泉异“水”同工，同样能开毛孔，去污垢，荡心胸而增精神。

由此，笔者联想到自己看过的当代西方的一些电影和小说。这些作品的结构，同样具备上述多线条和快节奏的特点：乍一看破碎而且混乱，甚至令人莫名其妙，“丈二和尚摸不着头脑”，细琢磨一下，却叫人感到这种多线条、快节奏的艺术形式，确实有它自己独特的表现力，有它存在的理由。

一笔抹杀现代派的艺术对于我们是轻而易举的，任何文艺流派都有三六九等，都有混珠的鱼目。举几个最极端的例子——如猩猩作画，小狗合唱，无声音乐……由此宣布现代派艺术的死刑，是不费吹灰之力的。但其结果，被抹杀，被处死的不一定是现代派艺术，倒是我们本身的耳目聪明、头脑活跃。不论怎么说，“采菊东篱下，悠然见南山”“独坐幽篁里，弹琴复长啸”的时代已经一去不复返了，山呼万岁，叩头流血的日子也难以再来，生活本身，与古代比较，正在日益复杂化着和迅速变化着，艺术形式也必然会发生一些相应的变化，这其实是不依任何个人的主观意志为转移的事。

辑叁

我向往的安详

人们要面对的文本太复杂了，比如一个词语，比如一个宇宙。

话说“朝三暮四”

追溯一下一些成语典故的出处、原意，思考一下这些成语典故含义的沿革，觉得很有意思。

比如说“朝三暮四”，《庄子·齐物论》中引用的这个故事，本是说一个养猴子的人与猴子们讨论它们的食物供应，早晨吃三个橡子，晚上吃四个，猴子们不满，闹起来。于是养猴者宣布改为早上发放四个，晚上三个，猴子们便没了意见。《齐物论》中讲这样的故事，用意显然在于否定一切是是非非的争论。所谓“是非之彰也，道之所以亏也”，所谓“类与不类，相与为类”，这当然是一种消极的相对主义的思想，不足取的。

也有一些注家将庄子引用朝三暮四的故事解释为说明“圣人以智笼群愚”，即指一种愚弄旁人的手法，也说得通。

但今人只知用朝三暮四来形容一个人胸无定见，反复无常，说话不作数，则存其文而失其义、失其味，更全无什么深刻性了。

“争先恐后”这四个字的来历也很有意思。晋国的著名车把式王子期与赵襄子赛车——不知道这是不是有文字记载的车赛之祖，当然远在巴黎大赛旧金山大赛之前——赵襄子老是赛不赢，便责备王子期没有诚意搞技术转让。王子期回答说驾车要注意马，而您老光盯着我，“今君后则欲逮臣，先则恐逮于臣。夫诱道争远，非先则后也，而先后心皆在于臣，上何以调于马？”是啊，您老盯人不盯马，管人不管马，对赛事中必然出现的先先后后的变化情况缺乏心理承受力，患得患失，计较名次，非欲压倒对手不可，越是这样越不能调理好马，不就越跑越跑不快了吗？

可见，原来争先恐后是含有贬义的，是指一种私心杂念，一种小家子气，一种气量狭窄与气度焦躁，一种抓不住关键的舍本逐末。这对人们做事做人，其实是很有借鉴、警惕意义的。

现在呢，全拧过来了，争先恐后用来形容一种踊跃的动态了，成了好话了。

“焦头烂额”的故事本来也极有深度。《汉书·霍光传》中记载，徐福三次上疏汉宣帝，建议及早限制霍家权势，汉宣帝不听。霍光死后，霍家之后谋反被揭发，宣帝下令将霍家满门抄斩。之后，凡揭发霍家罪行的人都受到封赏，而最早指出问题希望未雨绸缪的徐福却被冷落在一边。于是一位为徐福请功的人讲述了“曲突徙薪无恩泽，焦头烂额座上客”的故事。“曲突徙薪”，指的是那种有预见性，善于采取预防措施的人；“焦头烂额”，指的是那种出了事能冲上去帮助扑灭火灾的人；后一种人比前一种人更被看好，这个故事还是有点意思的。

如今呢，焦头烂额的这一切含义都消失了，剩下的也只有字面上的最浅薄最鄙俗的含义：说明一个人被各种事务所困扰的忙乱狼狈被动。

类似的现象多矣："无中生有"语出《老子》，本来是老子的大道，叫作"天下万物生于有，有生于无"。现今含义则指类似造谣生事的制造谎言、是非乃至冤案，百分之百的贬词。"左右逢源"本来是褒义，形容学习上的一种融会贯通、无往而不利的状况。现在呢，当然是指一种狡猾的类似两面派的为人处世了。"空洞无物"语出《世说新语·排调》："王丞相枕周伯仁膝，指其腹曰：'卿此中何所有？'答曰：'此中空洞无物，然容卿辈数百人。'"看，这里的"空洞无物"指的是一种宽阔的胸怀，一种大容量，又幽默诙谐，又充满自信、恢宏得意。如今的人们多实在，空洞无物嘛，那当然是没有内容的空架子啦……

成语含义的演变告诉我们：第一，望文生义的确是人们容易犯的一种老毛病，是一种习惯甚至一种"传统"。现今不仅对成语，对外来语对新术语的望文生义亦多之矣，甚至给人以辨不胜辨，正（名）不胜正之感。但即使已经是"辨不胜辨，正不胜正"了，我们仍然不可不察，以免轻易上当。第二，在普及一个文学故事、一段掌故、一个说法的时候，确实会产生去精取粗、去深取浅的情形，就是说，所谓自然淘汰，也有两种可能，一种是优胜劣汰，还有一种是浅胜深汰。第三，约定俗成，成语含义的演变在所难免，考证得再好也难于（也不必要）重新改变成语的用法，用不着去纠正、去抬杠。例如，笔者写此小文的目的当然不是为了表示自己"无中生有"而又"空洞无物"。

至于说到"朝三暮四"的齐物思想，倒又使笔者联想到英国名作家斯威夫特的《格列佛游记》。《格列佛游记》中讲述一个地方由于吃煮鸡蛋是应该先磕破鸡蛋壳的大头还是先磕破鸡蛋壳的小头之争而搞得两派对立，内乱不已。笔者恰恰是在“文化大革命”两派斗争的高潮看这一段的，读完了，颇有些不敢回味的戒心，这个故事当然比“朝三暮四”的故事挖苦多了，抑或“朝三暮四”的故事更尖酸？反正作家是确实有点缺德的，他们自己未必免俗，偏又伶牙俐齿地把一些“俗”给捅了个不亦乐乎。

本文参考了下列书籍：

《庄子》（白话译解），叶玉麟译白，大达图书供应社一九三五年版

《常用成语故事选》，崔宗云编写，贵州人民出版社一九七八年版

《成语故事选编》，彭朝承编著，花山文艺出版社一九八三年版

《成语典故故事选》（续集），刘元福编，黑龙江人民出版社一九八二年版

重组的诱惑

若夫放怀今昔，浪迹山林，所以领稽古之幽情，叙怀人之朗抱也。当其春流将至，清风暂生，每列时流，尝怀盛事：岁癸又丑日，既云禊，诸贤惠然。将事有期于是，引清弦，揽虚竹；右长者，左故知。或骋目于暮山，或寄骸于斯室。仰唤崇宇，俯带躁湍，同和亭阴。觞临水，次修能。竹契和气，兰知兴。与人同趣，随天畅悟。有为之相喻不死之因，俯今仰昔，娱彭悼觞。得列座之于于，托惑怀之一一。畅哉此会，虽快足无以不有所述，岂文人能事为？大化自迁，所之于尽。不及揽其品类，录其殊茂。合初终之感，系后世之怀，不亦可嗟矣。夫乐生痛死，所倦之妄也，欣修悲短，所察之诞也。一取一舍，固视宇宙之为；一感一兴，亦极文情之至。况在万年之峻地，为九老之盛游，丝管毕陈，觞咏间作，静言未永，后会犹修。虽人已异，由亦欣慨成集。不随不激，视之足以齐俯仰之形；以兴以群，信之足以一内外之遇。视其所以，观其所由。虽向之所叙，大致亦不少殊也矣。

我不知道读者乍一接触这篇似通非通、似是而非、似曾相识的文字时会有什么感想。它是“颠倒兰亭序文”，由清代吴门石韫玉氏所撰。王羲之的《兰亭集序》是一篇脍炙人口的文章。石氏打乱了人们耳熟能详的《兰亭集序》的顺序。用原文的二百三十四个字，不无勉强但又确是煞有介事地重新组成了一篇新文章，然后隆重地将它碑刻在绍兴兰亭。兰亭是碑刻书法荟萃的地方，这么多原文照抄的碑刻中只有此碑是搞了一次解构与重组，搞了一次“颠覆”。这么说，这位列名于《中国书画家词典》的石氏还是很有造反精神的呢。

一九九七年春，我在兰亭见到了此碑。这个发现使我甚感兴趣。早在一九九一年，我热衷于体味李义山的《锦瑟》，曾经干过这种把那一篇诗章打乱重组的把戏。我搞的“颠倒锦瑟”共三种，一种仍然是七言体，一种是长短句，第三种是对联体，虽然对得不甚工稳。它们是：

锦瑟蝴蝶已惘然，无端珠玉成华弦。
庄生追忆春心泪，望帝迷托晓梦烟。
日有一弦生一柱，当时沧海五十年。
月明可待蓝田暖，只是此情思杜鹃。

杜鹃、明月、蝴蝶，成无端惘然追忆。日暖蓝田晓梦，春心迷，沧海生烟玉。托此情，思锦瑟，可待庄生望帝。当时一弦一柱，五十弦，只是有珠泪，华年已。

此情无端，只是晓梦庄生望帝。月明日暖，生成玉烟珠泪，思一弦一柱已。

春心惘然，追忆当时蝴蝶锦瑟。沧海蓝田，可待有五十弦，托华年杜鹃迷。

这三种组合都是用《锦瑟》原文五十六个字重新组合而成的。我曾经在第一届李商隐研究会上讲过我所做的这一试验并被认为是匪夷所思——绝了，现在才知道，早在大清朝就有人“玩”过了。

这一类的文字游戏——是否仅仅是游戏，下面再谈——我做过的还多。我当时认为，一批字词的选用，已经决定了此诗的基本情调的统一性、联结性、相互间的吸引力，打乱重组是容易的也是不妨事的。我认为诗这种迹近于鲁枢元所主张的“超语言”现象，其语法顺序具有相当的弹性或者更正确一点说应该叫作“活性”。例如，一些朦胧诗人很喜欢搞这种颠倒的文字；而“香稻啄余鹦鹉粒，碧梧栖老凤凰枝”，更是古已有之的老杜名句。我还认为即使如李商隐的《锦瑟》这样的天衣无缝的达于极致的诗，仍然有着各种推敲和组合的余地。而一种诗怀，一种创作的冲动，一种灵感，不但能够驱使一个作家涌流倾泻，奋笔疾书，也同样会驱使一个作家寻章摘句，徘徊流连于文字和语词的密林中，不断寻求新的蹊径而难以自已。

我还认为，不必一听到游戏就发神经。游戏可以是鄙俗的，却也可能是高雅的；可以是无聊的，却也可能是一种对原文本的奥秘的探寻和发现；可以是纯形式的，却也可能包含着一种投入、一种心声的流露、一种个性的率真，更不必说它对语言的潜力的召唤了。

那么，从接受美学来说，当一篇文字打动了接受者的心弦，占领了接受者的心胸和脑筋的时候，接受者也会沉迷于它的语言文字的“场”中，东张西望，左奔右突，披荆斩棘，如疯如魔地试验起解构与重组的把戏，不足为奇。

中国早就有回文诗，人们早就尝试过文字重组的奇妙效果至少是乐趣。中国更有集句的传统。话剧《家》里，冯乐山家的客厅里就挂着“人止乐者山林也，客亦知夫水月乎”的集联。上联出自《醉翁亭记》，下联出自《后赤壁赋》。应该说这一联集得还是相当妙的，尽管曹禺在戏里用这个细节是为了嘲讽冯乐山的冬烘腐朽。搞集句，这说明了中国过去是把诗歌作为一种风雅和酬酢的手段来对待，而绝无市场经济所带来的知识产权观念；搞集句，除了说明掉书袋的无聊以外，确实也还说明了阅读接受中的重组的诱惑。

现在回过头来说一下“颠倒兰亭序文”。第一，很难说石氏重组了一篇好文章，据说施蛰存先生就说过此文“不知所云”。第二，早在清代我们这里就有这样“先锋”或什么“后现代”的尝试，还是令人赞叹的。我们听到“腐朽”的现代派搞什么扑克牌小说的时候也曾大吃一惊，其实不必少见多怪。第三，颠倒序文也还凑合。“一取一舍，固视宇宙之为；一感一兴，亦极文情之至”就很有趣；“引清弦，揽虚竹；右长者，左故知”也堪令人叫绝。第四，也是最有趣的，就是你不论怎样解构重组，其文字的基本调调并没有改变。

如果这种解构与重组只停留在文学作品的审美与智力游戏层面，事情也就简单了。却原来，重组的诱惑，远远不止于此。就是说，人们对他所喜爱或者崇拜的文本进行重组的试验，不仅是为了寻找新意，寻找语言与审美的可能性，而是要用这种方法去寻找“上帝”！

问题从而严重了。

例如有一本叫作《圣经密码》(*The Bible Code*)的书，畅销在西方世界，如今在台湾也有了中文译本。作者迈可·卓斯宁(Michael Drosnin)声称他做了五年研究，证实原初的希伯来文版《旧约》中包含着符合电脑程序、即按电脑程序排列的密码。“从拿破仑到罗斯福，从荷马到毕加索，从莱特兄弟到爱迪生，所有的人物都在密码的排列中。”此书说，早在以色列总理拉宾遇刺前，一些人已经从“圣经密码”里读到了他将被刺的信息，何时何地，刺客是谁，都写得准确无误。“一九九二年美国大选前六个月，密码显示克林顿会当选……尼克松因水门危机下台，也在圣经密码记载中……人类的重大成就如登陆月球，也记载在圣经密码里……连太空人阿姆斯特朗第一次踏上月球表面的日期一九六九年七月二十日，也在《圣经》里。”据说《圣经》还能预知星球撞击事件。“天文学家在事发前几个月才能预知的事件，圣经密码却在三千年前已经正确预言。”天啊，多么刺激！

更刺激的还在后头呢。《密码》一书的作者说，牛顿曾经写了一百万字的手稿来探求圣经密码但是没有成功——因为牛顿时代还没有电脑发明出来。从俄国迁往以色列定居的大数学家芮普斯用电脑发现了圣经密码，他在战前三个星期就发现了波斯湾战争(海湾战争)的正确日期。然后是五角大楼的解码专家哈洛德·甘斯在四百四十小时的实验中查证了六十六位圣贤的生卒地点，他用与“对待国防部工作的同样的”认真态度证实：圣经密码确实存在。“《圣经》的结构如巨大的纵横字谜，从头到尾都是以密码写就的文字……诉说一则则暗藏的故事。每一道密码都是以相隔第四、第十二或是第五十的字母一一相加而形成一个字。跳过 x 间距，加一个 x 间距，再加一个 x 间距，即可拼出隐含的信息……”耶鲁大学首屈一指的数学家比亚捷斯基·沙比洛也证实圣经密码确有其事。然后是以色列最著名的数学家罗伯·欧曼说：“圣经密码全然是事实。”而在“《纽约时报》上的查证”一章中，作者说：“从林肯到甘地、肯尼迪、萨达特、广岛核爆……这些历史事件都在密码之中……日本奥姆真理教、美国奥克拉荷玛的爆炸事件……无一漏掉。”

……我不准备再抄写下去了，我也不准备对上帝的存在与上帝的无所不知、无所不预言，而且用这样离奇而又合意的数学方式来预言是否真实发表意见，因为这根本不是一个能够证实或者证伪的命题。我在这里要谈的粗浅的感想是：圣经密码的寻求是以十分数学十分电脑的方式进行的。数学真是一种最科学却又最神秘的学问。中国人自古就把神秘的命运称为“数”“气数”，中国人的八卦崇拜五行崇拜都富有数学意味。看来，早在很久以前，人们对生活的数码化就已经有所知觉了。前些年林兴宅主张最高的诗学是数学，闻者多不解，林氏也未做过进一步的说明，我却直觉地感到他有一些道理。

人皆有此心也，寻找密码，寻找那个神秘的“数”，寻找超人间超理性的预言，我们中国人叫作“天机”。有意思的是人们认为天机就存在于文本的重组或变异诠释（这也是一种重组，符号学意义上的重组，所指与能指对应关系的重组）之中。洋人寻索希伯来文《圣经》，华人寻索《周易》《推背图》，或者是其他的什么“河图洛书”直至曾经被认为是神秘的与可畏的民谣民歌。何其相似乃尔！

原因是人们面对的文本是太复杂了，太充满活力魅力和无限幽深了。再扩大一点说，不仅各种典籍是“文本”，有的很像是“天书”，而且宇宙就是一个大文本。星空是一个文本。（直接意义上的天书是也，华人洋人都喜欢搞占星术。就是说对星星的分布进行重组和破译，用来说明人间的种种奇事。）自然现象，社会现象，朝代兴衰，都是文本。地理也是文本，所以有堪舆家然。

寻找密码的一个重要方法便是重组，可以是文字、字母顺序上的重组，也可以是符号学意义上的，例如所指与能指的对应关系的重组——《红楼梦》索隐派搞的就是后一种重组。通过重组去接近神秘，去接近“上帝”，去发现神奇的新世界。至少是去发现一种掌握更重要更巨大更丰富得无与伦比的信息的新的可能性，这可以说是重组的最大的、至高无上的诱惑。

原因是，与大千世界相较，与时时发生的各种事件相较，人所掌握的知识信息还是太可怜了。已有的语言规则、逻辑规则、结构规则（例如书籍是一面一面地从上到下、从左到右或从右到左读的）是太不能满足人的需要了。学而后知不足，人随着自己的文明的进步反而越发感到了信息的饥渴，感到了已有的寻求和掌握信息的途径的太不足恃——这可以称作方法论的饥渴，排列与组合、颠覆与重构的饥渴。人们渴望新知，渴望新的窗口，直至渴望奇迹，渴望密码，渴望预见。当对于已有的“科学预见”感到不满足的时候，人们也许比原来所知甚少时感到的饥渴还要饥渴。饥不择食，重组文本也许便成为一种解除信息饥渴的尝试乃至冒险至少是游戏。

我们的“红学”研究中也有解构和重组的一派，叫作索隐派。

索隐派一面被许多人指摘，一面照样会搞得轰轰烈烈。因为它能自圆其说和自成体系。红学索隐派常常强调他们的索隐方法是中国文化所特有的，这未免是只知其一，不知其二。《圣经密码》一书中，作者称"《圣经》中还有一个圣经"。这也使我联想到前些日子闹得沸沸扬扬的所谓"太极红楼梦"，吹太极红楼梦的人也无非是说《红楼梦》中另有一部"红楼梦"。心理大同小异，戏法（还有运气、手段等）有高有低。

我翻了翻台湾大块文化出版社出版的《圣经密码》一书。我只有啧啧称奇，姑妄读之。但我恍惚觉得，那些密码的发展大多是"事后的预言"，当真是"事后诸葛亮"了。大多是已有了结论以后，即事件发生以后，人们用种种神奇的方法从希伯来文《圣经》中去寻找证实那个已知的事件确实已经发生或应该发生。用中国方式来说，人们是带着框框也带着偏见去重组的。当人们看到"世界大战"一章里讲到"共产主义没落"，"在中国"，"下一个"，"除了超级强国之间的核武大战，现在世界面临一个新的威胁：挟核武自重的恐怖分子"的时候，我们无法不哑然失笑：怎么上帝的天启如此"媚俗"，如此西方流行意识形态，如此符合好莱坞商业电影的口径？怎么神秘的圣经密码竟能与美国进口大片《真实的谎言》也是相似乃尔？果然，"人为自然界立法"，小市民式的人从圣经密码中找到的也只能是小市民味道的天机！也不怕亵渎了耶稣！估计找到了合意的天机以后，是十分激动的啦。找不到呢，也就算了。所以我倒宁可欣赏中国的一句古话，叫作"天机不可泄露"。谁能识破天机呢？如果一切都已明晰，人生还有什么意思？也许把游戏作为游戏来对待会比把游戏作为上帝的预言来对待更合适一点。游戏中会不会有重要的发现？可能，但不一定是，或者可以说但愿不是找到全知全能的圣经密码。我宁可觉得这一切不过是信息饥渴症患者的一次自我满足的“精神会餐”。台湾的编辑笔记说：“我们决定出版这本书，不是为了再做一次世纪末的预言，而是为了再次承认人类在浩瀚宇宙中的渺小。为了向历史的奥秘表达一份虔敬的心意。”那当然可以。

台湾的编辑还说：“我们认为参与证实圣经密码的科学家们、其他人士及本书作者的诚意，是值得重视和尊重的。”我要补充的一句话是，重组的魅力，游戏的魅力，不确定的某种“天机”的诱惑，重组游戏中可能有的收获与颗粒无收，智力发扬与走火入魔，都是不能不诚意对待乃至为之嗟叹的。只要不是为了商业目的哗众取宠或明知其伪还要自欺欺人就好。

再话语词

半个世纪以来,具有“好”的意思的口语在京腔中变化甚多。例如:

棒　疑来自法语的bon。五十年前，我小时候，人们最喜说“真棒”“倍儿棒”之类。如今的北京年轻人已不用此字。倒是台湾海外，不住地说“棒”呀，“好棒”呀之类。显然是由于他们离了土，其土语无法再继续演进。

分离会使同宗的语言互为古典，这种现象很有趣。例如维吾尔语与土耳其语同属阿尔泰语系突厥语族，我接触我国维吾尔同胞与土耳其友人，他们都以对方的语言为本语言的古语。想来是因为古代他们可能联系得紧密，其后各自分离，千百年后语言都有了很大发展变化，例如维吾尔语吸收了大量汉语、阿拉伯、波斯语借词，土耳其语淘汰了大量非突厥语词，却又大量吸收了法语借词。经过演化以后，双方语言实不相通，有一些词能相通的都是千百年前保留下来的古语，古同而今异，古近而今远，不就互为古典了吗?

帅　疑来自英语的smart，否则实难解释。我国古人不但不可能有帅的语词，也不可能有帅的观念。特别常用来形容男士的风度和穿戴，五十年前在北京（北平）流行，现不流行。有潇洒、利落亦含行时之义。

份儿　五十年代后期与六十年代初期流行，有质量高、规格高使人满足之义。后此词似转化为规格、气派之义。“不够份儿”，即有失身份，不够气派。“拔份儿”（常见于刘心武小说中），即提高自己的规格、身份、气派。现已基本不做赞颂词用。

盖　是八十年代的词。什么盖了帽儿啦，没了治啦，极言其好，带几分土气傻气吹牛冒泡气，许多在京学中文的外国留学生都学会了这个词。现已基本不流行了。

狂　是近年兴起的词，一件新式家具，可赞之为“真狂”，一件时装，也可赞曰“狂”，以“狂”为褒词，似包含着一种出类拔萃、与众不同、锐意革新的时代潮流的影响，已与传统的“尚同”“中庸”精神不同。而在以往，“猖狂”“狂言”“狂人”……诸语词中，“狂”只是贬义。

潮　是近年兴起的词，即新潮、跟得上潮流之义。数年前中央电视台反复播送电视广告，吹嘘西铁城手表“领导世界新潮流”，这一提法为当时北京市民之所未闻，影响甚大，并被人们吸收进入自己的语汇。这也是改革开放后的新语言新观念。当然，新未必就好就精就有价值，这里只是辑录与叙述，未有评价。

野　亦是新词，虽为褒语，却又令人特别是胆小如笔者者生畏。因为常常用于“路子野”，是说人神通广大，手眼通天之意。谁知道这样的人背后有什么“猫儿腻”呢？猫儿腻是指一种不大光明正大的手脚，如猫之便溺后，轻轻用土盖上，倒也不含犯罪、无法无天之义。

类似“好”的字词，这里再列举两个地方方言：

赛　山东话，有舒服、妙、合适、恰到好处的意思。如夏日拌个凉菜，可以说“真赛”！

帮劲儿　新疆汉语，被维吾尔人吸收改造，儿化音发成类似俄语 p 的卷舌音，于是部分汉人以为这是维语而维吾尔人坚决判定这是汉语。为恰到好处，减一分则差、添一分则肥之意。笔者在“文革”中挂像，总怕挂不正，请维吾尔邻居站在后面掌握水平，他一说“帮劲儿”，我就放了心。

京腔中对于谈话的说法亦颇有演变：

聊　四五十年代盛行聊字，至今基本未衰。讲海阔天空地口若悬河地说话为“海聊”或“神聊”。笔者幼时还听到过一种有点不雅的歇后语“二郎神的 ××——神聊”，可见聊字发音与《水浒传》上的“鸟”（音 diǎo）相通。蒲松龄的名著叫《聊斋志异》，出处为何，是否与京人用法相同，幸有方家教之。

说山　老北京把神聊海聊叫作说山，现已不大用了。

抡或擂　把不着边际的口出狂言或信口开河称为“胡抡”或“胡擂”，很形象，有视觉感、动作感。笔者更喜欢抡字，盖抡更富舞姿意味。

砍　近年砍字大为流行，或写作侃，疑非。盖侃侃而谈是一种儒雅而又连贯的谈话风度，根本不包含“砍”“胡砍”“砍大山”的吹牛皮、说大话、语似惊人、不着边际的意思。当然，能“砍”的人也多有思路敏捷、知识至少是见闻广博的长处。侃侃而谈、滔滔不绝与砍大山，三者的强度是递进的。还是用“砍”好，不仅两手可着劲儿擂，而且如孙悟空之用千钧棒一样地抡，已是进了一步，再进一步说起话来如李逵之挥动板斧逮着什么“砍”什么，又莽撞又痛快，不知多少正经话题“屈死”在此公的板斧下，岂不形象乎？

汉语方言对谈天的说法极丰富，色调各有不同。如四川话的“摆龙门阵”，给人以豪迈感，与四川人的性格及方言语调相关。东北讲“拉呱”，河南讲“唠嗑”，给人以细水长流、知心私语的感觉。陕西讲“谝（piǎn）闲传”，谝，字典上讲是巧言之意，别处的人很少用。闲传则强调了漫谈性信息性与参考性。笔者寡闻，这里只是挂一漏万。

京腔中小女孩骂人的话的演变亦可一叙：

德性　不是指道德与性格，而是指相貌与风度，而且专用于贬义。笔者读小学时，常见女生之间吵架，甲说：德性！乙说：你德性好！甲说：比你强点！乙说：你才德性呢！类似小镜头，尝写于拙著《相见时难》中。

德性样儿　即德性，强调“样儿”，对女孩子更具攻击性辱骂性。

散德性　即丢人现眼至少是出洋相，特别用来指在公众场合主动地做一些不得体、出丑的事，出风头而成为出丑，自我标榜、自我表现、自我表白而弄巧成拙贻笑大方，大声疾呼而应者寥寥、装腔作势而引起嘲哄等。如一个人雨中摔了一跤，弄脏了衣服，可自谦为“照我这个德性”，但不是散德性。如一人丑陋粗俗而又奇装异服招摇过市，便是散德性了。

缺德　比说“德性”要重得多。常用于青春少女，特别用于斥责那种轻薄狂浪的言行。走向反面，“缺德”本身又可作为男女调笑的用语。又，当人们认真地用“缺德”来咒骂某种恶行时，则是缺德的标准化（普通话化）书面化的用法，色调与此处所列不同。

以上诸词，现已大大地不流行了。现在女孩儿之间小有不快，都骂万古常有百域通用的“讨厌”二字。或问对方“你有病呀”？隐指对方精神不大正常。不知这是否在一定程度上说明近几十年来，随着社会的开通，妇女运动的进展，女孩儿的言语行事已大方得多，甚至女孩子也用男孩子的话如“丫挺的”（“丫头养的”的连读）、“傻帽儿”等互相斗嘴，而减少乃至废弃了“德性样儿”之类的娇嗔。随着女性的复再女性化，这些话会不会被捡回来呢?

符号的组合与思维的开拓

从上幼儿园的孙儿口中，得知了现时幼儿们流行的一句俏皮话：

爱跟不跟，板蓝根。

幼儿之间的人际关系也是多变的，好的时候一块儿玩，发生了龃龉一方便会对另一方说：“我不跟你玩儿了。”另一方答道：“爱跟不跟，板蓝根。”用这种说法抵御了侮辱，捞回了面子。

“爱跟不跟，板蓝根。”从语义上说本来是毫无内容的，但这话仍然反映了幼儿的生活经验，前者是你跟我玩我跟你玩的游戏中的人际关系的经验，跟可以理解为认同、亲近、友谊、结合……不跟可以理解为否定、疏离、抵牾、破裂。后者则反映了幼儿们的患病用药经验。两者被两个同音字“跟”与“根”联系了起来。莫名其义的同音连接产生了一种幽默感，可以用来掩饰窘态，可以自嘲解嘲，可以表达对对方“不跟你玩”的轻蔑态度，可以从无言以对中找出对答的妙语来，乃至可以转败为胜。这也是语言的妙用了。

更前一代人，当我的儿子上幼儿园的时候，他们最喜欢说的童谣则是：

一个小孩儿写大字，写、写、写不了，了、了、了不起，起、起、起不来，来、来、来上学，学、学、学文化，画、画、画图画，图、图、图书馆，管、管、管不着，着、着、着大火，火、火、火车头，头、头、打你一个大锛儿头。

同样是无意义的话语，却比精心编制并教授推广的儿歌童谣更普及。个中道理，值得一思。估计其原因是：语音的连续性，易于上口和背诵。内容靠拢儿童生活，写大字啦、起不来啦、画图画啦什么的。结句“打你一个大锛儿头”有点包袱、笑料。无逻辑、不连贯、玩语言、文字流，故而显得轻松。虽然，从小人们就有为某种形式而喜悦、以某种符号来游戏的天性。并不是说必须先弄懂含义才能接受的。这里也有一个“懂”与“欣赏”“喜欢”的辩证关系问题。

语言是一种符号，但符号本身有它相对的独立性与主动性。思想内容的发展变化会带来语言符号的发展变化，当然，反过来说，哪怕仅仅从形式上制造新的符号或符号的新的排列组合，也能给思想的开拓以启发。

上述两个“小儿科”的例子说明，即使全无内容的符号组合，如果形式上有可取处，也仍能给人以某种启迪。

成人变动符号乃至“玩符号”“玩语言”“玩文字”的方式就更多。其长短精粗优劣难以一概而论。例如：

“有志者事竟成”是一句成语。倒过来说是“事成者皆有志”或“事成者多有志”，推敲一下，未必尽然。反其意说“有志者事不成”或“无志者事有成”则都有意义。有志而事不成者不亦众乎？一万人想当作家的文学青年中，有几个“事竟成”呢？一万个想找白马王子的少女，有几个找到了呢？可见志与事的关系并非温度与结冰的关系。“谋事在人，成事在天”，这就比“有志者事竟成”更成熟些更全面些了，虽然仍不那么“科学”。至于“无志者事竟成”（这里的竟当竟然讲了）或“无志者事亦成”“无志者事更成”“无志者事独成”，究竟又是怎么搞的呢？讲下去就有些深奥或不平之气了。

再拿“慢工出细活”这样一句俗语，一个表达劳动时间与产品质量的正比关系的命题来说，我们可以试一试以下的排列游戏：

快工出细活（最理想，未必现实）。

快工出粗活（与原命题最接近）。

慢工出粗活（最差，亦有可能）。

再如谚语“失败是成功之母”，也可以说是一个命题。对这句话的诸词进行新的排列组合，我们可以得出下面的句子：

失败是失败之母。

成功是成功之母。

成功是失败之母。

失败就是失败，无母。

成功就是成功，无母。

这样一组合，成功与失败的关系或许可以探讨得更清楚。失败产生失败、成功产生成功的说法有两种可能的意义：一是多米诺骨牌效应，一次失败可能引起一连串失败，一次成功可以引起一连串成功；对前者不可不警惕，对后者不可自我归功，得意忘形。第二种含义则是表明成功的时候应该乘胜前进，夺取新的成功，失败的时候应该步步为营，防止更大的失败，同时要为更大的失败做好准备。

至于成功是失败之母，则是原命题的一个重要的姊妹命题。据周谷城先生对我讲，解放初期他曾与毛主席讨论过这一命题。毛主席提出失败是成功之母，周先生提出成功也是失败之母，毛主席思索后称赞道："说得对！"这样一个命题对于成功者来说，要求他们戒骄戒躁，谦虚谨慎，是颇有意义的。

至于成功失败的"无母"（即无根由）说，则反映了对于万事万物的因果链条的存在的怀疑。它表露的可能是一种怀疑主义、虚无主义，也可能是对因果关系的多线性、互悖性与复杂性了解后的困惑。本来，成功和失败的估量就存在着弹性，而且世事中诸多成功与诸多失败之间的错综复杂的联系，不是几条单一的平行线（哪个是哪个之母）所能表述清楚的。

我们都知道党的三大作风：理论与实际相结合，批评与自我批评，密切联系群众。这三个命题的含义是十分丰富、十分严肃郑重的。

据说有一篇杂文则对目前尚未完全消除的不正之风、对一些假大旗以营私的人的方术做了句型类似而含义相反的概括，说这些不正派的人搞的是：理论与实惠相结合，表扬与自我表扬，密切联系上级。令人闻之一怔，继而为之喷饭。

理论与实惠相结合，只动了一个字而面目全非，文字的力量，能不察乎！第二句把批评改成表扬，一种庸俗的吹吹拍拍的状态便毕露了，这些人把党的好传统糟蹋成什么样子！而所谓“密切联系上级”，确实是成了某些利欲熏心者的登龙法门！（当然，这样一种讽刺性的说法并不意味着提倡上下疏离、互不联系，也不意味着接近领导就不好。）

这三条亦是一种来自生活的概括，虽然这只是一种揭露性的概括。把这三条与党的作风的真正的三条一比较，则真伪善恶美丑自见，令人警醒，催人奋斗，十分鲜明锐利。

这篇杂文的讽刺性说法所以有这种功能，也还在于这三条运用了尽可能与原来的正确的三条相同相似的句式与词、字。这“坏三条”的表述得自原“好三条”的句式与用词的启发，是语言符号的一种调整与组合的效应。

还有些句子可以舍弃其具体的词而取其句型结构。例如相声中脍炙人口的“吃葡萄不吐葡萄皮，不吃葡萄倒吐葡萄皮”句，这个绕口令的主要可取处是在于玩弄“葡萄”“不吐”“倒吐”“皮”几个词的辅音 b、p、d、t，本身其实毫无意义。因为吃葡萄吐或不吐葡萄皮或有其所指内容，而不吃葡萄倒吐葡萄皮则纯粹是语言的游戏，没有所指的。

以此为模式构建一些句子，反而有了一点意义，如：

当官的不摆官架子，不当官的倒摆官架子。

写作品的不说是作家，不写作品的倒说是作家。

有本事的不吹牛自夸，没有本事的偏吹牛自夸。

读书人不说自己懂得书，不读书的人倒说自己懂得书。等等。

再拿苏东坡的名句“山高月小，水落石出”来说，我们也可以仿造出一批句子。例如：

天高皇帝远，家败亲友疏。或：天高皇帝远，势败挚友来。

调儿高实绩少，气盛破绽出。

情真词少，言切文佳。

帽大干货小，图穷匕首出。

风急帘漫卷，雨住萤自飞。

当然与原句的佳丽、含蓄而又微妙不能相比，但仍然不无可琢磨处。

总之，语言符号与这种符号的排列组合并非是全然被动的、消极的东西。要丰富与开拓思想，当然首先在于丰富与开拓实践领域，倾听实践的声音，总结实践的经验，同时要不断扩大与加深各种信息的获得与消化。思想比较丰富的人语言才能丰富，思想比较深沉的人语言才会深沉，思路比较灵活的人语言才好灵活。这些都是没有疑义的。

反转过来，语言的灵活性、开拓性、想象力也可以促进思想的灵活、开拓，促进想象力的弘扬与经验的消化生发。哪怕语言中纯形式的游戏的东西（如前述儿歌与绕口令），亦不可纯然以外壳与游戏视之，不可以轻对轻、以陋对陋。见“玩语言”者便仅仅嗤之以鼻而心安理得，实未必可取也。

剧场拾艺

《宇宙锋》这出京戏里，赵艳容因抗婚而不得不装疯，这本来是一个令人气愤、令人悲痛的故事。如果是话剧，表演该是声泪俱下的吧。但在京剧里，观众却被演员装疯中的美丽身段、巧妙舞姿、大胆的言语动作所吸引，只顾击节赞赏，顾不得悲愤了。

怎么回事？道理何在？

装疯对于封建中国的大家闺秀，实在是一个大解放。不但解放了思想，而且解放了形体、动作、言语。试问，身份如赵艳容，不疯，能歪来倒去的吗？能狂笑吗？能眼珠乜来斜去的吗？能说那些放肆的话吗？能表现自己性格中强烈恣肆的那一面吗？不疯，赵艳容不是只能“笑不露齿、行不摇裙”的单调寂寞、司空见惯吗？要看这种符合《女儿经》规范的女性，又何必进戏园子！

装疯的目的完全符合当时守节的道德标准，又符合现下抗暴的道德标准。装疯的手段释放了角色的女性的热辣与美丽。而古今观众，均可以在看疯子的名目下不违规范地观赏平日看不到的女子形象。

这种找出路的智慧算是“镇”了。

然而，不仅《宇宙锋》，许多京戏都善于引导观众从审美的角度、旁观与欣赏的角度间离地看戏听戏。不管这装疯如果发生在现实生活中将是何等惨烈沉重，表现在舞台上却只能是、必须是疯得美、疯得甜、疯得勾人魂魄。就像《拾玉镯》里一个小女子的“初恋”竟受尽一个糟老婆子的粗俗调笑，如果发生在现实里，只能让人觉得无聊、煞风景，甚至不大“人道”。在戏里呢，却完全地喜剧化了，表演化了。人们赏心悦目地看的是戏，是表演，不是别的。

“过于执”的观众，是无法接受京戏的。比如说《武家坡》。薛平贵十三年未归，见到苦守寒窑的发妻王宝钏，竟然能“八月十五月光明，薛大哥在月下修写书文”地调侃起来，这不是混账透顶又是什么呢？这还好一点，到了《玉堂春》里，弱女子苏三几乎为王三公子送了命，“三堂会审”起来，人物关系却成了笑料了，能说不可恶吗？

当然，这些状况反映了京戏的一些剧目对待女人的态度的局限性与陈旧性，但这种表演的相对独立，这种形式与内容在某种程度上的分离，在外国戏剧中也有。西洋歌剧中，情人永诀（不论是病死或是殉情或是被害）之际，不是常常要来一大段男高音、女高音、花腔、二重唱，尽情发挥表演一番，引起一次又一次的喝彩与鼓掌吗？要是单纯从剧情感人来考虑，戏进行到这里，全剧场应该鸦雀无声、微有暗暗啜泣才是。

反映现实题材的话剧《不知秋思在谁家》在京演出，获得相当的成功。靠什么呢？戏剧新观念？看不出来，一个景实实地贯穿到底，一点新花样也没有。故事情节悬念？也太平常，就像我们周围发生的一些“小事”似的。

对了，靠的就是生活气息、真实感、切近感。什么母亲为女儿的婚事而伤透脑筋啦，“大龄青年”的婚姻问题啦，事业与家庭关系的矛盾啦，考不上大学的青年成了个体户，虽然挣上钱仍然没有社会地位啦，两代人的不谐调啦，门当户对的婚姻习俗啦，都让人觉得那么真切。连人物的语言都是高度生活化的。我还要说，都那么“世俗”——我是从最好的意义上用“世俗”这个词儿的。

世俗感，应该是一个被承认的审美范畴，其重要性起码不在“距离感”之下。我们讲艺术的超越性、象征性、神秘感、距离感，种种高论，都可能有道理，有启发，但所有这些，近似于讲艺术的彼岸性、非现实性。只讲这一面，艺术就成了断线风筝，成了符咒，不但成了象牙之塔，而且这个塔连地基和象牙材料也不屑一顾了。显然，艺术，特别是戏剧，还得讲此岸性，就是讲现实性、人民性、切近感、世俗感。想让人们彻底摒弃“罪恶深重”的世俗此岸而皈依极乐的彼岸天国，伟大如释迦牟尼与耶稣基督都未能达到的这个目的，靠艺术新潮先锋，更不可能达到。

《不知秋思在谁家》（顺便说一句，何必把剧名搞得这么啰唆，就叫个《谁家秋思》或《秋思在谁家》不就行了吗？甚至就叫个《秋思》，不是更含蓄吗？）充满了、洋溢着而今城市生活的世俗感，这是它的一大优点。它让人感到的恰恰是你的我的大家的日常生活的味道，使人们热爱实实在在的生活而不是新而深奥的某种观念。如果说此剧有什么不足，恰恰是在作者用费解的与不搭调的“字儿话”表现诸如二姐的柏拉图式爱情哲理的时候。

用架子鼓、电声乐器等将“样板戏”的豪迈音乐演奏成通俗轻音乐，个中意味，似可揣摩。

这说明，即使轻音乐、通俗音乐的听众，也不满足于整天听郎呀妹呀的软调调（倒不必说是什么靡靡之音）。人之需要刚强慷慨激烈悲壮，正如需要轻柔缠绵诙谐，二者是不能偏食偏废的。物极必反，当某种欣赏趣味成为一时的时尚、一股潮流的时候，观众的心理也就开始转向了。一窝蜂而上的东西，不论自命多么新多么洋多么刺激，多了只能使人厌倦。笔者曾在电视里看到一个情况，在一次歌曲演唱会上，最受欢迎的歌儿既不是《外婆的澎湖湾》也不是《采槟榔》，而是堂堂正正、响当当的《我是一个兵》。

有一些同志对“样板戏”曲调、唱段出现在舞台上感到不快，甚至怀疑其中有什么“意思”。不愉快的条件反射是可以理解的，“意思”，窃以为没有。剧场里热情鼓掌的小青年，没有什么人会从政治的观点来为所谓样板戏喝彩。任何艺术，包括最最政治的艺术，一旦成为艺术品，就提供了一种“有意味的形式”，而这种形式就提供了再创造、提供了变化发挥改造提高乃至降低歪曲变形的可能性。

类似的情况还很多。例如，在苏联，我曾看到激光配合下把《喀秋莎》演奏成类似“迪斯科”的样子。在香港，把《红珊瑚》《洪湖赤卫队》的歌曲演唱成嗲嗲的流行歌曲。在内地，用通俗唱法唱《十五的月亮》《望星空》《十送红军》的也越来越多。凡此种种，有时使纯朴高尚的革命歌曲的知音者痛心疾首，认为是心目中的革命的崇高美受到了亵渎。而另一方面，这种歌曲的某种通俗化乃至软化却受到了更多的青年观众的欢迎。好乎？坏乎？福乎？祸乎？通俗化不应该是庸俗化，通俗化、世俗化、庸俗化又常常相伴随。其中的是非成败得失，恐怕不是一句话可以说清楚的。

辑肆

读书六议

我主张读一些费劲的书，读一些你还有点不太习惯的书。

感觉与境界

王蒙：你评莫言的文章里，有两个问题我感兴趣，一是反文化，第二个问题是关于感觉，我同意你文章里的见解，但希望你能有所发挥，谈一谈感觉在文学创作中的作用和局限性。长期以来，我们不太重视艺术感觉，有时候根本就没有给感觉以应有的地位。你说莫言的感觉好，我也是这样看的。我曾经当着莫言的面讲过，尽管说我在年轻人的眼光里年龄也相当大，我从来不感觉自己老了。但我在读了莫言的某些作品，看了他那些细致的感觉后，我觉得我是老了。因为我年轻时候同样可以写得那么细，也许比他还细，但现在我已经没有那么细致的感觉了。你提出一个问题，就是不能光凭感觉，前不久我还在《文艺报》上读到一篇文章：《感觉的泛滥》，那不是你写的吧？

王干：李洁非写的。

王蒙：我觉得这是很有价值的见解。当代文学中单纯地凭感觉或驾驭不了感觉的情形恐怕是有的吧？

王干：我觉得“感觉”问题的提出，是与以前的“灵感”问题的讨论有联系的。“文革”时不承认作家创作时的灵感，认为只要有生活，有思想，有技巧，作家就能写出好作品来。“文革”结束后，人们开始讨论灵感的问题。我认为灵感是创作冲动的爆炸点，而感觉则是作家的一种状态。所谓这个作家感觉好，反映了作家对生活、人生、历史、世界和其他事物的敏锐能力。感觉往往与敏锐联系在一起，是一种非理性的直觉方式。感觉是作家对人生经验、情感经验、社会经验、生活经验等各种经验整合起来之后浮动在一般理性层次、经验层次之上的一种情绪、灵气和悟性。如果把整个文学比成河床的话，那么感觉无疑是浮动在整个河床上面最耀眼最灿烂最动人的浪花，但如果没有河水的流动，它就会很快消失或者枯竭。也就是说，如果缺少经验的层次的话，感觉就没有什么价值，甚至不可能存在。人生的各种经验和体验是感觉充分表现自由流动的基础，构成了文学最坚实的河床与有生命力的潮汐。我为什么要说“感觉救不了作家”呢？现在有些作家推崇感觉到了把文学等同于感觉的地步，有些人说我就是感觉好，没什么，对其他的东西不屑一顾。这种尊崇感觉、神化感觉、扩大感觉的背后隐藏着一种天才表现欲，他的真正意义在于说：我没看过什么书，就是感觉好。出现这种感觉迷狂症，一方面是由于我们以前不重视感觉这种直觉性的东西，另一方面也反映了很多人有点想走捷径的味道，用感觉来代替经验和知识的积累。感觉是作家各种情感、经验、体验蒸腾出来的，不是可以任意挥霍的，它不是取之不尽、用之不竭的文学之源。当然，一个作家良好的艺术感觉的形成有好多因素，天赋、遗传、地域文化的影响、读书的经历、学识都是发酵感觉的基本材料。我觉得我们有些作家对感觉已经到了痴迷的程度，以为只要感觉好就能写好作品。做一个好作家无疑要有足够的艺术感觉，但仅仅有感觉肯定成不了大作家。

王蒙：感觉一词在艺术里用得相当普遍。比如一个跳舞的人，同样接受舞蹈理论的教育和基本功的训练，他的各种姿势完全符合要求，但当我们说他缺少感觉时，他自己并不清楚自己最细致的地方到什么程度最合适。

王干：也就是分寸感。

王蒙：这些细致的分寸只能用感觉来表达。在艺术当中，舞蹈可以说是最有科学性的，你可以录下像来分析，甚至可以搞出数据来，比如手指到什么角度，但也不行，只能靠感觉。音乐也是这样。音乐是富有技巧性的，但只有技巧没有对声音的感觉以及对声音最细腻地方的分辨就永远成不了音乐家。过去很长一段时期，“左”的东西比较厉害的时候，完全不懂得感觉，完全排斥感觉，也不敢忠于自己的感觉，也不敢细腻入微地把自己感觉的财富充分地调动起来使用起来。我说莫言的感觉好，就是看了他的《爆炸》，印象特别深。

王干：我特别喜欢《爆炸》这部小说，它完全是感觉的大爆炸。

王蒙：这个小说里写他父亲打他一个嘴巴，他连着写了几百字。我几年前看的，不知印象对不对。就是这一个嘴巴，整个世界在他的感觉当中写得相当好。类似的例子在作品中多极了。我觉得感觉有这样几个层面，一是对生活的感觉，一个作家可以写到风霜雨露，写到春夏秋冬，写到声音、形象、色彩，等等，都是对生活、对外部世界的感觉。第二是内省力，就是对人的内心世界、对自我的灵魂深处的最细微变化的感觉。托尔斯泰作品里的感觉简直细致到像工艺品一样。第三，就是对艺术本身的感觉，一个作家在写作的过程中，很多时候是靠自己的感觉，这是事实，有时候似乎是很普通的概念，比如说你的作品不够精练，说简洁是天才的姐妹，但有时候一泻千里、挥洒自如、汪洋恣肆也是可贵的，那么界限在什么地方？只能靠感觉，没法靠字数。比如一个短篇写到万字以上是不是就过多了呢？两千字以下是不是就过少呢？绝对不可以这样说的。甚至在结构上也有一种感觉，有时候你觉得他太单纯，需要有一点闲笔，比如很短的小说要凭空说几句题外的话才能有空间，这些都要有感觉。感觉还是相当重要的，但是我也完全赞同你的意见。我觉得有没有感觉是艺术和非艺术起码的界限，如果没有最普通的艺术感觉，尽管你可以写很好的文章，有它的新闻价值、历史价值、社会效益，还有各方面的价值，但它不是艺术。艺术的高下不单纯是一个感觉的问题。这就回到了我们讲过的"文学是魔方"的说法，文学是整体的东西，是全局的东西。仅仅有了感觉的这一面，缺少另一方面的东西，比如经验、人格，包括哲理思辨，没有充足的人生经验与阅历，只有零零星星各种微妙的感觉，这种感觉就会像迷宫一样，作家就很可能迷失在感觉中。这里我愿意谈谈莫言。你的文章谈到了莫言的好多作品，但这些作品像《红蝗》我都没有看。莫言有非常出色的感觉，也有相当可观的艺术勇气，但他毕竟还没有成熟到把这一切感觉、勇气以及中国人常说的才、学、识和经验、经历并驾齐驱融会贯通的程度，所以就产生了一种倾斜。他在感觉上非常满足，但那些谈创作的文章就非常孩子气，实在不像一个大作家，他还不能够将这些东西融会贯通。又加上我们国家处在这样一种状况，刊物非常多，文学作品发表得异常容易，一个人有了名气之后，刊物纷纷要他的稿，他完全可能使自己包括感觉在内处于超负荷的支付状态，求大于供，就会造成“通货膨胀”、感觉膨胀，而其他方面跟不上来。我对莫言早有这种感觉，但这也不足为虑，他毕竟比较年轻，在他创作过程中有一些曲折非常自然。也许过一段他充分喷涌之后，就会感到枯涩，甚至感到恐慌。这样一种枯涩、一种恐慌完全可以成为他跨上新的阶梯的契机。

王干：感觉有神秘主义色彩，是非理性的东西，全靠一种莫名其妙的情绪在支配。用中国在古代文论的概念，它是一种“气”，“文以气为主”。其实，不但搞文学的人要有感觉，工艺也需要感觉，特别是手工制作的，比如画画。气功师发气也不是每时每刻都能发的，每发一次功，他们要休息一段时间才能发功。培养感觉便是“养气”，我曾提到莫言现在需要“养气”。养气才能感觉得充沛和灵敏。（笑）

王蒙：“养气说”也很有意思。

王干：莫言现在就是气虚。

王蒙：消耗太大。

王干：感觉毕竟有很多先天成分，比如足球运动员的感觉，用我们球迷的话说，叫“球感”很好。但球感是建立在什么基础上呢？首先必须会踢足球才能有球感。假如你根本不会踢足球，或者技术很粗糙，或其他人与你不配合，那么即使你的“球感”再好也没有用。不过你《球星奇遇记》的球星是个例外。文学创作亦复如此，你的感觉再好，还需要其他的“力”使你的感觉发挥出来，使你的感觉综合起来，滋生出一种超乎感觉之上的东西。一个小孩的感觉特别好，但一个小孩却创造不出艺术作品。感觉甚至是一种儿童性的东西。

王蒙：对。儿童的东西，本能的东西。

王干：现在过分推崇感觉，与当前文坛的非理性思潮有关。某种程度上是一种反理性倾向。反理性是文学发展的必然。但把感觉的功能推到极致，用感觉完全取代理性是不可取的。

王蒙：如果只剩感觉，就不行了。文学的构成方面太多了，像上次我们说的“摸象”，文学不是象的一部分，而是一个整体的“象”。感觉即使非常重要，比如说起象鼻子的作用，但永远不是象的整体。虽然鼻子是象的主要特征，但光有鼻子还不是象。

王干：感觉完全是一种天赋。

王蒙：是一种天赋，你说是小孩的东西是很对的。人什么时候的感觉最好呢？就是他去掉了一切杂念的时候，他能恢复到最返璞归真、最年轻、对周围的事物最敏感的儿童态，感觉里最可贵的是新鲜感、分寸感，这是很难传授给别人的。

王干：不可言传。比如足球运动员在比赛当中突然就起脚射门，而且也就进了，他就完全由一种感觉在支配，只觉得可以而且必须射门了。有时守门员莫名其妙地将非常悬的球给挡住了、扑住了，完全是一种无意识。

王蒙：有时候甚至是一种本能。

王干：但是一个人即使素质再好，不经过训练，不经过比赛，还是成不了球星。

王蒙：作家是天生的，又不是天生的，他需要训练。如果没有学问，没有条件，没有时间，没有训练，没有巨大的劳动，没有人格，仅仅有感觉，是不行的。不过，我刚才说到的新鲜感也很有意思。作家最令人羡慕的地方，也恰恰在于他的新鲜感。比如大海，人类与它共存了不知多少悠悠岁月，写大海的诗呀文呀词呀不知有多少，但一个好的作家看到大海仍然有非常新鲜的感觉，以至于写出来的东西是让人感觉到第一次见到海、第一次认识海、第一次感觉海、第一次接触海，这种新鲜感非常值得羡慕。现在文艺评论喜欢用“陌生化”这个词，其实，依我的理解，与其说是陌生化不如说是“新鲜化”，完全的陌生与完全的烂熟都会倒审美的胃口，都是影响美的接受的。至于分寸感，那就更普遍了。可以说一切专家都有这种分寸感，甚至政治家。一个大政治家的决策当然有他的理论的根据、科学的根据、投票的根据、民意测验的根据，但只讲这些根据也可以找出相反的例子来，有的就力排众议。而大政治家往往力排众议，比如一百个人当中有九十人不赞成，但他还要坚持，而事实恰恰证明他是正确的，这才显出他的伟大来。

王干：这是一种直觉。

王蒙：这是一种直觉。为什么他有的时候力排众议，有的时候立刻做出调整做出转变？这里面也有感觉。

王干：牛顿发现万有引力定律，也是看到苹果落地一下感觉出来。但这种感觉与他在物理学上的造诣是分不开的。作家的感觉也需要一种积累的基础，包括多种多样的积累，知识的非知识的，文化的非文化的，经验的非经验的，这样萌生出来的可能是新鲜的别人所没有的感觉。

王蒙：对一个大作家来说，智慧和人格起码和感觉同样重要。

一个有感觉而缺少智慧又缺少人格的人也可以成为一个作家，甚至可以成为非常出色的作家，但他仍是一个有相当欠缺的作家。

王干：不是一个伟大的作家。

王蒙：一个伟大的作家往往需要人格、智慧、感觉，如果再加上一个条件就是经验，他的遭际。智慧当然包括他的学识，智慧不光是天生，也包括后天的学习。

我还是从你评莫言的文章谈起。下面我想谈上次已经提到但没有展开讨论的问题，就是你说《猫事荟萃》应该算是杂文的问题。对此，我也不表示反对或赞成，因为我没看《猫事荟萃》。但这里面有一个问题，所谓体裁上的划分究竟有什么严格的标准？有的小说又像杂文又像小说，可以不可以？有的小说又像寓言又像小说，至于既像散文又像小说的小说就更多。

王干：那倒很多。

王蒙：甚至有的小说非常像诗。我看过一个英国女作家的文章，我特别喜欢她的话，她说把短篇小说和长篇小说归在一类是绝对错误的，短篇小说应该和诗一类，长篇小说则是单独的一类。她对体裁的论说，虽不是经典，但仔细琢磨也有道理。

王干：她是从另一个角度讲。

王蒙：是从它的精练、集中、容量、信息量和放射弥漫的气氛、氛围等方面来说的。

王干：是从艺术审美的特点进行考察的。

王蒙：如果《猫事荟萃》是一篇读起来很精彩的杂文的话，我觉得你就不必批评它不是小说。我觉得这样批评并不重要，对读者来说，除了特别有偏见的读者只看小说不看别的，对一般的读者来说，他要求得到的并不是对某种文学体裁严格的符合规范和定义的范文，他要求的还是一种审美的享受，也包括信息和知识的获得，所谓某种教益。即使没有教育意义，但看了很有趣，看得很活泼，也是可以的。我只是从理论上说，要不要对小说在理论上进行界定？我觉得这个问题本身的提出就有弱点，如果这种界定去掉以后就什么都可以算小说，那也麻烦。

王干：当然，你说像杂文也可以。但是，小说要不要有个大致的规范呢？我认为需要。小说要有小说的思维方式，当然，如果一个作家因为他的一篇小说或一批小说改变了小说的规范，那我们就得承认他所建立的新规范，承认他是一个伟大的作家，问题是莫言的这篇作品本来就是一篇散文，是完全按照现行的散文思维方式写的，就不能被承认。当然，小说里面有杂文的因素、散文的因素、诗的因素，那当然很好，但如果把小说完全写成杂文，那就肯定不是好小说，只能是好杂文。我主要认为《猫事荟萃》的感觉变形了，他已经不是在叙述世界，而是在用理性的思维宣谕世界、解构世界。我觉得它尽管写得精彩、俏皮、幽默，但作为杂文发表更好。

王蒙：你认为散文式的小说呢？

王干：我觉得散文式的小说比杂文式的好些。

王蒙：觉得散文跟小说亲近些。

王干：现在的小说概念也很复杂。我原来比较喜欢诗化的小说，写文章鼓吹过。但我现在觉得诗化小说显然不是文学的最高境界，散文化小说也不是文学的最高境界。有一段时间我曾认为诗化小说是小说的极致，但我现在认为它只是小说的一种样式。只写这种小说不能说是最伟大的，一个大作家的小说要有诗、散文、杂文、音乐、绘画甚至相声、流行歌曲和摇滚音乐迪斯科霹雳舞乃至足球、体操、冲浪、滑雪的因素，要有超常的信息量和阅读量。我总觉得诗化小说、散文化小说的信息量不够大，还比较单薄，尽管从中可以看到心灵的颤动、灵魂的闪光、人性美的呈现，或者有一种愤怒、惆怅、感伤、欢乐，但格局仍嫌小，至少说明这个作家的胸怀还不十分宽阔。我希望文学作品能够达到一种混沌的境界，这是很高的层次，那里面的内涵一下子难以说清楚。而诗化、散文化的小说往往容易被把握，你能找出他的惆怅何在、愤怒何在、哀伤何在。我认为一般作家都可以达到这一境界，而混沌的境界只有少数人才能达到。

王蒙：你说的是一种更立体的小说，不是单纯地讲感觉、单纯地讲诗意、单纯地讲情节乃至单纯地讲幽默，甚至不是单纯地讲人物性格。但你所说的好小说仍然让人有点把握不住。

王干：散文化、诗化、杂文化的小说也是好小说，我也喜欢读，但不是最好的小说。

王蒙：最好的小说往往不止一个层面。

王干：有各种各样的层面，各种各样的色彩，甚至有各种各样的风格，是一种综合体。

王蒙：这也很难比，比如《阿 Q 正传》的认识意义、讽刺、幽默都达到了很高的境界。但反过来要求阿 Q 有诗意，你就觉得它不如《在酒楼上》《伤逝》，特别是《伤逝》这种用散文诗体写的小说，很难那么要求。

王干：我觉得鲁迅最大的遗憾是没能写出一种综合性的作品，没有把他分布在各篇小说中的各种风格因素、语言特点、审美因素全部综合起来形成一个高信息量的大型集成电路。

王蒙：这也太难了，整体上看也行。

王干：但仍有种不满足感。我觉得鲁迅思想的深刻、敏锐超过了同时代的人，甚至我们今天仍然要到他那里去取“火种”。但是鲁迅达到的文学的境界好像还不能完全与公认的世界文学大师、文学巨匠相比，他缺少一种超时空的艺术组合力量。我这话可能不太恭敬。鲁迅身上有被神话的成分。

王蒙：鲁迅的意义不是纯文学的，鲁迅作为一个启蒙主义思想家、革命家的伟大甚至超过文学家。当然从文学角度看，可以有另外的探讨。你刚才说的诗化小说、散文化小说，我想到了另外一个问题，有些风格特别特殊、特别鲜明的作家并不是最伟大的作家，他的语言、文体特殊极了，一下子给人深刻的印象，让你永远忘不了。作为风格作家，屠格涅夫比托尔斯泰、果戈理还要鲜明，但从整体上看就不能说屠格涅夫超过了后者。

王干：法国有一个作家梅里美，感觉、风格、语体简直太棒了。

王蒙：太棒了。

王干：但整体上的感觉还是不如巴尔扎克、雨果。

王蒙：没有那种磅礴、那种浑厚。熔万象于一炉只有大师才能做到。

王干：梅里美是一个很有风格、很有个性的作家，他的作品能够流传下去，但总觉得他不是大作家。

很难做到。你的见闻、知识都很有限，讲故事则能使你得到一种趣味、一种知识、一种新的体验。

我们中国人常给孩子讲大灰狼的故事，它使人感到亲情的可贵，感到如果自己的母亲被大灰狼冒充的话是非常可怕、非常悲惨的。中国有受后妈虐待的故事。意大利《爱的教育》中有一个故事，讲一个孩子走了几千里去寻找他的母亲。多数孩子都没有这样的经历，这使孩子反过来感到一种安慰，更珍惜自己的母亲。

世界上最精彩的关于故事的故事是《一千零一夜》，大家都很熟悉。一个暴君由于妻子对他不忠实，就要报复所有的女人——每天娶一个，第二天把她杀掉。后来娶了首相的女儿，她给国王讲故事，故事讲得太好了，第二天早晨该死的时候国王没杀她，让她继续讲，一直讲了一千零一夜，最后国王改变了他杀人的规矩。有一个学者非常重视这个故事本身，认为讲故事是对死亡的一种抵抗，是对暴戾的一种抵抗，是对人性的一种召唤和抚慰。人有一种孤独感、恐惧感，通过悲惨恐怖的故事能让人获得一种宣泄和温馨。

中国二十四孝的故事所宣扬的观念是十分陈腐的，但其中一些作为民间故事看很有趣味性。父母病了想吃鱼，冬天黄河结了冰，孝子就脱光了身子卧在冰上，把冰焐开，一条大鲤鱼自己就蹦了上来，孝子把鱼拾回了家。还有为母埋儿的故事，家里穷得过不下去了，要把儿子埋了。这十分可怕，而且本身就是很不道德的。为了埋儿挖地挖出了金子，这是令人反感的白痴行为，没有任何可行性，但它们都包含了故事的契机，都有一个理想化的结尾，使不可能的事情通过故事成为可能，使人的愿望得到虚拟的实现。

从哄孩子睡觉到带有教化色彩的故事，我们已经看到小说的萌芽。

二、古典主义的小说。不管中国还是外国最早的小说都带有古典主义的味道。所谓古典主义的味道，首先是人物的类型化、英雄化、精英化。写帝王将相、才子佳人、游侠骑士、奇人异士，都非平庸之辈。同时我们看到这些人物又相当类型化，君有明昏，臣有忠奸，美丑分明，善恶分明。很少写普通的人和平凡的事。

其次，古典小说追求故事的戏剧化，追求故事的大起大落。如好人经过千难万险，各种考验和试炼，最后取得胜利；坏人权倾一时，嚣张一时，最后归于失败。

再次，情节的模式化。它有几个相当固定的模式：复仇的模式，如外国的《基督山伯爵》，中国的《赵氏孤儿》《狸猫换太子》，都是从冤屈到复仇的故事。才子佳人的模式，公子落难，小姐慧眼相救私订终身，经过种种曲折，公子建功立业与小姐完婚，夫贵妻荣。这种故事太多了。这里有一个很有趣的含义——男人在危难时需要女性的保护。人类在很长的历史阶段中是以男性为中心的，男人更政治化一些，总是处在斗争的前沿，莫非是让风险小一些的女人打掩护？或者仍然体现着以男权为中心的一厢情愿？这是很有魅力的一种模式，一直到今天许许多多的小说仍未能摆脱它。清官赃官的模式，如人人皆知的包公的故事，他的秉公执法，他的料事如神一直发展到神话的程度：白天断阳间的案子，晚上做梦断阴间的案子。民族英雄的模式，中外各个民族几乎都有自己的民族英雄的故事，他们首先是体形体能就与众不同，其次品德高尚、智慧超人。最后他们在战争中杀人如麻，屡立奇勋，或者是屡战屡败，备尝艰苦而终获全胜。与民族英雄相对比，还会出现一些超常的坏人丑类。

古典主义有非常强的教化色彩。不管故事多么复杂，最后都是好人胜利，坏人失败。包含了一个劝善的主旨，它与社会公认的道德评价是一致的。忠战胜奸，孝战胜逆，节操战胜淫乱，信义战胜邪恶，等等。

古典主义在古典小说中占有正宗的地位，但有些古典小说虽然仍旧不能完全摆脱古典主义，但它们已程度不同地包含了现实主义的因素，如《红楼梦》《儒林外史》，又如魏晋的笔记小说，一直到蒲松龄的《聊斋志异》，它们大部分是文人创作的小说，以文人的创作为主，而不是以民间故事、传说、口授文学——话本等为主体。它们表现得更多的是文人的趣味和幻想。古典主义并不完全是一个历史的概念，它的一些准则到今天也没有完全死亡，比如贾平凹的有些小说，它的语言，它的叙述方法，甚至一些人物有很强的古典的色彩，我称之为亚古典主义。

三、现实主义的小说。它与古典主义有很大不同，它的人物不是类型化，而是典型化，尽管典型化这个概念说不大清楚。它塑造各式各样的人物，有大人物，而更多的是小人物，自相矛盾的人物，无所作为的人物，莫名其妙的畸零人物。如百无聊赖的“多余的人”奥勃洛莫夫，谨小慎微的“套中人”，罗亭式的言语的巨人行动的矮子，还有高老头、阿Q，等等。从以情节故事为中心转移到以人物为中心，它可以把人物写得很深。如巴尔扎克笔下的单身汉、野心家或一个感情世界非常复杂、强烈、痛苦的女人。现实主义希望表达和显示人物更独特的性格和对人性更新的发现，而不仅仅是外在的性格或气质，如鲁莽、急躁、多疑、马虎等等，这就比古典主义前进了一步。同时，从可读性与奇、巧、完整等方面，又似乎不如过去。

其次，对细节的描写生动、详尽、准确。有一个苏联电影《托尔斯泰的手稿》，是写托尔斯泰如何在小说《复活》中反复修改女主人公玛斯洛娃出场时的形象，画家根据他几稿不同的描写分别画出人物的肖像，作者最后选定其中的一种。现实主义写对话如闻其声，写肖像、场景如月光、晨雾、树林、暴风雪、海、船等使人如临其境，都达到了前所未有的高峰。现实主义在描写上取得的成就是无法逾越的。你现在想在人物肖像、城市氛围或天气变化的描写上超过托尔斯泰、超过巴尔扎克，简直是无望。我觉得西方现实主义大师在描写上的功力与科学技术和实证主义的发展有关，中国古典小说不重细节的描写，重在意会，写一个女子好看——身如弱柳，面似桃花，这无法从实证的角度去分析。而西方的几何学、光学比我们发达，给它的文学描写带来一种准确感、精确感。

再有，就是人道主义的批判精神。关心人，特别是被侮辱与被损害的可怜的人，弥漫着对不公正社会的批判精神。《复活》的批判锋芒指向俄国的整个上层社会，它写到了大理院、元老院、教会。《木木》写一个老农奴心爱的一只狗也被剥夺了。它们都是从人道主义的立场出发，批评批判了社会的权贵和富豪们，为生活在社会底层的老百姓鸣冤叫屈。

在现实主义中也有一些变化的因素，如狄更斯，我觉得他既是现实主义的，又是亚古典主义的。他作品的情节、脉络十分清晰。如《雾都孤儿》写一个出身贵族家庭的孩子，不幸落入黑社会之手，受到坏人的教唆，处境非常危险。故事是在善与恶、忠与奸、高贵与卑鄙的矛盾斗争中展开，情节大起大落。这与巴尔扎克和托尔斯泰有很大的不同。还有法国的梅里美，他写了一些对欧洲来说也是少数民族的故事。歌剧《卡门》就是根据他的写吉卜赛人的小说改编的。他的另一篇小说《高龙巴》是写苏格兰人的。他追求的很难说是现实主义的，他追求的是戏剧化、是奇风异俗，写爱情、流血、仇杀，古典主义的味道非常浓。

中国现实主义的情况比较复杂，中国式思维的特点是对事物总体性的把握。当我们说《红楼梦》是现实主义的时候，我觉得从总体上说是不错的，特别是对人物的描写，它不是类型化的，它重视现实生活中人物的命运。也有对被侮辱与被损害的小人物的同情，如对晴雯、金钏、芳官等。也有对家族和社会黑暗的揭露。但它与在欧洲工业革命时期的现实主义有很大不同，它充满着梦幻、虚无、对人生无常的慨叹，不拘泥于写实。

四、浪漫主义的小说。它与比较客观、比较冷静地描绘社会和人生的小说不一样，它充满了激情。比如雨果的《悲惨世界》《九三年》，都是把人物放到最尖锐的矛盾当中来写，使你感到作者的激情就像火焰一样。又如陀思妥耶夫斯基，没有哪个文学史家把他看成浪漫主义，但从我的阅读来说，我觉得他更接近雨果的性质。他写作时急得有时多少页都不分段，或是请一个速记员，由他口述。使你感到那种激情就像泛滥的洪水把他自己的作品都淹没了。他顾不上精雕细刻，顾不上冷静分析，也顾不上“如实反映”。你如果用对巴尔扎克的期待读陀思妥耶夫斯基的小说，可能读不下去，反过来说你如果用对陀思妥耶夫斯基的期待读巴尔扎克，也读不下去。

五、现代主义的小说。现代主义是一个非常混乱的概念，我所理解的中国所谓现代主义小说有这样一些特点：（一）写人物的内心。它与现实主义写人物的性格、命运和显示其社会性有很大区别，侧重把握人的灵魂深处的东西。它与弗洛伊德的学说有紧密的联系，因为弗氏发现了人的无意识。一些现代主义的范本写人的心灵所达到的深度是前所未有的，甚至是惊心动魄的。就像一个精神病患者丧失理智后凸现出来的隐秘的恐惧或欲望使人震惊一样，能令读者感到一种灵魂的刺激或共鸣。（二）反煽情。人类越来越走向成熟，开始感觉到过去文学作品的煽情性太强了：好的就是那么好，坏的就是那么坏，爱起来就是罗密欧与朱丽叶式的，就是贾宝玉、林黛玉式的。人们慢慢认识到事情并非那么简单，爱情是美丽的，但它又不能永远沉浸在诗意和圆满之中，不承认这一点常常使你陷入某种尴尬。王朔写爱情带有一种嘲笑的口气，《过把瘾就死》中女主人公把男的捆起来问：你到底爱不爱我？女子痴情执着不能说是缺陷，但你看到这儿就觉得很可怕。王朔本身并不是现代主义，但他的这种生活态度和艺术观念与现代主义的潮流有关。（三）人们开始用审慎和批判的眼光看待世界上一切美好的东西，用相对主义的观念来看待人生。圣人伟人也有很可怕的一面，他们在一定的条件下可以视旁人凡人如草芥。钱钟书三十几岁就说过：绝对洁白的心、绝对洁白的观念与完全的黑心其效果是一样的。你的心被神圣、伟大、崇高、健康都占满了，你容不得一点世俗、平庸和缺陷，这是一种很可怕的压力和异化。这就构成了现代主义的另一个特征——非英雄主义。（四）形式上的颠覆。文学充满了悖论，没有一定之规。所谓不要故事，不要人物，不要节奏，不要标点符号，没有秩序——扑克牌小说，等等。现代主义作为一种文学思潮有很大的革命性、创造性，但它又有很大的破坏性。有人认为我是现代派，其实我离现代派远得很。现代主义的经典之作我一个也没完整地看过，看不下去，但是，作为一种艺术创作我完全能理解。比如不用标点这是许多语言学家深恶痛绝的，但我觉得没什么不可理解，它就是相声中的“贯口”，一口气说下来，表现一种技巧或激情。还有京剧中的“骂殿”也是如此。又比如扑克牌小说，也没有什么可怕的。中国的古诗讲究集句，比如把四首诗中各一句拿出来，联成一首新诗，这不就是扑克牌诗的意思吗？当然，这些都不是正统，但作为一种试验没有什么不可以，不足为奇，不必义愤填膺。至于外国的现代主义、新潮小说、新小说到底在追求些什么？成败如何？我知之甚少，却很值得研究。

六、我自己的创作体会。（一）从自己的经验和感受出发。我写的东西都是以我的经验和感受为依据的，而这种感受又不能强求，不是为了写小说才去感受。《活动变人形》中就有我童年时期刻骨铭心的感受，它不是为了写小说才寻求的。是不是所有的作家都是从他的经验和感受出发呢？我不敢这么说。苏童所写的东西我不敢说都是他体验过的，他写《妻妾成群》的时候还未结婚。作家是需要点敏感和激动的，太冷静了写不出来，而太激动了写出来的东西往往比较虚，这又是一个文学上的悖论。（二）文学是一种记忆的形式，那些内心的深刻的体验在历史教科书上是不会有的，在论文集上是不会有的，只有通过小说、诗歌来表现，通过文学来表现。（三）有了经验、感受、记忆还是不够的，一定要有虚构，要有一种对艺术乌托邦的向往和追求，要有能力去建构一个艺术的世界。小说提供的世界毕竟与现实生活的世界是不一样的，比如你写一个苹果，假若这个苹果和真实的苹果一模一样，那你何必写这个苹果呢？你给他买一个苹果不是更好吗？这种虚构实际上是向读者提供一个文学的乌托邦，使读者得到一个在现实生活中不一定能得到的东西。古往今来，以爱情为题材的小说最多，说明什么呢？说明大家都有爱情的要求、欲望、幻想和激情，然而很少有人能使他的要求、欲望、幻想和激情百分之百地实现。爱情总是带有不满足和某种遗憾，这就需要文学来填补。又如复仇的小说也很多，这恰恰说明现实生活中平冤狱的困难。（四）追求文笔的自然和行云流水，不赞成雕琢和过分的苦吟，所谓“吟安一个字，拈断数根须”。我也不赞成“惨淡经营”四个字，它立刻使我联想到“捉襟见肘”，联想到您只有二百块钱就想开一个公司。当然每个作家的习惯是不一样的，据说福楼拜写《包法利夫人》，为了追求艺术上的完美，拿到一次校样他改一次，拿十次改十次，拿二十次改二十次，永远没完，几乎成了一种病。书商火了，不许他再改，这才打住。（五）不拘一格，博采众家之长。我不认为各种风格和流派是对立的，如上面提到的古典、写实、浪漫、现代等等，到我这儿都不对立。《红楼梦》就不对立，它既是写实，又不是写实。我还主张写作不要勉强，写不出来不要硬写。

谈我国作家的非学者化

作家不一定是学者。

我们有许多作家，他们提起笔来，靠的是深厚的阶级情感、丰富而又实际的生活经验、活泼的群众语言、被艰苦的人生锻就的聪明机智。尽管他们有的不仅没上过大学，甚至没上过中学或小学（最极端的例子是高玉宝和崔八娃，他们成为作家的时候差不多还是半文盲），尽管他们没有学过立体几何、有机化学与量子力学，尽管他们既不懂任何外文，也不懂古汉语和现代汉语的语法，尽管他们当中确有人至今还错别字连篇，但他们确实是令人敬佩、令人钦羡的作家。他们写出一篇又一篇作品，反映了独特的、绝非一般“文人”所能反映的生活领域，他们表达了一种特别朴素、真切、笃实的情感，他们说出了劳动人民的心里话，并且创造了和正在创造着一种纯朴、平实、大众化的风格，这是非常可喜的。从某种意义上来说，这正是社会主义国家劳动人民当家做主，劳动人民真正成为文化的主人，把被历史颠倒了的再颠倒过来的生活体现。

古今中外的文学史上也都有这样的例子，艰辛的生活竟比辉煌的大学文学院更能造就作家。如果高尔基不是在轮船、码头、面包房里而是在彼得堡的最高学府读“我的大学”，那也就不成其为高尔基了。

学者不一定是作家。

我们有许多学富五车的教授、副教授、研究员、副研究员，他们虽然可以很好地讲小说史、小说论，却写不成小说。这是常事，也是常识，用不着说，用不着解释。

这么说，做学问和搞创作是两路“功”，走两条道。

甚至彼此还会产生一种隔膜或偏见。有的作家告诉我，愈是读文学史和文艺理论，就愈是写不出东西来。愈是眼高，就愈会手低。他们对一些学者写的评论、研究文字，往往敬谢不敏，觉得那种掉书袋的冬烘气、八股气只能扼杀活泼泼的创造者的心灵。

当然，也毋庸讳言我们的一些学者对于当代许多作家的鄙薄态度。在一些学者的眼里，我们的作家不过是一些头重脚轻根底浅、嘴尖皮厚腹中空的轻狂儿，在文坛上夤缘时会、名噪一时的暴发户。“那算不得学问。”学者们说。写一百篇小说或者受到二十次好评、奖励，也算不上学问。不仅写这样的东西算不得学问，研究、评论乃至涉猎这样的东西也算不得学问。要做学问吗？去做四书五经、李白、韩愈、关汉卿、曹雪芹、荷马、但丁、巴尔扎克、别林斯基去吧。

于是乎确有不读书、不看报，不知道世界有几大洲，不知道脊椎动物无脊椎动物的区别，不知道欧几里得，也不知道阿基米德……

于是乎确有毫无艺术感觉，但知背诵条条、“不知有汉，无论魏晋”的学者。

这似乎也难免，也正常，不足为奇，不足为虑，既不影响二百种文学刊物按时出刊，也不影响六十所大学文科院系的科研、教学工作。

果真是这样吗？果真搞创作不需要学问，或者做文艺学的学问可以不问当今的创作实际吗？

作家不一定是学者，诚然。但是大作家都是非常非常有学问的人，我不知道这个论断对不对。大作家都称得上是学者。高尔基如果只会洗碗碟和做面包，毕竟也算不得高尔基，他在他的“大学”里读了比一般大学生更多的书。如果清代也有学士、硕士、博士这些名堂，曹雪芹当能在好几个领域（如音韵学、中医药学、园林建筑学、烹调学）通过论文答辩而获得学位的吧？现代文学史上的几位大作家：鲁迅、郭沫若、茅盾、叶圣陶、巴金、曹禺、谢冰心……有哪一位不是文通古今、学贯中西的呢？鲁迅做《古小说钩沉》，鲁迅翻译《死魂灵》《毁灭》……鲁迅杂文里的旁征博引；郭老之治史、治甲骨文及其大量译著；茅盾《夜读偶记》之渊博精深；叶老之为语言学、教育学权威；巴金之世界语与冰心之梵语……随便顺手举出他们的某个例子（可能根本不能代表他们的学问造诣），不足以使当今一代活跃文坛的佼佼者们汗流浃背吗？

加一段微乎其微的叹息。中国文人有讲究写字的习惯。上述大家，仅就写字一点也确实在一般知识分子之上，但当今……就拿笔者来说，每当被人要求题字的时候，写前先有三分愧，写完恨不得学土行孙来他个土遁！呜呼……

也许这些话有点九斤老太气。不，我不是也不愿做九斤老太太，未敢妄自菲薄，更不敢鄙薄同代作家。在革命化、工农化、深入生活、劳动锻炼、联系群众、政治觉悟、社会意识、斗争经验等等许多方面，我们是有出息的，也是胜于前人的。我们的作家队伍是一支很好的队伍，是一支古今中外罕见的与人民同呼吸共命运、与革命同生死共患难的队伍，这是没有疑问的。但是，建国以来，我们的作家队伍的平均文化水平有降低的趋势（近年来可能略有好转），我们的作家愈来愈非学者化，这也是事实。

而且，这是一个严重的事实。如果不正视和改变这种状况，我们的文学事业很难得到更上一层楼的发展。

我们有时候在谈论和写作当中也偶尔涉及这样一个问题，为什么当代还没有出现鲁迅、郭沫若、茅盾、巴金那样的大作家？当然，对这个问题的看法并不一致，有一些热情宽厚的长者对当代中青年作家及其作品夸奖得相当够。但是，在肯定总的成绩超过了许多历史时期的同时，我们无法不承认，我们当中确实还没有出现那种文化巨人式的大作家。

原因很多，个人的原因，社会的原因，历史的原因。我国的社会主义文学事业也正像其他事业一样，前进在并不平坦的大路上。“十年内乱”造成的损失……但我认为这至少是原因之一，我们不重视作家的学问基础，我们的作家队伍明显地呈现出非学者化的趋势。在“五四”时期乃至三十年代，几乎所有的名作家都同时是或可以是教授，国外的许多名作家也是大学教授，现在呢，翻开作家协会会员的名册吧，年轻一点、发表作品勤一点的同辈人当中，有几个当得了大学教授的？

靠经验和机智也可以写出轰动一时乃至传之久远的成功之作，特别是那些有特殊生活经历的人，但这很难持之长久。有一些作家，写了一部或数篇令人耳目一新、名扬中外的作品之后，马上就显出了“后劲”不继的情况，一个重要原因就是因为缺乏学问素养。光凭经验只能写出直接反映自己的切身经验的东西。只有有了学问，用学问来熔冶、提炼、生发自己的经验，才能触类旁通、举一反三、融会贯通生活与艺术、现实与历史、经验与想象、思想与形体……从而不断开拓扩展，不断与时代同步前进，从而获得一个较长久、较旺盛、较开阔的艺术生命。

这个道理在表演艺术上也许看得更加明显。有一种所谓本色演员、本声歌手，他（她）们演戏唱歌靠的是天生的本色本声，未经训练。他们当然也可以演红唱红，甚至比“学院派”更易被接受，但时间长了，观众就会发现，他（她）不论演什么角色，都是自己演自己，不论唱什么歌，都是一个调调，本色则本色矣、质朴则质朴矣，惜无开拓、发展、变化，无开拓、发展、变化则无新意，无新意则出现单调和停滞，出现单调和停滞则意味着艺术生命的衰老乃至最后消亡。

我们常常讲思想，但身为一个作家，我们对他的思想的要求不能停留在政治态度不错、谦虚正派、不乱搞男女关系上（当然这些公民道德也不容忽视），这里，思想是指世界观的科学性、广博性和深刻性，指对于真理的认识。思想不能仅仅是一个道德规范、行为规范的范畴，作家的思想应该同时是一个认识论的范畴，它应该反映的是一个民族、一个社会究竟在什么程度上掌握了历史发展和宇宙变化的规律，究竟掌握了多少真理。而这一切，离不开对于自然科学、社会科学和哲学的知识的掌握。

我们也常常谈生活，但是没有学就不会有识，就不会有对生活的深刻理解与敏锐感受、捕捉。对于一个作家来说，生活不仅仅是吃喝拉撒、上班下班，也不仅是写作的素材；作家的生活，应该是一种文化的对象、文化的实体。作家应该时时从生活中得到对本民族的源远流长的文化传统的验证、启示、补充、发展，才能从生活出发而对于文化做出贡献。

我们也谈技巧。但是，文学不是孤立的，文学是整个民族文化的一部分，不能设想一个民族的高的文学水平是与这个民族的相对低的文化水平甚至无知愚昧联系在一起。技巧也是一种文化，没有文化最多只能有类似手工艺的技巧。现代文学技巧时时受到各种科学知识（如电脑技术、公众传播技术、心理学、教育学、逻辑学）的冲击和充实，只有充分吸收运用最先进的文化积累，才能创造出真正高水平的文学技巧，才不会满足于江湖术士式的雕虫小技。

我们也谈才华，但才只有与学结合起来才是有用之才，也才能成为大才。无学之才只能炫耀一时，终无大用，弄不好还会成为歪才、恶才、害人害己之才。凡是对自己的才沾沾自喜而不肯下苦功夫治学的人，绝无大出息。没有变成学问的才华，最多不过是尚未开发的铁矿，究竟是富铁矿还是贫铁矿，究竟有没有开采价值，其实还是未知数哩！

这里，我们不妨申明一个看来像是“大实话”的命题。毕竟现在不是原始社会，不是奴隶社会，不是口头文学占据文学主导地位的古代，在今天的社会，作家应该是知识分子，应该是高级知识分子，应该有学问，应该同时努力争取做一个学者。作家应该学习专家、教授、学者治学的严肃作风。在这一点上搞创作和做学问的道理是一样的：你肚子里有真实货色才能拿出给人启迪、给人教益的作品，而为了积累真货，必须努力学习。

我们常常批评目前确有一些格调不高的作品。有的拿肉麻当有趣，搞低级趣味。有的生编硬造，俗不可耐地套现成的套子。有的矫揉造作、装假洋鬼子。有的抱残守缺，关上门自吹。还有一些其他的也许更严重的不理想、不严肃乃至不正派的作风。对此，我们当然要从思想修养、道德、政治上找原因，所以我们要反对资产阶级自由化，我们要加强政治思想工作，我们要制定和遵守文艺工作者公约，等等。同时，我们还要从生活上找原因，我们要不知疲倦地号召组织作家深入人民群众的斗争生活。此外，我们还可以从体制乃至从法制上找原因和想办法，例如版权法等法规的制定对于克服文艺出版工作中的某些消极现象有着立竿见影的意义，我们的专业作家体制也还有待改善，这些都是完全必要的。

但是，这里还有一个重要的原因，就是作家队伍的非学者化趋向。不用古往今来的一切积极文化成果来充实自己，不站在人类已经积累起来的文化基础上，就无法真正弄通马克思主义，不可能取得真正的、强大的思想武装，不可能有真正崇高恢宏的思想境界，不可能有广阔从容的胸怀与气度，不可能有深邃的与清醒的历史感与社会使命感，不可能真正地用共产主义思想去影响、去培育有理想、有道德、有纪律的一代新人，就难免时而表现思想的苍白和贫乏，题材的狭窄、雷同、平庸，情感的卑琐、空虚、低下，技法的粗糙、单调。遇有风吹草动，更容易表现出缺乏思想，缺乏见解，缺乏稳定性。一群满足于自己的学问不多、知识不多的状况的作家，充其量不过能小打小闹一番而已。能够完成伟大的史诗的作家，能够不同时是思想家、史学家、美学家、社会学家和诗家吗？一个企图攀登文学创作的高峰的人，一个企望通过自己的作品而对本民族的文化以及人类文化做出哪怕是些微贡献的人，能够不去努力学习、吸收、掌握民族的与全世界的文化精华吗？一个企望在语言艺术上有所创造，有所发明，有所发现，有所前进的人，能够对古文、外文一无所知吗？

眼高可能手低，但是眼低只能手更低。取法乎上，得乎其中。如果连民族文化和世界文化的高峰何在都不知不见，又何谈攀登、创造？那么，会不会学得愈多愈写不出东西来呢？也有可能，那恐怕是因为本来就缺乏艺术创造才能和学习方法的教条主义。理论联系实际的学习，独立思考、富有想象力的学习，对创作是一个巨大的推动。当然，作家的工作与一般学者的科研、教学工作会有许多不同。所以我们既提倡作家不应与学者离得那么远，作家也应严肃治学，又不能要求作家普遍成为一般意义上的学者。也许从反面更易把话说清：即作家绝不应该满足于自己的知识不多的状况，作家不应该不学无术。

至于学者了解一下当前创作实际，理论从实践中汲取营养的必要性，这里就不多说了。

当然，这是从整体而言的，从个体来说，每个作家有每个作家的情况，有其独特的优势，发挥优势，各有各的路子。古今中外的文学事实证明，某个完全非学者的作家，也有可能做出杰出的贡献，成为很好的乃至杰出的作家。我想提出的问题不是某个作家的文化知识问题，而是整个作家队伍的非学者化，以及作家队伍与学者队伍的日益分离、走上两股路的状况。

至于笔者本人，只有初中毕业文凭，前不久还因不会正确地使用“阑珊”一词而受到读者的批评（见《读书》第七期），才疏学浅，有负作家称号，正因为愧怍深重，才提笔写这篇立论或有偏颇的文章。但愿同辈与更年轻的作家，以我为戒，在思想、生活、学识、技巧几个方面下功夫，我自己，也愿急起直追，学习、学习、再学习，为建设社会主义的精神文明，为开创社会主义的文学艺术繁荣兴旺的新局面而献出一切力量。

旧体诗的魅力

中国的旧体诗词为什么那样迷人，我总觉得还没有得到一个很好的、更加透彻的说明。为此我们至少应该做几个比较，一个是汉语、汉文学与非汉语、非汉文学的比较，一个是旧体诗（词）与新体诗的比较，还有一个旧体诗词与其他体裁的文学作品的比较。

“花非花，雾非雾，夜半来，天明去。来如春梦不多时，去似朝云无觅处……”一共二十六个字，重复用了花、雾、来、去、非等字，高度的，应该说是极度的精练、概括、灵活，传达了一种几乎不是语言可以传达的，叫作不可思议、不可表述的感受。这是真正的诗——真诗而非别的。但如果译成英语，头一个问题是，各句的乃至全诗的主语是什么？“谁”来如春梦而又去似朝云？是那个非花非雾的“东西”吗？是东西？是物？是人？是灵魂？是心境还是灵感？用它——it 还是他——he 还是她——she 呢？如果把这些疑问都回答清楚，这首诗还能存在吗？如果用英语的语法来规范汉语，汉语还能存在吗？

笔者想起了自己的小说《夜的眼》。《夜的眼》译成了多种语言文字。笔者不止一次地收到译者的询问，“眼”是复数还是单数呢？

如果“眼”是指拟人化的黑夜具有一只无所不在的眼睛，或者是指文中描写到的一只孤独的电灯泡，就是单数；如果是指小说主人公陈杲的眼睛呢，当然，陈某不是独眼龙，eye 就得写作 eyes 了。

笔者无法回答。回答了，这个小说题目的味道也就完了。

诗歌文字的整齐也是非汉字而莫属。仍然以《花非花》为例，由于整齐，才有那么严整的对仗与音律，按今人普通话读音为准，平平平，仄平仄，仄仄平，平平仄，平平平仄仄平平，仄仄平平平仄仄，既是严整合律的，又是浑然天成的。全诗既是微妙的、富有弹性的、概括的（大容量的）、朦胧的，又是整齐的、规则的、十分上口而绝非艰深的，这样的诗极易背诵下来。

不好懂的诗却很好背诵，这也是中国旧体诗的一绝，甚至可以说易背诵性是中国旧体诗词的一大特点一大优势一大性能。李商隐的《锦瑟》一首，各种解释千差万别，全无达诂，却这样的脍炙人口，入口入心而不忘，“沧海月明珠有泪，蓝田日暖玉生烟”一联更成为千古传诵的名句。不懂而又能（背）诵喜诵易诵，这说明“真诗”有一种超越解释学的穿透与征服的力量。其实，同一诗中，“锦瑟无端五十弦，一弦一柱思华年”这两句诗起始得这样自然顺当又这样幽雅惆怅，不见得比沧海句的奇丽却又略显雕琢更不重要。正像李商隐的《无题》，人们都记诵“身无彩凤双飞翼，心有灵犀一点通”，这两句当然华美又多情，笔者却更喜爱“隔座送钩春酒暖”句乃至“昨夜星辰昨夜风”句，更深沉，更质朴，更无须解释，所谓“不着一字，尽得风流”。

愈精练就愈概括，愈概括容量就愈大。李后主词“多少恨，昨夜梦魂中”，“问君能有几多愁，恰似一江春水向东流”，其中对于恨与愁的具体描述并不丰满——当然也有“还似旧时游上苑”与“雕栏玉砌应犹在”的亡国之君的特有的伤感。如果把这些具体的愁与恨充盈地写下去，只怕共鸣的人反而会减少一大半。世界上，有愁有恨的体验者多矣，有亡国亡君的经验的又能有几人呢？旧体诗词的特点是以无胜有与以少胜多，旧体诗词一般不适于写篇幅浩大的叙事长诗、史诗，不知道这是不是我国汉民族缺少那种大型史诗遗产的一个原因。反过来说，向旧体诗学学精练，不也很必要吗？

“珠有泪”与“玉生烟”的描写其实十分大胆，大胆而又贴切自然，不是造作，不是故作惊人之语，这是李商隐比如今某些新潮诗人高明的地方。大胆新奇而又贴切自然的句子又如“露从今夜白，月是故乡明”“吴山点点愁”等，把客体、主体的关系处理得尽美尽善。露，今夜，白，月，故乡，明，都是客观事物、客观属性，把客观的东西排列起来，表达的却是主观的深沉感受。吴山点点，点出的却是全主观的“愁”字，只这么一个字。读旧体诗的时候，怎么能不惊叹我们的祖先诗人，把汉字用神了用绝了呢！字义，字形，字音……一切潜力都挖掘出来了！

新体诗如果不分行排，有的确实不像诗了。旧体诗词则怎么排印都行，不加句读也行，一句画一个圈也行。这也说明旧体诗词充分发挥了包括形体在内的汉字的严整性，可以不借助于排印的帮助。“莫对故人思故国，却将新火试新茶”，怎么排都是苏东坡的诗（词）。而“明月几时有，把酒问青天”呢，一曲《水调歌头》，感动了世世代代。明月，青天，琼楼玉宇，酒，组成了一个压抑而又清凉的世界，自问自答，自思自叹，自叙自论（这首词的后半阕至“人有悲欢离合”处，干脆是作者在发议论呢，能说发了议论就不是好作品吗），自扬自抑，一个绝顶才华而又坎坎坷坷的诗人，而对高远静洁的宇宙，潇洒而又孤独，豁达而又悲凉，高洁而又寂寞，深情而又无奈，含蓄婉转而又明白如话，情思起伏，摇曳多姿，整个诗（词）就像月光一样清爽、雅致、温柔、永恒，无所不容而又一无所有，只有贝多芬的奏鸣曲《月光》能与它相提并论。

好的诗词是永远的润泽。我当然完全赞美新体诗的成就，完全相信今后中国诗的主流是新体诗，我也从一些今人的诗作中——如福建诗人范方的一批作品——欣慰地看到旧体诗的传统仍然在新体中有所延续继承和发扬。但我仍然愿意强调，中国旧体诗词是一大文学瑰宝，是汉语汉字的魅力的极致的表演，是中华文化、中华民族的凝聚力的一个不可或缺的组成部分。“一声何满子，双泪落君前！”吟诵几句旧诗吧，不知有几多炎黄子孙为之泪下！能背诵几十几百首旧体诗词的文人，才能算真正的中国文人。今人和后人的诗歌创作中，旧体可以式微，但对旧体诗词的喜爱与赏析，将成为我们民族我们的知识分子的精神生活的一部分而永存。我还附带建议：在中小学的语文教学中增加古典诗词的分量并教授吟诗，更多地出版一些适合阅读欣赏的旧体诗词的选本。

旧体汉诗不仅中国人做，东邻日本、朝鲜，亦不乏爱好者。最近读到一本在英国出版的英汉对照的朝鲜的汉诗选，就很有趣。一一六八年到一二四一年的李奎极所作《咏井中月》：“山僧贪月色，并汲一瓶中，到寺方应觉，瓶倾月亦空。”此诗受中国禅诗的影响，是明显的。由于不是母语，这位李诗人用字似不甚雅训，“并汲”“方应觉”都有点别扭。但正因如此，此诗有一种古朴，一种稚拙天真，读之可爱。一四三五年到一四九三年的金时习所作《乍晴乍雨》：“乍晴乍雨雨还晴，天道犹然况世情。誉我便是足毁我，逃名却自为求名。花开花谢春何管，云去云来山不争。寄语世人须记认，取欢无处得平生。”这首七律似嫌直露，其“天道”“世情”的感慨则不无味道，语言也朴素无华。一二九八年到一三五一年的李榖所作《寄郑代言》：“百年心事一扁舟，自笑归来已白头，犹有皇朝玉堂梦，不知身在荻花州。”入世与出世，在朝与在野的矛盾心情，与中国士大夫无大区别。一四九一年到一五五三年的李彦迪所作《无为》：“万物变迁无定态，一身闲适自随时，年来渐省经营力，长对青山不赋诗。”其中“长对青山不赋诗”的诗句，表白“不赋”之诗，当然叫人想起老子的“知者不言，言者不知”的名“言”。一五三四年到一五九九年的宋翼弼所作《南溪暮泛》：“迷花归棹晚，待月下滩迟，醉里犹垂钓，舟移梦不移。”这是有意境的，“舟移梦不移”句夸大自己的主体意识的迷茫混沌，以承受客观世界的变变化化。一五三六年到一五九三年的郑澈所作《秋夜》：“萧萧落叶声，错认为疏雨，呼僧出门看，月挂溪南树。”写秋夜的寂寥清明静澈，不可谓不佳妙。从此诗似可想起王维。一五四八年到一五九八年的李舜臣所作《闲山岛夜吟》：“水国秋光暮，惊寒雁阵高，忧心辗转夜，残月照弓刀。”我们一读便会联想到我们的唐诗：“北斗七星高，哥舒夜带刀……”年代不详的凌云所作《待郎君》：“郎云月出来，月出郎不来，想应君在处，山高月上迟。”这种民歌体的诗，不但令人想起刘禹锡的《竹枝词》，也令人想起今世陕北的“信天游”。

好了，不再做文抄公了。中国旧体诗词的影响早已越出了国境，境外汉诗文字功力当然不如国人，但也有好处。汉字的整齐与古代诗歌的发达在带来辉煌的诗艺的同时也形成了旧诗的规范化程式化，这正是旧体诗词难以永远红火下去的原因。境外这些汉诗作者，虽然尽力模仿，毕竟炼字炼句不那么地道、到家，反而从语言上带来某些清新气息。呜呼，中国文化之传统何其悠久，影响何其博大，我们指点评议的时候，敢不慎之，慎之！

反面乌托邦的启示

据悉，在著作完成六十七年以后，叶·扎米亚京的长篇小说《我们》终于得以在自己的祖国苏联公开发表。我国出版的《当代苏联文学》一九八八年第四期译载了这部一九二四年即用英语出版了的作品。其实，早在两年前，此书即以作者“萨姆雅丁”的译名，与乔治·奥威尔的《一九八四》、与阿道斯·赫胥黎的《美丽新世界》一起，由花城出版社出版了，是为“反面乌托邦三部曲”。

反面乌托邦，大概是指它们描写的幻想中的乌托邦世界，不是理想化的自由幸福的乐园，不是所有社会成员相亲相爱的大同世界，不是人类的美梦，而恰恰相反，这种乌托邦的特点是它的反人类性质，是令人毛骨悚然的噩梦，是被控制被扭曲被扼杀了的人性，是严密的社会组织与先进精巧的科学技术相结合，并从而形成的对人类的恶性统治。

反极权，是三本书的不谋而合的主题。西方所谓的反极权概念里，包含着一些什么样的解释和暗示，包含着哪些合理的忧虑与或有的不着边际的偏见，本文暂不涉及。至于权力本身所具有的二重性、所可能生发的负面的影响，则是我们不应忽视的具有切肤之痛的问题。否则，马克思列宁主义的经典理论也就不会提出关于在共产主义社会阶段政权和国家的消亡的命题，我们也不必面对和探讨“无产阶级专政的历史经验”（和教训）了。

重要而有趣的是反面乌托邦的概念本身。我们已经习惯了历史乐观主义，乃至把这种历史乐观主义简单化——变成简单机械的历史进化主义。即简单地认为今天比昨天好，明天比今天好，后天比明天好，叫作“芝麻开花节节高”，把历史看成一个攀登高峰的跋涉，经过的时间愈长，爬得就愈高。因此，畅想未来就是我们用来鼓舞情绪的良方。在渴望现代化、痛感处境落后的今天，我们更是恨不得一个跃进、一个起飞就能摆脱过去进入未来。我们认定，未来是解决了今天困扰我们的一切矛盾的极乐世界，未来意味着肯定的进步和幸福，过去意味着一片黑暗而现在的意义在于通过牺牲和奋斗迎接未来。

而反面乌托邦的思路则提醒我们，未来也可能是坏的，今天的一切未必事事胜过昨天，而明天的一切也未必事事强似今天。技术的日益先进，社会秩序的高度规范，优化原则的普遍贯彻，社会机制的高度效率化，都可能反过来变成人类的对立物，都可能使人变成技术、秩序、效率的控制物与牺牲品。三部小说不约而同地、各有特色而又大同小异地为我们勾画出一幅可怕的、令人作呕的图景。

《美丽新世界》里，纪元二五三二年的人类是由“中央伦敦孵育暨制约中心”来培育的，这个中心的工作原则即“美丽新世界”的基本原则，是“共有、划一、安定”。“九十六个划一的孪生子，操作九十六架划一的机器”，而且，他们正在创造由“一个卵巢”“生产”一万六千零一十二个孪生子的新纪录。就是说，由于机器和工作的统一化，为了效率，必然要求人的统一化，因此科学家用人工方法使用一个卵巢的卵子与来自同一精巢的精子交配，产生同一类型的人。这真可怖！作者把这个二五三二年称为“福特纪元”六三二年。所谓福特纪元，是把美国汽车大王福特创立生产流水线的年代定为新纪元的开始，其中批判资本主义的现代工业文明的含义是很明白的。

在《一九八四》里，则写到一九八四年生活在一个超级大国里的人民，他们的电视机兼有接收电视广播与监视它的观众两方面的功能。人们的一举一动都处于统一的监视之下。其结果是人人必须戴上假面，隐藏自己，讲假话。作品是一九四八年写的，里面把一九八四当作反面乌托邦成为事实的时间。当然，一九八四年已经过去了，地球上还没有发生那样可怕的事，但这种戴假面讲假话的气氛的描写并不令人感到陌生，并不令人感到作者在阴郁、悲观、病态以及反苏狂热之外没有严肃的警世思考。

在《我们》里，生活在地球上建立“统一王国”的第一千个年头的人们，被编成了符号和数码。他们的一举一动，包括婚配和做爱，都是按照“王国”的无所不包的时刻表通知单来进行的。在那时，“号码”（即人）们回忆“在博物馆中见到的图景：那是二十世纪祖先们的大街，街上乱糟糟地拥挤着人群、车辆、牲畜、广告、树木、禽鸟和五颜六色，颜色驳杂得使人发昏。听说过去确曾是如此，这是可能的。我觉得这太不真实，太荒诞。我忍俊不禁，哈哈大笑起来”。

看，扎米亚京笔下，我们现在混乱的苦恼重重的二十世纪，倒成了一千年后的号码们的不敢相信其当真存在过的“向后看”的“乌托邦”了。

三部小说的共同倾向包含着对现代化的极端焦虑。工业化、合理化、优选化、标准化、统一化等等，会不会在带来效率、社会生产力的迅猛增长、经济起飞的同时，也带来对人生、对人性、对文化、对人的全面发展与全面的幸福的某种戕害呢？三位作家以相当夸张乃至乖戾的语调做了肯定的回答。虽然这只是小说家言，而且小说毕竟只是小说；我们甚至还可以说，文学家天生会有一种想入非非的、脱离实际的、追求绝对个性与自由而非组织、非秩序、非社会的倾向；但这些书的描述、这些回答仍然既严肃又沉重，既刺激人的神经又引人思索。即使从整体上我们不能也不愿接受他们的枭鸟式的预言，我们仍然有必要耐着性子去读一读、想一想，从中得出清醒的、更有远见的结论。

他们对未来的不祥感与噩梦感之所以如此强烈，是因为他们着重从人文主义的、文化的、性灵的、有时是审美的观点来批判工业文明，批判现代化，批判城市文明与社会的高度组织化。这里，生产力的发展并不意味着社会的全面进步与人民的全面幸福。这种观点相当煞风景，相当令人不快，然而却不能忽视并一笔抹杀。经济的起飞只有和政治结构、文化素质、人际关系以及种种涉及人们的各自的灵魂的精神因素的改善结合起来，才是真正的进步。在这里，现代观念或现代意识恰恰不意味着对现代工业文明与后工业文明的无条件认同，不意味着对传统、对昨天的无条件决裂——像我们的一些由于对太不现代化的焦虑而产生的对一切现代生活方式及其符号的倾心膜拜者那样。我们的这些膜拜者太像幼稚的少女了，她们急于离开家园，投入自己远未认知的西方发达国家文明模式的怀抱。

三部作品中尤使中国读者可能感受新意的是他们对科学主义、技术主义的批判。不论在“一九八四”年、“美丽新世界”还是“统一王国”纪元一年，科学技术起的是恶的作用，是摧毁人性和控制人的作用。这真惊心动魄！它们反映了人们特别是西方的人们对突飞猛进的科学技术的疏离感、异己感。在扎米亚京的《我们》中，作者幻想二十世纪的一千年以后第一艘宇宙飞船升空进入宇宙。在这一方面，当今科学技术达到的成就远远超出了作家的幻想。科技愈来愈近乎无所不能了，而对社会组织、人际关系、个人生活、家庭婚姻生活与内心生活，人们仍然是这样的众说纷纭、莫衷一是，乃至感到无能为力。一边是无所不能，一边是无能为力，这样巨大的倾斜，能不造成小说家的噩梦——反面乌托邦吗？能不造成对科技的异化的警惕感吗？

这里还有一个值得深思的大问题：正面乌托邦与反面乌托邦果真是泾渭分明、火车道上的两股岔吗？一些美善至极的乌托邦，会不会带来或同时包含着负面的契机呢？这难道不是一个令人清醒的提问吗？

在中国谈这些也许为时尚早。我们正苦于生产力不发达、劳动效率不够高与科学技术不够进步。我们当然要坚持历史的乐观主义和历史主动精神，努力奋斗争取四个现代化早日实现。然而，前车之鉴仍然是有意义的。我们的乐观主义应该是清醒的乐观主义。我们所追求的现代化应该是带来人的全面发展并注意解决新的问题的现代化。更深刻更全方位地思考一些问题，获得更多的远见和更多的深思熟虑，也许不能说干脆用不着。

躲避崇高

“五四”以来，我们的作家虽然屡有可怕的分歧与斗争，但在几个基本点上其实常常是一致的。他们中有许多人有一种救国救民、教育读者的责任感：或启蒙，或疗救，或团结人民鼓舞人民打击敌人声讨敌人，或歌颂光明，或暴露黑暗，或呼唤英雄，或鞭挞丑类……他们实际上确认自己的知识、审美品质、道德力量、精神境界——更不要说是政治的自觉了——是高于一般读者的。他们的任务他们的使命是把读者也拉到推到煽动说服到同样高的境界中来。如果他们承认自己的境界也时有不高，有一种讲法是至少在运笔的瞬间要“升华”到高境界来。写作的过程是一个升华的过程，阅读的过程是一个被提高的过程，据说是这样。所以作品比作者更比读者更真、更善、更美。作品体现着一种社会的道德的与审美的理想，体现着一种渴望理想与批判现实的激情。或者认为理想已经实现，现实即是理想，那就是赞美新的现实今天的现实与批判旧的现实昨天的现实的激情。作品有着一种光辉，要用自己的作品照亮人间，那是作者的深思与人格力量，也是时代的“制高点”所发射出来的光辉。有一分热，承载什么有分量的东西的（我曾经称之为“失重”）文学……

然而这样的文学出现了，而且受到热烈的欢迎。这几年，在纯文学作品发行疲软的时刻，一个年轻人的名字越来越“火”了起来。对于我们这些天降或自降大任的作家来说，他实在是一个顽童。他的名言“过去作家中有许多流氓，现在的流氓中则有许多是作家”（大意）广为流传。他的另一句名言“青春好像一条河，流着流着成了浑汤子”，头半句似乎有点文雅，后半句却毫不客气地揶揄了“青春常在”“青春万岁”的浪漫与自恋。当他的一个人物津津有味地表白自己“像我这样诡计多端的人……”的时候，他完全消解了“诡计多端”四个字的贬义，而更像是一种自我卖弄和咀嚼。而当他的另一个人物问自己“是不是有点悲壮”的时候，这里的悲壮不再具有褒义，它实在是一个谑而不虐或谑而近虐（对那些时时摆出一副悲壮面孔的人来说）的笑话。他拼命躲避庄严、神圣、伟大，也躲避他认为的酸溜溜的爱呀伤感呀什么的。他的小说的题目《玩的就是心跳》《千万别把我当人》《过把瘾就死》《顽主》《我是你爸爸》以及电视剧题目《爱你没商量》，在悲壮的作家们的眼光里实在像是小流氓小痞子的语言，与文学的崇高性实在不搭界。与主旋律不搭界，与任何一篇社论不搭界。他的第一人称的主人公与其朋友、哥们儿经常说谎，常有婚外的性关系，没有任何积极干社会主义的表现，而且常常牵连到一些犯罪或准犯罪案件中，受到警察、派出所、街道治安组织直到单位领导的怀疑审查，并且满嘴俚语、粗话、小流氓的“行话”直到脏话。（当然，他们也没有有意地干过任何反党反社会主义或严重违法乱纪的事。）他指出“每个行当的人都有神化自己的本能冲动”，他宣称“其实一个元帅不过是一群平庸的士兵的平庸的头儿”，他明确地说：“我一向反感信念过于执着的人。”

当然，他就是王朔。他不过三十三四岁，他一九七八年才开始发表第一篇小说，他的许多作品被改编为电影、电视剧，他参加并领衔编剧的《编辑部的故事》大获成功。许多书店也包括书摊上摆着他的作品，经营书刊的摊贩把写有他的名字的招贴悬挂起来，引人注目，招揽顾客。而且——这一点并非不重要，没有哪个单位给他发工资和提供医疗直至丧葬服务，我们的各级作家协会或文工团剧团的专业作家队伍中没有他的名字，对于我们的仍然是很可爱的铁饭碗铁交椅体制来说，他是一个零。一面是群众以及某些传播媒介的自发地对他的宣传，一面是时而传出对王朔及王朔现象的批判已经列入大批判选题规划、某占有权威地位的报刊规定不准在版面上出现他的名字、某杂志被指示不可发表他的作品的消息，一些不断地对新时期的文学进行惊人的反思、发出严正的警告、声称要给文艺这个重灾区救灾的自以为是掌舵掌盘的人士面对小小的火火的王朔，夸也不是批也不是，轻也不是重也不是，盯着他不是闭上眼也不是，颇显出了几分尴尬。

这本身，已经显示了王朔的作用与意义了。

在王朔的初期的一些作品中，确实流露着一种玩世不恭的态度。他的第一部长篇小说《玩的就是心跳》的主人公，甚至对什么是已经发生或确实发生的，什么是仅仅在幻想中出现而不曾发生的也分不清了。对于他来说，人生的实在性已经是可疑的了，遑论文学？已经有人著文批评王朔故作潇洒了。因为他更多地喜欢用一种满不在乎绝不认真的口气谈论自己的创作：“玩一部长篇”“哄读者笑笑”“骗几滴眼泪”之类。“玩”当然不是一个很科学很准确更不是一个很有全面概括力的字眼。王朔等一些人有意识地与那种“高于生活”的文学、教师和志士的文学或者绅士与淑女的文学拉开距离，他们反感于那种随着风向改变、一忽儿这样一忽儿那样的咋咋呼呼，哭哭啼啼，装腔作势，危言耸听。他不相信那些一忽儿这样说一忽儿那样说的高调大话。他厌恶激情、狂热、执着、悲愤的装神弄鬼。他的一个人物说：

我一点也不感动……类似的话我……听过不下一千遍……有一百次到两百次被感动过。这就像一个只会从空箱子往外掏鸭子的魔术师……不能回回都对他表示惊奇……过分的吹捧和寄予厚望……有强迫一个体弱的人挑重担子的嫌疑……造就一大批野心家和自大狂。（《动物凶猛》）

他和他的伙伴们的“玩文学”，恰恰是对横眉立目、高踞人上的救世文学的一种反动。他们恰似一个班上的不受老师待见的一些淘气的孩子。他们颇多智商，颇少调理，小小年纪把各种崇高的把戏看得很透很透。他们不想和老师的苦口婆心而又千篇一律、指手画脚的教育搭界。他们不想驱逐老师或从事任何与老师认真作对的行动，因为他们明白，换一个老师大致上也是一丘之貉。他们没有能力以更丰富的学识或更雄辩的语言去战胜老师，他们唯一的和平而又锐利的武器便是起哄，说一些尖酸刻薄或者边应付边耍笑的话，略有刺激，嘴头满足，维持大面，皆大欢喜。他们惟妙惟肖地模仿着老师亵渎着师道的尊严，他们故意犯规说一些刺话做一些小动作，他们的聪明已先洞悉老师的弱点，他们不断地用真真假假的招子欺骗老师使老师入套，然后他们挤挤眼，哄大家笑笑，并在被老师发现和训斥的时候坚持自己除了玩、逗笑外是这样善良和纯洁，绝无别的居心目的。他们显然得意于自己的成功。他们不满意乃至同样以嘲笑的口吻谈论那些认真地批评老师的人，在他们看来，那些人无非要取代现有的老师的位置，换一些词句，继续高高在上地对他们进行差不多同样的耳提面命的教育。他们差不多是同样的冥顽不灵与自以为是。他的一个人物说，既然人人都自以为是，和平相处的唯一途径便是互相欺骗。

是的，亵渎神圣是他们常用的一招。所以要讲什么“玩文学”，正是要捅破文学的时时绷得紧紧的外皮。他的一个人物把一起搓麻将牌说成过“组织生活”，还说什么“本党的宗旨一贯是……你是本党党员本党就将你开除出去，你不是……就将你发展进来——反正不能让你闲着”。（《玩的就是心跳》）这种大胆妄言和厚颜无耻几乎令人拍案：“是可忍孰不可忍！”但是我们必须公正地说，首先是生活亵渎了神圣，比如江青和林彪摆出了多么神圣的样子演出了多么拙劣和倒胃口的闹剧。我们的政治运动一次又一次地与多么神圣的东西——主义、忠诚、党籍、称号直到生命——开了玩笑……是他们先残酷地“玩”了起来的！其次才有王朔。

多几个王朔也许能少几个高喊着“捍卫江青同志”去杀人与被杀的红卫兵。王朔的玩世言论尤其是红卫兵精神与样板戏精神的反动。陈建功早已提出“不要装孙子”（其实是装爸爸），王安忆也早已在创作中回避开价值判断的难题。然后王朔自然也是应运而生，他撕破了一些伪崇高的假面。

而且他的语言鲜活上口，绝对的大白话，绝对的没有洋八股党八股与书生气。他的思想感情相当平民化，既不杨子荣也不座山雕，他与他的读者完全拉平，他不但不在读者面前升华，毋宁说，他见了读者有意识地弯下腰或屈腿下蹲，一副与“下层”的人贴得近近的样子。读他的作品你觉得轻松得如同吸一口香烟或者玩一圈麻将牌，没有营养，不十分符合卫生的原则与上级的号召，谈不上感动……但也多少满足了一下自己的个人兴趣，甚至多少尝到了一下触犯规矩与调皮的快乐，不再活得那么傻，那么累。

他不像有多少学问，但智商蛮高，十分机智，敢砍敢抡，而又适当搂着——不往枪口上碰。他写了许多小人物的艰难困苦，却又都嘻嘻哈哈，鬼精鬼灵，自得其乐，基本上还是良民。他开了一些大话空话的玩笑，但他基本不写任何大人物（哪怕是一个团支部书记或者处长），或者写了也是他们的哥们儿他们的朋友，绝无任何不敬非礼。他把各种语言——严肃的与调侃的，优雅的与粗鄙的，悲伤的与喜悦的——拉到同一条水平线上。他把各种人物（不管多么自命不凡），拉到同一条水平线上。他的人物说“我要做烈士”的时候与“千万别拿我当人”的时候几乎呈现出同样闪烁、自嘲而又和解加嬉笑。他的“元帅”与黑社会的“大哥大”没有什么原则区别，他公然宣布过。

抡和砍（侃）在他的作品中，在他的人物的生活中，起着十分重大的作用。他把读者砍得晕晕乎乎，欢欢喜喜。他的故事多数相当一般，他的人物描写也难称深刻，但是他的人物说起话来真真假假，大大咧咧，扎扎刺刺，山山海海，而又时有警句妙语，微言小义，入木三厘。除了反革命煽动或严重刑事犯罪的教唆，他们什么话——假话、反话、刺话、荤话、野话、牛皮话、熊包话直到下流话和“为艺术而艺术”的语言游戏的话——都说。（王朔巧妙地把一些下流话的关键字眼改成无色无味的同音字，这就起了某种“净化”作用。可见，他绝非一概不管不顾。）他们的一些话相当尖锐却又浅尝辄止，刚挨边即闪过滑过，不搞聚焦，更不搞钻牛角尖，有刺刀之锋利却绝不见红。他们的话乍一听“小逆不道”，岂有此理；再一听说说而已，嘴皮子上聊做发泄，从嘴皮子到嘴皮子，连耳朵都进不去，遑论心脑？发泄一些闷气，搔一搔痒痒筋，倒也平安无事。

承认不承认，高兴不高兴，出镜不出镜，表态不表态，这已经是文学，是前所未有的文学选择，是前所未有的文学现象与作家类属，谁也无法视而不见。不知道这是不是与西方的什么“派”什么“一代”有关，但我宁愿认为这是非常中国非常当代的现象。曲折的过程带来了曲折的文学方式与某种精明的消解与厌倦，理想主义受到了冲击，教育功能被滥用从而引起了反感，救世的使命被生活所嘲笑，一些不同式样的膨胀的文学气球或飘失或破碎或慢慢撒了气，在雄狮们因为无力扭转乾坤而尴尬、为回忆而骄傲的时候，猴子活活泼泼地满山打滚，满地开花。他赢得了读者，令人耳目一新，虽然很难说成清新，不妨认作“浊新”。此亦一是非彼亦一是非。和光同尘。大贤隐于朝，小贤隐于山野，他呢，不大不小，隐于“市”。他们很适应四项原则与市场经济。

当然王朔为他的“过瘾”与“玩”不是没有付出代价。他幽默、亲切、生动、超脱、精灵、自然、务实而又多产。然而他多少放弃了对文学的真诚的而不是虚伪的精神力量的追求。他似乎倾倒着旧澡盆里的污水以及孩子。不错，画虎不成反类鼠，与其做一个张牙舞爪的要吃人又吃不了的假虎，不如干脆做一只灵敏的猴子、一只千啼百啭的黄莺、一条自由而又快乐的梭鱼，但是毕竟或迟或早人们仍然会想念起哪怕是受过伤的、被仿制伪劣过也被嘲笑丢份儿过的狮、虎、鲸鱼和雄鹰。在玩得洒脱的同时王朔的作品已经出现了某些“靠色”（重复或雷同）、粗糙、质量不稳定的状况。以他之聪明，他自己当比别人更清楚。

王朔的创作并没有停留在出发点上。其实他不只是“痞子”般地玩玩心跳，他的不长的长篇小说《我是你爸爸》中充满了小人物、特别是小人物的儿子的无可奈何的幽默与辛酸，滑稽中不无令人泪下的悲凉乃至寂寞。他的《过把瘾就死》包含着对以爱的名义行使的情感专制的深刻思考，女主人公歇斯底里地捆住男主人公的手脚，用刀逼着他说“我爱你”的场面接触到人性中相当可悲亦可怖的一面；主人公虽不乏王朔式的痞子腔调与行状，毕竟也“体会到了一种从未有过的激情。那种巨大的……过去我从来不相信会发生在人类之间的激情……”自称“哄”“玩”是一回事，玩着玩着就流露出一些玩不动的沉重的东西，这也完全可能。而他的短篇小说《各执一词》，实际上包含着强烈的维护青年人不受误解、骚扰与侮辱的呼吁。如果我说这篇小说里也有血泪，未必是要提一提这位“玩主”的不开的壶。

王朔会怎么样呢？玩着玩着会不会玩出点真格的来呢？保持着

辑伍

人生实苦，然而有美

用一种审美态度观照自我，就有了人生的滋味。

小说与电影中的中国人

本文是作者在联合国教科文组织“2004 巴塞罗那文化论坛”组织委员会筹办的“传播中的他者”研讨会上的讲演稿。

一九八〇年我访问美国的时候，在电视节目中看到一个测验，主持者请求一些美国居民列举他们所知道的中国人名。他们的答案中提到了孔夫子、孙中山和毛泽东，这是很容易理解的。但是排名第四的是功夫演员李小龙，排名第五的是并不存在的侦探小说中的人物陈查礼。这就很有趣了。

小说和电影是能提供某种信息的，但是这种信息不一定准确。

美国华裔英语女作家汤婷婷描写了在美的华裔早期移民修建横亘美国的大铁路的情况。还有一些电影表现了早期华裔淘金者。从这些作品中，可以看到华人的坚韧、勤劳、刻苦、节省与服从长上、服从命运的特点，也表现了某些华人的嗜酒、嗜赌、殴打妻子等。我想这些作品大致上是写实的，我对它们的评价基本上是积极的。

小说与电影不仅有写实的一种，也可以包含许多虚构和想象。

一些好莱坞的娱乐片中，唐人街的华人多是非法移民、黑手党徒，充斥在那里面的对于华人的负面描写也就是想象的成分居多了——如果我不说这里有什么偏见的话。事实如何呢？请注意，一九九三年美国移民局统计，中国人在非法移民总数中，并不占首位，数量上占首位的非法移民恰恰是来自一个欧洲国家。

一些在西方十分畅销的小说，如谭恩美的《喜福会》(Joy Luck Club)，也包含着明显的对于西方读者趣味的迎合，改编的电影竟然把中国的民间比喻“千里送鹅毛，礼轻情义重”，表现为一个中国女人当真从中国拿着一片鹅毛不远万里到美国去探望亲戚，这是荒唐不经的。当然，这本书也有它的动人之处，我无意在这里对全书做出轻率的价值判断。

不仅在西方，近年来，在中国，许多作家和电影导演，热衷于做“被看”的“他者”，热衷于表现中国人的奇特、神秘、古怪以至于贫穷、野蛮、残酷、愚昧。一些青年作家从哥伦比亚作家加西亚·马尔克斯的成功受到了极大鼓舞和启发，他们也热衷于用类似魔幻现实主义的手法描写“神秘的东方”，热衷于写一些匪夷所思的地理条件下的闻所未闻的故事，即专写穷乡僻壤里的奇闻佚闻，或只是曾经存在于一些人的口头而早已灭绝了的奇风异俗，加上来自原始迷信的传说故事。

可能是由于外国硬通货的吸引力，或是由于对西方文化的追逐，一些急于成功的作家从开始谋篇就考虑到翻译成外文的前景，竭力投合西方可能的读者的口味。电影也是如此，张艺谋的才能是世界驰名的，他在中国也有极多的观众，我个人对他的成就一直极表敬意。但是他在《大红灯笼高高挂》一片中所表现的挂灯以表示“驾幸”、捶脚以增进性欲等情节，全都是杜撰，中国并不存在这样的性风俗。电影家、小说家有权虚构情节，对此我对我的同行们没有任何异议。问题是如果有机会告诉北美与欧洲的观众，哪些情节是写实的，哪些情节是杜撰的，以避免不必要的误解，也许就更好了。

也许这些提到了的小说和电影更适合于娱乐和抒情，而不是反映中国的真实。也许那些奇特的描写表现了作家的出色的想象力，乃至具有某种文化学的意义，但它们显然无助于正确地了解中国。请不要太相信流行在你们那里的以中国人和中国为题材的小说和电影，想了解中国还是到中国去看一看更好。

中国历史上确实存在过多妻制。描写中国的多妻故事也许迎合了某些男性的性心理，所以这类题材的作品很容易得到市场。

我的朋友、意大利著名导演贝尔多鲁奇导演的《末代皇帝》得到了巨大的成功。我在部长任上支持他完成了此片的拍摄。他描写的皇帝与两个妃子同时做爱的场面，其中对被单的起伏的表现或许是有中国文化特色的，因为中国古典诗词中有时用对牙床、锦衾和罗帐的描写来曲折地写人们的性生活。然而，具体到中国皇帝，他同时与两个女人做爱是不可能的，他们不是猫王，他们大都患有性无能症，多妻制对男人也并非总是好的。当然，同时，中国的旧时代虽然允许男人特别是皇帝的多妻，从道德和风俗上是绝对不允许同时在同一张床上与一个以上的女人做爱的。群交和乱交，这在中国是没有记录的，它的发明权显然是属于现代西方社会。

上面提到的只是一个并不十分重要的细节。重要的是，贝尔多鲁奇的电影表现了对中国人在近现代的遭遇的巨大同情，面对着历史的冲突、历史的曲折、历史的考验、历史的挑战，个人常常是渺小的，个人的选择余地是很有限的。那些动不动想教训中国人的人，那些整天要给中国人上文明社会的 ABC 课的人，遇到了中国人在近现代遇到过的境遇，我不认为他们一定比中国人表现得更有道德或更智慧。

简单的结论：

小说和电影对于“他者”的形象推广，有着重要的意义。然而，小说和电影毕竟不一定可靠。

为取悦西方受众而过分地编造，虽然可能取得市场上的成功，从艺术良心与艺术质量的角度来看，这不是很可取的。至于具体作品，还是要做整体评价，我前面提到过的张与贝的电影，从整体上看都是优秀的成功的。

全球化的进程将使东方不再神秘，依靠神秘来吸引受众，将不可能长期成功。我们（华人）与欧美人互为主体与他者，在以往许多代中国人的眼里，中国人才是主体，而欧美人正是他者异类。中国人也有过许多对欧美人、对“洋鬼子”的荒谬的描绘，许多外国人在中国的形象也并不佳妙。这需要一个过程来增进相互了解，需要一个过程学会更文明也更聪明地共处于一个多元的世界。

随着亚洲的崛起，随着中国的进步，我个人并不为中国人的形象问题而感到担忧。中国人在开放过程中学到了许多好东西，发展与壮大了自己，这也增加了中国文化的自信，树立了中国与中国人的日益良好的形象，使中国传统文化的弘扬获得了新的可能。中国在世界上不会永远是“他者”。我们也从不认为具有五千年不间断的文明史的中国是“他者”。这里需要的是交流。文化交流将对各方有益。友谊离不开正确的理解。

惊险的模式及其他

大概也算是娱乐吧，年来无事，还真看了不少好莱坞与准好莱坞出产的惊险片、警匪片，看了电视片《神探亨特》许多集许多集，看了西德、日本的一些多本电视剧等。

看多了有时就混淆在一起，全串了。这一类片子的公式化其实也很严重，大同小异的模式在起着作用。试概括一下好莱坞的警匪片，标准情节如下：

第一段，匪情严重，连连告急。一个贩毒集团、一个黑手党、一个杀人狂（多半是专杀女人的）、一个希特勒纳粹余孽、一个意欲侵吞某古国（多半是埃及）文物珍宝的野心家，恶性作案。或毁尸灭迹，或连连无故死亡（死的多半是美女），或恶性残害，或穷追无辜（追到电梯上放火，追到厕所里捅刀子，追到被窝里下毒蛇等），手段毒辣，气焰嚣张，无法无天，危机四伏。恐怖、紧张、严重、刺激，令胆小的人发抖，令一般人来神，吃完安眠药，一看这些场面就不困了。

第二段，是拙笨软弱涣散的秩序力量。警方或主观臆断，或内部不纯（一举一动被匪方了如指掌），或轻易结案，或张冠李戴，或刚一接近线索自己先被灭了，或受骗上当犯了方向性错误。而犯罪分子方面力量强大，纪律严格（不是严明，严而不明），手段先进（富有创造性，例如用低温固态氧做子弹杀人，杀后毫无痕迹），耳目众多，尤其是运气极佳，经常是以零点一秒之差而漏网，以零点一毫米之差而在子弹前安然无恙。

第三段，好人无用。掌握内情的关键人物恰恰是一个备受摧残、一声不吭的妓女，或是一个白痴，一个瞎子或者哑巴，其他人或胆小怕事，或辫子被坏人抓住，或另有不可告人的犯罪的或不道德的隐情，或因个人恩怨而故意提供假情报假线索假证据把侦察引入歧途，加上坏人的有意把水搅浑，使你觉得此案根本没有查清的希望。看到这儿你觉得有点累了，但由于悬念的吸引使你还是瞪着两眼傻看下去。

第四段，案情大大地复杂化、泛漫化、神秘化了。一波未平，一波又起，此案未破，彼案又发。一件盗窃，引出一段历史宿怨。一件情杀，引出一场种族纠纷。一场斗殴，引出一桩古物走私。一场婚姻纠纷，引出遗产争夺混战。此外以及，神鬼仙怪，僵尸幽灵，科学幻想，医药杀人，毒蛇猛兽，机关暗道，星外来客，间谍密码，赌徒嫖客，团伙道门，国际背景，人性变异，心理疾患，发明专利，财阀政客，奇风异俗，沙漠高空，古塔教堂，巨树毒蘑，冒名顶替，三角恋爱……扯得越杂越好，越多越好，越远越好，使观众感到自身知识和智力完全不能适应影片所展示的宽广的领域的需要，望洋兴叹，五体投地，头晕目眩，自愧无计。

第五段，一个超常的孤胆英雄出现并开始了扭转乾坤的行动。

他可能是一个警察局长，一个私家侦探，一个怪人。他风度翩翩或外貌奇特，极富对异性的吸引力，神采照人，英气逼人，偏偏不受上峰的青睐。他怀才不遇，怀忠不遇，被官僚主义的低能的治安机器排斥在案件侦破之外。甚至为了惩治坏人，他冒着违法、被起诉的危险去铤而走险，例如他不得不非法地对涉嫌者进行突然袭击、搜查乃至逼供（可见法律、秩序、现有的工作系统常使英雄人物感到碍手碍脚）。在侦破过程中他屡受干扰，乃至受到罪犯、无能的好人、官方治安机构、误解了他的身份与意图的其他人几方面的围攻夹击。但他或则一贯正确，或则小事糊涂大事聪明，吃一堑长一百智，大意失荆州以后紧接着便妙算如神、势如破竹。他紧紧追踪最主要最危险的敌人，虽然几次失之交臂却使该主儿心慌意乱、由主动变成被动。他有超人的体能智能，逢凶化吉、遇难呈祥、打不死砸不烂饿不垮关不住（有点大闹天宫的齐天大圣的劲儿），这样，整个形势便发生了有利于好人的转变。看到这里，你既觉得佩服又觉得可疑，编导以意为之、神砍胡抡的马脚露出来了，乏味的千篇一律漏出来了。但宽厚的观众又发挥了恕道，他暗说："不这样又能怎样呢？主角死了不就没有戏了吗？坏人一直肆虐下去又怎么可以呢？"看来，没有更好的办法，只能接受小儿科的公式模式。

第六段，罪犯开始犯错误，坏人开始内讧，本来无所不能的犯罪团伙渐渐捉襟见肘、欲盖弥彰、缘木求鱼、搬起石头砸自己的脚，从而几乎以"合作"的态度，走向自己的最后一站。

第七段，武打再加特技。最常用的是汽车赛、枪战，各种搏击方法——欧美拳击、日本柔道空手道、中国功夫等，有用无类。

第八段，团伙被制服，真相大白，原来扑朔迷离的东西澄清了一看：干货很少，真货很少，障眼法很多，花式子很多，假复杂，真低劣，假神秘，真一般，假新奇，真老一套，假热闹，真乏味。你开始觉得自己是上了当，整个影片故事不过是一个骗局，这一切不过是生活贫乏、想象贫乏、智力贫乏、艺术贫乏的结果。你来看这样的电影，说明你与他们同样的贫乏白痴和俗不可耐。也许你原来还有几分灵气，看多了这样的片子，习惯了这样的情节、结构、说白、场面、伴奏，动辄用一个半至三四个小时（如果是上下集的话）来接受这样的催眠，你的最后的那点灵气便不知道消失到哪里去了。

以上八段，可以说是“惊险八股”或“侦破八股”。概括一下，可称为虚张声势法或虎头蛇尾式或假造紧张式。当然，这是一般泛泛而言，不是说惊险片、警匪片、侦破片就没有有新意的突破。不突破又怎么样呢？“八股”出来的东西不会有太大价值。现在笔者借一个严肃的做学问的杂志谈这种没有学问的对象，是因为面对这种八股模式不免有一些思索：

第一，这种八股模式是怎么形成的呢？它反映了怎样的心态怎样的经验怎样的“规律”呢？完全是凭空编造的吗？怎么编来编去走到同一（同八）股道上去了呢？

第二，许多观众都对这种八股模式摇头，但为什么还有那么多制片人制、那么多演员演、那么多观众看呢？这种模式究竟投合了什么样的市场需要与欣赏心理？

第三，虎头蛇尾是这一类片子的痼疾，连外行都看得出来，何况内行？怎么还是照样虎头蛇尾？这究竟是可治之症还是不治之症？不治之症还算不算症？（谚云：“治得了病，治不了命。”不治便成命喽！）观众喜欢看提出问题、扑朔迷离、紧张痛苦的开端，不喜欢看解决问题、水落石出、愉快胜利的结局，这是片子创作的问题还是观众心理的问题？这种心理算不算正常健康？不是说我国观众（读者）喜欢大团圆的结尾吗，为什么看起这一类片子照样是迷其头而斥其尾？

日本电视剧中常常出现一个极善良高贵的人物，好心做好事却把矛盾吸引到自己身上，增加纠葛，搞乱是非，尴尬狼狈。这可以称为高尚的窝囊废乃至可敬的搅屎棍模式。那个在《血疑》里饰演过大岛茂的演员常常演这样的角色，他在警匪片《秘密部队》中扮演的探长（？）也是这种角色。当然，我的这一段感想绝对没有对演员不敬的意思。

西德的电视侦破片中比较突出的是对犯罪心理的分析与对各种证据的逻辑推理。不论是《老干探》还是《探长德里克》，似乎都有这样的情节场面：探长与罪犯进行深入的讨论、诘难、辩论，最后罪犯辩输了，逻辑的力量使罪犯束手就擒。不知道这是否反映了德意志民族善于思辨的特点？探长与罪犯的对话是否继承了苏格拉底与柏拉图对话的光辉传统？他们的这一类片子远不如例如《神探亨特》花哨，但着实可爱。

中国戏曲中也有一种模式，可称之为逐渐咀嚼以求满足的模式。

好人胜利了（中了状元、打了胜仗、冤情昭雪、升任了大官、找到了位在公卿的亲爸爸等），但不宣布自己的胜利，而要穿破衣戴破帽赶走皂役，作仍然窝囊状，然后委委琐琐地去一些地方骚情，给经不住考验的势利眼的丈人丈母娘太太大舅子小舅子以羞辱自己的机会，给残害过自己出卖过自己的赃官恶友以继续嚣张、继续表演的机会，然后一声圣旨到或更大的老爷到，使所有这些敌手坏蛋或有弱点的亲眷大出洋相，觳觫在自己的膝下，眼看着他们叩头求饶发抖，而自己从中十分过瘾、无限快意。薛平贵来到武家坡，王宝钏已经等他十八年了，他却不急着与发妻拥抱流泪而是诈称他是薛友，薛已死，当年已将宝钏卖给了他。这甚至有点猫玩耗子的模式了，而且王宝钏不是势利小人更不是坏蛋。每看到这里我常常过意不去。或谓戏曲的表演特点需要这样的情节设计，不宜过分现实主义地去较真，可能也对。看戏主要看表演，不要去细抠人物与情节逻辑，可能就会看了。

关于《女人的气味》

一九九三年四月我在香港看了获奥斯卡最佳故事片奖的《女人的气味》（香港电影院放映的译名为《女人香》）。[①]

《女人香》的片名很容易把观众的预期导入歧途。其实这个片子根本与男女之情之性不相干。影片描写一个著名中学的一对朋友，阔家出身的乔治与出身寒微、靠奖学金度日的查理。二人凑巧看到他们的一位同学在筹划针对他们不喜欢的马屁精校长的一次恶作剧。淘气的学生制作了一个气球，气球上写着校长的名字。第二天校长看到了这个气球，去捅破它，结果一捅，牛奶泼了校长一身。一位女工回忆起了前一天晚上与查理及乔治的相遇。校长追问这两个学生此恶作剧究竟是谁所为，并且以推荐名牌大学的奖学金为饵鼓励查理供出真“凶”。乔治鼓励查理顶住。

查理找了一份假期工作去照料一位盲人退休上校。盲上校性格乖戾，脏话连篇，但感觉特别灵敏。他尤其善于通过嗅觉辨别女性

① 即《闻香识女人》。——编者注

的年龄、身材、美丑、背景、个性，甚至闻一闻能猜出对方的名字。他在查理的服侍下到华盛顿的一个豪华酒店尽情享受。他在没有视觉的情况下翩翩起舞。他甚至去“闭着眼”高速驾驶一辆豪华轿车，驾车场面十分刺激。在他玩完了准备自杀的时候查理不顾一切危险救了他。

他闻听了查理面临的麻烦。他预言乔治将会叛卖友人。果然不差。在学校举行听证大会，乔治怯怯懦懦地说出了恶作剧者的姓名。校长当众要求查理作证的时候，遭到了腼腆软弱的查理的断然拒绝。查理面临被开除学籍断送一生前程的危险。这时盲上校闯入会场，慷慨激昂、痛快淋漓地把学校的逼供诱供，诱导一个青年人为了一己的利益可以做卑微下作的事情的做法破口大骂了一顿，用各种脏话把校长骂了个狗血喷头，引起了全场的暴风雨般的掌声。最后，他扭转了局面，使查理的处境化险为夷。他的出色胆识与口才也为他赢得了爱情。当然还是好莱坞的模式——好人必有好报。

却原来这是一部道德片。按照中国式的表述方法，这是一个忠与义的道德悖论。查理对校长“忠”的话就陷入了对同学的不义。乔治在他的阔爸爸的亲自陪同与掌握下当众推卸责任，嫁祸查理并且含糊其词地揭发了挂气球的同学，他对校长“忠”了，但他的动机绝非对校长或对学校的忠诚而是为了保自己才不惜出尔反尔，两面三刀，厚颜无耻，陷于不义。盲上校的论点是，这种无耻无义的“忠”并非真正的忠诚，完全不应该鼓励，而查理的道德自律要高尚得多。盲上校的慷慨激昂与破口大骂并且使人产生一种联想，美国（当然不仅是美国）社会里其实盛行着对于种种无耻无义的卑贱行为的容忍、诱导乃至鼓励，更盛行着对于不肯苟且的正直之士的排斥、施压与打击。观众可以联想到，如此正直、雄辩、自信、聪慧超凡而又富有魅力的上校在两次重要的关头都未被提升（电影对此虚写），终于自暴自弃变成了一个双目失明的酒鬼与狂徒，一定与他自己的某种经历有关；他一定也曾遇到过这种两难的选择，他听从了道德与良心，他摒弃了私利与迎合，他就是这样失去了远大的前途的。

扮演盲上校的演员阿尔·帕契诺获得了最佳男演员奖。他的表演相当戏剧化、舞台化，但仍然力度逼人，令人赞叹。看来演电影也不只是自然化生活化一条路子。驾车的戏令我的心跳到了嗓子眼儿。痛斥的演说则令观众泪下。

但友人告诉我，这部影片不过是好莱坞编造出来的又一个神话而已。现在是一个“利”的世界，实利是真正的上帝。哪会有这样的驾车急驶的瞎子？哪会有这样的盲人迂论？社会又怎么可能接受这种过了时的大道理呢？

即使是编出来的神话也罢，能在电影屏幕上痛快淋漓地把卖友求荣、见风使舵、表里不一、出卖灵魂的乔治一路货色大骂一顿，更把鼓励卑鄙行径、鼓励下作行为的校长“fuck fuck”地大骂一顿，也是令人痛快的。看到这里，我甚至眼睛都湿润了。

通俗、经典与商业化

大片《泰坦尼克》商业上的成功已不待言——当今世界上，文化产业的可能性正在拓展。我看这个电影是在纽约州的首府奥班尼，一九九八年四月二十二日晚上，与仁斯利尔理工学院的中国留学生强化 MBI（工商管理硕士研究生）班的学生一道。说是这部片子是从一九九七年年末开始放映的，到我们看的时候已经历时四个月仍然是场场爆满。在美国看惯了那种门庭冷落车马稀——观众席冷冷清清，甚至一个大厅里只有三五个观众——的电影，看到人们争看《泰坦尼克》的热烈场面，确实觉得新奇。一位小经沧桑、精通几国文字又在商海中游泳颇有效益的留学生告诉我，他看了电影，觉得震撼灵魂。

这种盛况在美国一直延续到五月初。一些传媒分析说这部电影的成功主要是由于吸引了女中学生，而吸引女中学生的王牌是青春小生演员里奥纳多·迪卡普里奥——他确实长着一副极可爱的模样。到五月中旬我结束了在康州三一学院一个学期的访问时为止，一会儿是《人物》杂志，一会儿是《十七岁》杂志，更不要说那些电视与电影杂志了，他们竞相把里奥搬上了自己的封面。书店里卖着里奥的专刊，从幼小到长大，有他的各种“玉照”。此外以真实的泰坦尼克船为题材的画刊也出来了，有关《泰》的出版物一直在畅销榜上名列前茅。甚至由于这部片子的走红，和船有关的旅游业也热了一阵子。

后来说是中国也进口了这部大片，说是在中国此片掀起的传媒炒作热浪甚至超过了美国。美国出版的华文报纸略带嘲讽地报道了这一点。其实他们不知道，中国也有精英对《泰》片表示自己的清高与不屑。他们声称自己没有看也不想看《泰》片。好在有几个精英不看也无妨事体。你热我也热的情形下，精英的不屑反而显得无奈和酸酸的。《泰》片在中国火起来了，票价比在美国还贵。美国最贵的票是八美元一张，而中国高达八十元人民币，等于九个多美元。而中国的人均收入大概是美国的几十分之一。中国人不买房子不买汽车，大体温饱以后的消费失去了方向，从而消费欲望与能力被高高挂起。任你银行再降利率，百姓们是“死猪不怕开水烫”，照旧高储蓄率不误。与此同时，抽不冷子某种消费突突突地乱往上蹿，也够绝够邪的了。

窃以为《泰》片的成功不仅在于里奥那个靓仔，他演了许多片子，都没有取得《泰》的效果，相反还被人诟病。关键在于《泰》的配方完全符合一部成功的商业大片的要求：骇人听闻的高投资大制作先声夺人；现代的科技和电影特技令人咋舌；戏剧性极强的故事情节；爱情至上；把影片的主人公放到了最最严峻的生死考验关头；令观众叹为观止的巨大场面（有的地方干脆是“人海战术”），包括豪华场面、惊险场面、恢宏场面、庄严场面和灾异场面等；招人喜欢的俊男靓女的不乏激情的表演；一分崇高、一分纯洁、二分善良、半分丑恶、半分叹息、二分令观众干瞪眼的豪华、一分半恐怖、一分正义再加半分虚空——其酸甜咸淡都正可口；而最叫我感兴趣的是它的古典加通俗的价值观念，这种价值观念有极普泛的覆盖面。

我们有些作家艺术家，在祖国大陆效应平平，而特别走红于台港；当然也有相反的例子：《秋菊打官司》受到大陆观众与老外的好评，却不能见爱于香港同胞。这也与某种配方问题有关，这是另外的话题了，不赘。

这种价值观念说简单了不外乎真、善、美。这三个字已经被讲得很滥，又早在现代后现代面前过了时。却原来被宣布为过时的东西也还有生命力，有时过时的力量超过了行时的泡沫，这的确发噱。人们恰恰在眼花缭乱日新月异的思潮冲击当中，钟情于某种相对稳定乃至古老的东西；人们渴望着某种天不变道亦不变的古典与永远。以为人愈进化就愈是三天一小变五天一大变，恐怕也是只知其一，不知其二。永恒与古典之一便是男女之情的热烈与纯洁，包括对世俗的门第观念的否定，对浪漫与自由境界的向往——理想。片中也有对大自然例如大海的敬畏、服膺与热爱，对尽职尽力的恪尽职守者的尊敬，对临危不惧特别是先人后己的道德勇气的张扬，对人的尊严的肯定——即不愿意把人的弱点写得太淋漓尽致太丑陋，不愿意把人写成狰狞残酷的怪兽。这些老一套的观念，从莎士比亚到莫里哀，从关汉卿到曹禺，其实是没有什么歧义的，几乎是人类所共享共识。

也应有不同之点，因为中国传统价值观念的一大特色是反淫防淫，《泰》片最不符合我国国情之处当是罗萨与杰克的“苟合”，不知道在中国上演的时候是不是对这一类涉嫌污染的地段有所剪裁。不知道中国农村里能不能接受罗萨与杰克做爱这种“丑死了”的镜头。

当然，男主人公杰克站在船头自称是世界之王（后来该片导演詹姆斯·卡梅隆在领取奥斯卡金像奖时也用了这句台词，他举着金像喊道：“今晚我是世界之王！”），也与中国人的文化传统不合，中国人提倡的是谦虚，是做老黄牛与螺丝钉，一个小娃子竟敢称王称霸，那岂不是作（读嘬）死！

真善美的范畴很古典（classic，一译经典）也很通俗。包括影片对下层大众的同情与对装腔作势的英国贵族的嘲弄（几乎达到了卑贱者最聪明，高贵者最愚蠢的“毛主义”式的结论呢），其实也并没有脱离开古典加通俗的路子。中国传统戏曲里也鞭挞嫌贫爱富嘛——也许正是因为现实生活中嫌贫爱富太多了，才更需要为贫而壮志凌云的人出出气。这里边当然有美国人的特色，他们对等级观念、贵族门第观念特别反感。他们的影片中的英雄起点也许是窃贼（《风流女窃》），也许是海盗，也许是妓女（《漂亮的女人》），更多的则是无业游民流浪汉。这就与狄更斯的高贵出身，误入下层，终回高层的故事编法不同。《泰》片这一点表现得很尖锐，甚至还让丰满可掬的凯蒂·温丝莱德饰演的女主角啐了高贵的混蛋一脸唾沫，使练啐唾沫一节也有了着落——叫作各种细节一点也不糟蹋——这种手法也符合古典加通俗的原则——叫作长了卑贱者的志气，灭了高贵者的威风。但他们的这种大众意识与我们的马列主义毛泽东思想人民大众立场搭不上太多的界。这无非表达一种“亲民”的倾向，不知道算是“媚俗”还是“媚民”，这后一“媚”似乎是越南劳动党在六十年代“反右倾”时提出来的。依常理，讨好大多数或者说得严肃一些叫作争取大多数，这既可能是商业化的规则、手段；也常常是任何一种社会功利的考虑者例如政治家之所以为政治家之所在。在大众面前灰溜溜酸溜溜乃至恶狠狠的，是否就反衬了自己的一定超庸拔俗？这很可疑，倒说不定是一种心虚和一瓶子不满半瓶子晃荡的心态的流露，更难以成就什么社会贡献。当然，以大众小众作为判断是非美丑的唯一标准也蠢得可爱复可悲。我们不能肆意否定小众化的“精品”，正如我们不能不面对大众化的经典——例如莎士比亚和《红楼梦》，甚至也可以正眼看一下艺术成就有争议但确已红遍全球的《泰坦尼克》。

在作品当中替劳苦大众说了几句话，或者声明自己是站在了下层大众一边，固然没有什么可以大惊小怪的——连美国好莱坞的商业大片也如是做过了嘛。与其大惊小怪于自己或别人的居高临下的大众立场，不如多写一点亲民的作品，哪怕只亲到了商业化大片《泰坦尼克》或《今古奇观》的《金玉奴棒打薄情郎》的程度也罢。

问题还不仅在于价值观的通俗加经典的普泛性与无可争议性，我觉得《泰》片在表现“终极关怀”上也还可以。冰海沉船的场面令人想起远古的洪水，想起诺亚方舟的故事，想起基督教文明的积淀。茫茫的大海的形象与苍茫而又真挚的歌曲，似乎表达的不仅是沉船者，而是整个人类对于宇宙时空的无限和生命无常的刻骨感受。年老的，由格洛丽亚·丝托娃扮演的皱纹比蛛网还要密的作为回忆者的今日罗萨，与散发着青春的健康与热力的昔日罗萨，即不但有纯洁的对于爱情与幸福的追求而且有鲜活美艳肉体的作为当事者的青春罗萨的对比，无法不令人哀叹人生的短暂与时光的无情，青春的易逝与驻颜的无术。豪华的，崭新的，气宇轩昂不可一世的泰坦尼克号轮船，触礁后千疮百孔、危机四伏、惶恐无地、回天无力的破船，与海底的锈得不能再锈了的烂船死船古船即船的遗骸的对比，不能不叫人想到色即是空空即是色，或者佛教讲的生住异灭生老病死。或者从儒家的观点来看，沉船的故事说明了居安思危的忧患意识，会令人沉思历史的各种兴衰沉浮。是的，泰坦尼克的故事里包藏着一种大悲哀，大教训，有警策存焉，令学问平常智商也平常的观众看过后唏嘘不已。

商业化的东西也能表达古典与终极？是的，不但可能而且必须，完全没有古典与终极的商业追求往往导致过分的粗鄙与刺激，例如单纯的色情片与暴力片，那些东西往往低于受众的文化素养水准，它们的市场其实是有限的。当然，这种古典与终极要以观众能够接受为度，不能太独创太深奥太抽象了，它又是有限的叫作有限终极或有限哲理，或者叫作常识以内的终极眷注，你从中得不到新的认知新的思维的启示——大学问家不会太为它喝彩。看一部电影与读一部大师的哲学著作的收获毕竟不同。浪漫与理想也是如此，谁能说《泰》缺少浪漫、理想与人文激情？谁说商业化通俗化注定了要排斥浪漫理想古典与人文？当然其古中要有新，起码是新形式新技巧；终极中要有趣味，要符合人的已有认知水平即人们所掌握的常理常规。要表现在具体可触的人物与情节之中，而不是强加庸常的观众以他们感到玄虚而又偏执的哲学或神学教义。

在文艺作品当中我们常常碰到商业化、社会功利化（主要是教化要求）与精英化的不同取向与歧义。美国确实是一个文艺极其商业化的国家。好莱坞的电影商业化的手段几乎什么都用上了，包括最丑恶最下作的刺激。有时提到这种商业化的表现，美国知识分子也捂上脸以表厌恶以至惭愧，但他们很少人自认为是什么精英。不是精英却也不一定渴望堕落。没完没了地看血腥和性交肯定会叫人厌烦，觉得“开眼无益”。人们常常还要回到古典即经典的价值取舍上去。美国也不乏正人君子，绅士淑女。美国的正派人对美国社会、美国大众也具有相当的影响。用正派人所不齿的手段去追求商业利益，那是恶性的商业化，狗肉包子上不得台面，其商业利益恰恰为自己的商业格调所囿限所破坏。这一点其实眼下的中国个体书商也注意到了，低级下流并不是文化经营的出路，这里还没有说到“一要繁荣，二要管理”的政府行为。与八十年代相比，美国对色情与暴力作品的管制也大大增加了力度。这样说，正人君子们的取舍也会以一种形式在市场上反映出来，商业化的思路并不注定要排除对于正人君子的尊重。一个老板资助交响乐团，不仅是为了艺术也可能是为了他或他的公司的名声——而名声是不无商业效益的。为了名声他就不能只媚俗（低俗，不是指通俗）不媚雅，哪怕他自己对于交响乐一窍不通。其实这种“媚雅”的事我也不是没有遭遇过，遇到令自己一头雾水的艺术创造，我也常常是硬着头皮“做欣赏状”的。

商业化说到底是一个中性的概念，它的前提是希望自己的作品得到更多的观众和读者，就是说希望自己有市场而不是没有市场。如果我们说某个作家或导演已经没市场，那恐怕很难说是恭维。这本来是（艺术从业）人之常情。为了这个目的，它可能采取良性的或恶性的手段。在非恶性的情况下，商业化的货色也可能搞得不错直到很好，如《泰坦尼克》。争取受众的考虑并不是一个罪恶的考虑，但毕竟又是一个浅层次的思路。争取受众与发挥艺术独创性攀登艺术的高峰各有各的内涵与外延，在生活实践中，它们可以相龃龉相冲突，也可以各不相干——你争取你的诺贝尔、奥斯卡、戛纳……奖（就一定不俗吗？），它争取它的票房和印数。如果你为了争取受众而牺牲了自己的艺术独创，而你的艺术独创确实又很天才很伟大，那是太可惜了。但那与其说是商业化潮流之罪不如说是你缺少操守之过。（我以为一个真正天才的与郑重的艺术家，根本不存在为了商业化而牺牲艺术的可能，艺术人格、才能与修养连这么点免疫力都没有，能够是天才的与伟大的吗？至于一个平庸的艺术从业者，有了商业化追求固然搞不出杰出艺术品来，但没有了商业化思路或表示极端轻蔑商业化，就能搞出杰作来吗？我也深表怀疑。说实话，如果我们至今没有拿出当今的《红楼梦》来，恐怕只能怨我们自己没有曹雪芹的出息，而未必应该太多太多地怨完了政治再怨经济，怨完了头头再怨歌星与卡拉 OK。）何况商业思路与艺术追求也可以并行不悖乃至相得益彰，自古以来就有雅俗共赏的通俗的经典，例如中国的几大才子书与英国的莎士比亚，它们能够寓独创性于传统，寓深刻性于人们的喜闻乐见。

至于教化方面的考虑当然更不能排除受众。一个乏人问津的作品，再提倡再给奖再贴标签也是徒劳的。这样说并不意味着商业化可以涵盖一切，而只是说商业、教化与艺术独创性的追求，既有相抵牾的一面也有相作用的一面。美国也好别的国家也好，特别是一些欧洲国家的艺术家其实是很愿意标榜自己的电影制作的艺术性与非商业炒作性的。一方面，奥斯卡奖的十一项大奖与金球奖的四项大奖都被《泰》片夺走，另一方面是英国的电影学院评奖坚决不买《泰坦尼克》的账，一个奖也不给它。一方面是美国的各种通俗杂志以里奥的照片做封面，另一方面是他在奥斯卡评奖过程中连提名也没有；他也就干脆没有参加奥斯卡的颁奖典礼。我看这也说明了某些问题，即在一个多元的社会、多元的文艺环境里，你想得到所有的百分点是太难了。以一己的标准抹杀一部广受欢迎的作品也同样是太难了。至于以不看来表达自己对于商业化的拒绝，却多少给人以捂上眼睛以保持纯洁的天真感，看完了再否定应该也还来得及。当然，也可以说，那么多的杰作“精品”还看不过来呢，谁有空闲去看一部好莱坞 blockbuster——大片？那是太对了，我向你致以缪斯名义的敬意，并为自己的居然频频未能免俗而不好意思。

话说《雨人》

一九八九年三月，笔者访问新西兰时，在奥克兰市，利用复活节假日未安排官方活动的机会，看了当时已获奥斯卡金像奖八项提名的美国电影《雨人》。

电影描写一个患有自闭症即不能与旁人交流的精神疾患的病人，因获得其父大笔遗产，受到异母兄弟的青睐，与弟弟共同上路。此病人名叫“雨人”，一路上出了许多洋相，闹了不少笑话。由于他运算与记忆能力超人，弟弟异想天开与他大逛赌城，在赌场所向披靡，大显威风。最后“雨人”回到精神病院，弟弟依依不舍。

果然，笔者回国后不久获悉，电影《雨人》获最佳故事片等四项奥斯卡奖。中国记者报道此消息时，评述道：此次评奖中，伦理道德片又受到了好评。

《雨人》是伦理道德片吗？

大概可以这样说。笔者相信，中国记者的报道当非个人的见解而是综合了外电外讯，我们的记者乃至学者似乎还没有抢先对一部外国文艺作品发表评论的勇气与习惯。与笔者一起在奥克兰市皇后大街的影院看电影的中国同志，看完后也众口一声地议论，影片中的弟弟本来是为了偿还买汽车分期付款的债才对利用哥哥感兴趣的，但通过一路同行，通过他的回味儿时的孤寂生活与渴望伴侣的心情，他竟然由衷地产生了对“疯哥哥”的手足之情，十分可信，十分人情味，十分动人。（笔者幽一默曰：不知孝悌忠信为何物的美国佬居然拍出了宣扬手足情深的电影，莫非是受了早已夭折的黄河文明及其头面人物孔夫子的影响？）

当然，即使不这么伦理道德人们也会喜欢这部片子。疯子出洋相，带有滑稽的色彩。疯子威镇赌场，带有奇遇记、歪打正着记——即刘宝瑞说的“黄蛤蟆得胜记”的故事的色彩。呜呼人类，何其喜侥幸盼侥幸也！估计电影的前半部使观众们庆幸自己幸亏没有一个疯哥哥纠缠不休，而后半部更富好莱坞的“砍（王按，不应是侃）大山”风格的故事，一定会使观众恨自家爹娘未给自己生这样一个哥哥了！伦理道德也不能干赔不赚呀，也不能不问“经济效益”呀，您说是不？

但我喜欢这部电影却是从更深（自以为更深，也许恰恰是浅薄）的层面感受。第二次获得影帝称号的美国著名电影男星霍夫曼表演的“雨人”，只不过是看着犯傻而已。其实他比谁都更智慧更超拔更深邃也更有境界。他的境界只有老子与释迦可以相比。在美国这样一个性崇拜性爆炸的国家，“雨人”对其弟弟与情人的做爱竟然毫无感知、无法理解。不但不理解而且走入正在做爱的弟弟的房间，天真烂漫地用自己的哼哼回应了那一对男女的声学效应。真是对隐私权的最大嘲弄！真是对性崇拜性美化的最大嘲弄！我看好莱坞以及准好莱坞电影的床上镜头亦多矣，这样拍的可是天字第一号。有了这个场面，所有的床上镜头加在一块儿也黯然失色了！

“雨人”回答弟弟的责问说：“噪音太大！”做爱者，噪音也，影响了“雨人”专心致志的阅读。阅读什么呢？“雨人”一进旅馆房间就宣称，他只能住一间有书读的房间。端的是“老九”的路数！弟弟随手递给他一厚本电话簿，而他居然秉“烛”夜读，一夜之间把从 A 到 J 的人名户名的电话号码全部记住了！这是胡砍吗？我怎么觉得这么悲哀？我就体验过这种滋味，读性难改，读瘾难挨，在某个时期某个场合，便去读电话簿，读“须知”，读报纸上的广告……乃至只读反复读自己写的“交代材料”。是谁可怜？是谁可笑？是谁有精神病？

“雨人”的言论和行为更构成了对发达的工业技术文明的极大嘲笑。他不但专注地看电视，也专注地像看电视一样地看透明的洗衣机离心干燥器的运转。真的，谁能说衣服的万花筒式的旋转一定比胡砍瞎凑的电视节目不好看呢？“雨人”精确地背诵了美国各航空公司的空难记录，因而拒绝乘飞机，这是说明“雨人”的智力有问题？还是说明我辈的智力有问题？好吧，不坐飞机坐汽车，偏偏半夜高速公路上又出了交通事故。举目茫茫的“雨人”跑到乱成一团的汽车缝隙中，面临巨大的危险而不自知。这种荒唐而又危险的处境难道不值得全人类深思吗？难道不是对许多人许多许多人的人生处境的生动写照吗？还有美国（不只美国）的人行横道，行人要按键钮它才给你亮出“请通行”字样。而当你刚走到不足半路处，它已改成了“请止步”。其中道理自然是明白的，它是为了不让后来者再开始横穿马路。但已经走到半路上的人忽然看到“止步”的标志，岂有不恐慌狼狈之理？我这个认字信字的人在发达国家过马路就常有这种不安感。“雨人”倒好，你（电脑）一让他“止步”，他干脆站在那儿不动了，成了故意妨碍交通的了。这才叫盖帽儿呢！

……满“纸”荒唐言，一把辛酸泪！二十世纪以来人类愈来愈学会正视自己的困境和弱点，愈来愈善于自我嘲弄了。这未尝不说明着一种成熟和进步。不妨说这种嘲弄有一种悲观色彩。看电影“雨人”，令人笑个不停，笑后又有无比苦涩。笑“雨人”就是笑自己，哭“雨人”就是哭自己！一部电影如此，横看成岭侧成峰，就应该奖一奖了。好作品永远不是单摆浮搁的平面。

关于“雨人”的译法，我请教了几个美国朋友，Rain Man，意译是“雨人”。香港译作“怪杰雷曼”，四字中两个字算音译，两个字是港味的作料。据说 Rain Man 在英语中可以作求雨的人讲（不知是否有神神道道之意）。电影中也提到“雨人”幼时曾安慰怕雨的弟弟。这么说，译“雨人”或“雨中人”都还不无根据。但也有另解，Rain Man 本名 Red Man(雷德曼)，弟弟念白了，念成了 Rain Man 了，那么译成“雷曼”也就有理了。唉，幸亏咱们不是吃翻译饭的。要不，为一个电影名字也这么费脑筋，不是早白了头发？

电影门外谈

近年来电影看得越来越少了。因为忙，因为看完电影常感到头晕眼花腰酸，因为觉得花一两个小时看电影不如用来喝茶读书写点什么。我常把这种“影冷淡”作为自己无可抵抗地在老化的表现之一种。别的方面，似乎还自我感觉不错。

但还是看了一些。《老井》《红高粱》引起争论是意料中事。因为看到衣角擦食品、咬虱子、瞎子唱小调、往酒里撒尿等导演的得意之笔也略感不安。可能是自己也有那么点僵化吧。不安感中也有沉重之意。说不清是为了电影中很难说是无意地或客观地集中表现这些玩意儿，还是因为生活中确有这些个东西，甚至于不妨说自己也是这样生活过来的吧。

不过我仍然不赞成批评这些电影是“售国人之陋、邀洋人之赏”，以至于去批评奖了这些电影的洋人。原因很简单，文艺批评应该是文艺批评，文艺批评应该批评文艺成果——文艺作品的客观存在，对作品见仁见智争个面红耳赤怎么说都可以，指出什么样的问题都可以，却不可省略掉对作品的认真分析，说不好听的话即还没弄懂作品便去断言创作者与给奖者别有用心。一上来就给创作动机扣帽子，不是个好办法，不好开展争鸣。攻之者曰有，辩之者曰无。我们该给张艺谋等人做怎样的政治鉴定呢？如果有人以其人之道还治其人之身，反攻那些热衷于维护光辉形象的人动机也不无可疑之处呢……算了吧，还是离开这种由影及人由艺及政的批评的思路吧。

写了、表现了落后就有辱尊严，这条逻辑未免过于天真可爱了些。依照这种逻辑，各国的大作家各国的文学瑰宝就都会成为该国的国耻了。《堂吉诃德》《复活》《欧也妮·葛朗台》《大卫·科波菲尔》直到《阿Q正传》，哪个没写落后没写黑暗没写罪恶？它们究竟是各自国家与民族的骄傲抑或耻辱？我们干吗这么神经衰弱？

但我仍然不能完全对《老井》《红高粱》《盗马贼》之类的电影认同。问题不在于写了百分之几的落后，而在于这些作品似乎缺少一点真实而深刻的人生经验、人生意味、人生思考。使我们或惊喜或困惑的是它的取材、它的手法、它的风格，却不是它的深度。它引不起我们的灵魂深处的共鸣，它未能使你在银幕上映出“剧终”以后仍然难分难舍、回味咀嚼、余音绕梁三日不尽。它们的某种情调、氛围的强化处理既是成功的、别开生面的，又是不无做作、刻意为之、以“力”为之的。多么费劲的几部电影！创作者真是挖空了心思！要黄土味、要严峻感、要野、要寻根挖根、要张力与力度、要原始人性……要这个要那个，而且，对不起，要猎奇！要符合世界的特别是西方发达国家的趣味！

这最后的一句话违背了笔者自己确立的规则，有“诛心”之意。好在本文不是电影评论，只是个人的杂感。

而好的作品，窃以为，不必要求那么多、那么大的劲。真正的艺术品，或者说笔者偏爱的艺术品恰恰是人生的结晶，是真才真情的流露，是恍如先验的智慧果实，是不要那么多“这个那个”的、举重若轻的、妙手天成的作品。

例如，最近看了《人·鬼·情》一片，影片题材不算大，场面也不宏伟。情节与人物性格刻画甚至也谈不上多么深刻。但它是那样真挚，那样令人信服，那样令人感动。把一个出身低微的戏曲艺术家、一个女人，在亲情、爱情、世情上的小小的却也是刻骨铭心的经历表现了出来，又把人生中的种种真味、种种酸甜苦辣与影片女主人公创造的昆曲中的钟馗形象沟通起来，形式内容，第一形象第二形象，人的经历与艺术的经历，都结合得那样合适。观罢影片，唏嘘不已。时隔数月，仍然为之感叹。虽然，笔者的经历绝无或绝少与影片女主人公有相似点和可比性，仍然觉得，那种种的挫折和奋斗、侮辱和坚毅、宿命感和孤独感与你相通，与人类相通。与人类相通的经验可不仅仅是原始本能的经验哟！看完《人·鬼·情》，你不能不为影片中的主人公——也是为你自己而洒泪，而长久地发出会心的叹息。

人生的真味、会心的叹息，这就是笔者个人对电影的期冀——一个观众对于电影所抱的最殷切的企望！笔者深深地感谢这样的电影的创造者。外国也不乏这样的成功之作，比如美国影片《回首往事》，那种理想主义的不见容，那种感情上的理想主义的失败与依恋，那种真诚、可爱而又确实未免迂僵的性格，常令笔者发出会心的叹息。再如影片《末代皇帝》，外国导演当然不会放弃以猎奇、大场面来刺激观众的努力，但笔者仍然为之鼻酸，为之牵肠。因为，在神秘的场景、在奇风异俗（对于洋人来说）、在传奇故事后面是活的人，是人的命运、人的沧桑、人的美丑、人的喜怒哀乐，就是说，是真实的人生。末代皇帝的经验虽然绝无仅有，影片表现出来的却是普通人可以感知可以理解可以咀嚼可以推敲的真人生。

对于电影功能的多元性，笔者理论上和情感上都不拒斥。看完《少林寺》笔者也想学几套拳路，并且精神为之振作。看完《珍珍的发屋》笔者为之微笑，为之不无唏嘘却又明知故事是编造出来的。看完《良家妇女》实在欣赏江南风光与丛珊的演技，又不免为情节故事的如此集中单一浅显而感到不满足。看完《星球大战》《大白鲨》就只剩下佩服了。佩服人家的技术、场面、想象力直到资金，佩服而不感动、不共鸣。

看完《老井》，也震动，却又觉得如果导演把更多的笔墨放到刻画人物身上也许会更好。表现环境、表现风俗画、表现诸如械斗、坍方、井底做爱之类的刺激固然未尝不可，但是当这些东西掩盖了真实的人生，至少是胜过了真实的人生的时候就会使观众觉得头重脚轻。一分刺激就需要十分人生垫底儿，不知道这种粗陋的表述是否能包含一些真理。《芙蓉镇》的不足也在这里，此片充满政治意识道德意识，都是好的，看着能令人想起许多过往的年代，就是说，此片也充满了时代意识年代意识即历史意识吧！如果再多一点人生意识，就更好了。说下大天来，《芙蓉镇》里正、反面人物的划分自然似嫌简单化了一些，其中有几个人物甚至是脸谱化的，历史与生活要都这样简单那敢情好了，可惜，这种用道德两极来处理政治两极的表现路子，恰恰是“左”风下的文艺遗产，虽然影片拼力反“左”。

回过头来谈谈热门话题《红高粱》。高粱地拍得真绝！酿酒场面也好，但是令笔者联想起苏联影片《童年》中高尔基的外祖父的洗染作坊。浓烈的野性不失为成功的色调，从剥人皮到打汽车表现抗日大为出新，这就是说，热烈的情绪、色调、氛围、风俗画、场面、情节处理，都有不凡之处。就是说，这一条龙的龙须龙尾龙身龙鳞都很不错。

缺少一点的是龙之睛，是人的命运与灵魂。“我爷爷”与“我奶奶”，野了半天爱了半天烈了半天却仍然使人觉得陌生，觉得相隔，摸不着他们的心思，虽然他们似乎不乏血肉。然而他们缺乏的是灵魂。他们的存在与所做所为所感所思所念，他们的人生抉择令人难以信服，经不起推敲，不令人感动。他们更多的可能是伟大的创作主体所牵的线、所煽的风、所点的火、所派生的而不是人物固有的。他们有点像道具。

无疑，《老井》《红高粱》的得奖是可喜的，请张艺谋接受我这个观众的敬意。但我们不妨探讨，这两个片子是否外在的东西胜过了内在的东西，外化、视觉化的东西太厉害了，它打动的是你的眼睛而不是你的心。形式的追求超过了深挚的意味。视觉形象的丰富新奇并未建筑在思想与情感的相应的丰富上，毋宁说更加突出了头脑与灵魂的相对不够充实。我们看到了野合，却体会不到“我爷爷”与“我奶奶”的爱，爱的力量、爱的压抑、爱的爆发、爱的喜悦。我们看到了反抗，却体会不到反抗的艰难、反抗的威严与反抗的决心。我们看到了红色的酒，却体会不到酒的味与热。更解不开“我爷爷”

向酒里撒尿的意味，尽管撒尿的镜头确实拍得颇有雄风、颇有弗洛伊德的暗示性，终于还是为撒尿而撒尿，终于还是导演牵线而“我爷爷”当了会尿的傀儡。否则，即使是撒尿拉屎，也可以有性格有逻辑有慨叹有同情。对人物的原始化处理，给人以感染的与其说是人性、自然、生活的深刻揭示不如说是创作者本身的热烈、狂放、执迷，很可爱，但不免有些小儿科。

也许现在这些话说得早了些，特别是在颇有一些人心虚地对得奖一事疑神疑鬼的时候。还是先祝贺和保护我们的电影艺术新成绩吧。也许这里反映了笔者的一种狭隘欣赏习惯与狭隘艺术价值观念。以人生经验人生真味会心叹息要求一切影片，客观上会不会打击一大批诸如历史片、社会片、推理片、传记片、战斗片、青春片、歌舞片、体育片、边疆片呢？艺术评价上确实不能搞整齐划一。我承认本文有这方面的问题。但是谁让“老”与“红”得了大奖而名噪一时了呢？在为张艺谋庆功的同时，我们不是可以以真正的艺术、以电影大家而不仅是追逐潮头的工匠即押宝押对了的赢家的标准来要求他们吗？六十年代，笔者看到《冰山上的来客》也就叹为观止了。而现在，真正的艺术（比好莱坞的标准应该高一些或高得多吧？）离张艺谋还颇有点距离。与真正的艺术之神相比，金熊金猫金狗金象不是不在话下的吗？只知道与人家“看齐”“走向人家”的人，又能有多大出息？难道不应该追求自己的路、自己的目标、自己的高峰吗？取法乎上，得乎其中。我们的电影评论能不能比庆功、辩护，跟着人家捧或者生怕吃亏上当丢脸……的种种初级心态更高明一点，更富有独特的性格与深思呢？

作者又及：本文写完后，传来我国“参赛”电影《孩子王》在戛纳电影节上被评为最差影片——获得金闹钟奖的消息，当然，这是非正式与非权威的。而本届戛纳电影节一开始，我国报刊上已出现期待捷报之类的文章了。现在呢，据说《孩子王》的创作者又在那儿叹息中国电影（不是自己的那一部片子）与世界电影水平颇有差距了。看来洋朋友们的心思以及所谓世界水平也不好捉摸，还是多琢磨艺术本身，琢磨艺术的更加深刻和真挚吧。

也说歌星种种

歌星云云，对于一个社会实在并没有什么不好。无非是歌舞升平一下子，文化消费一下子，点缀点缀，轻松轻松，至多是享乐的大大的有。

歌星义演骗人、歌星漏税等等，都不是歌星表演与通俗音乐的应有必有之义。我们可以反对骗人漏税（或者说反对还不行，要予以制裁），却不必反对歌星；正如我们反对假冒伪劣、污辱与欺骗顾客的行为却并不一般地反对商场商品与售货员、经理。

歌星要价太高，对于这种反映还是要分析。国家最好有个规定，有个杠杠，否则什么叫高，什么叫不高呢？跟谁比高，跟谁比反而可以说是太低了呢？至少歌星赚的不比倒卖房地产的人与挂靠在某单位搞边境贸易的人多，也不比利用某种身份与关系搞批件的人多。歌星的收入仍是劳动收入，这总比买空卖空、权力化为财富光荣。

有一些青年追星也不完全是坏事，至少比打架斗殴、赌博酗酒、闹事滋事更安全更无害一些。当然特别有出息有作为的青年不会老是疯狂追星，正如特别恶劣的罪犯也没有雅兴去追星。追星与旧社会的捧角一样，是一部分有钱而没有大善大恶的人的事。追星并不比打一宿扑克牌或一夜“筑城”更坏，多花一点钱是他们自己的事，而且钱花了可以促进流通——当然如果他们把钱都捐给灾区会更伟大得多，但是我们无法如此去要求每一个有钱的人。

我觉得我们做事需要有一个前提，这个前提就是我们对青年对人民的估计。这个估计就是过去人们常说的两头小中间大，雷锋、居里夫人式的人物很好，但在人们当中是少数，我们无法以他们的模式去设计青年人的生活方式。我们当然可以宣传之提倡之向往之，我们还必须承认——至少私下悄悄地承认，大多数人其实做不到的。因此我们心里还得有另一笔账：一般地说，一个青年奉公守法，敬业乐群，正当挣钱，自力消费，也就行了。对一般人我们的要求不能超出法律所准允的、起码的道德标准所准允的范围太多。毋宁说，我们过去思想工作的一大失误就是我们常常考虑到英雄并希望大家做到英雄，我们也常常考虑到罪犯也随时准备与罪犯进行殊死的斗争，却常常忽略了大多数——既非罪犯也非英雄的大多数。有时我们宣传的标准太高，一般人做不到，宣传者自己也做不到。于是出现了一批“马列主义要求别人自由主义要求自己”光说不练的假英雄，使宣传的高调威信扫地，使应有的理想主义被虚无主义所取代。对另一个极端的过分关注则夸大了阶级斗争，把大量的所谓中间状态的人推到敌人一边去。

歌星另一个罪名似乎是他们败坏了人民的欣赏高雅艺术与民族传统艺术的能力，他们的冲击造成了高雅艺术的困境。

乍一听，振振有词；实际细细地琢磨琢磨，未必。

有些发达国家，通俗艺术泛滥而又泛滥。但是，与此同时他们拥有获得诺贝尔奖的大文豪，拥有世界第一流的作曲家、演奏家、指挥与乐队，拥有受到尊重与爱护的民族传统艺术。问题是在他们那里有国家与各界对高雅与民族传统艺术的关心支持，有相当多的能够欣赏高雅艺术的观众。他们把力量放在高雅或传统艺术的建设与发展上却无须批评贬低通俗歌星。因为一个国家人们的文化素质再高也不可能人人都爱听交响乐，对欣赏趣味还不够高的多数人，总还是要给予他们能够接受的艺术享受。

这里还有一个问题，我们的高雅与传统艺术本身也还需要提高提高再提高。谁说中国观众不识货？怎么帕瓦罗蒂和多明戈来演出的时候是那样热烈空前？怎么费城交响乐团来演出的时候是那样广受欢迎？如果我们抱怨现在的观众不如梅、尚、程、荀时代的观众爱戏懂戏，那么我们能不能也反思一下我们的角儿的水平与演出质量呢？

谁也不可能把什么都占了。歌星赚得多，歌唱家地位高。当然如果你是帕瓦罗蒂式的歌唱家，就能够又有地位又有大款了。可惜，咱们暂时还没有达到这个水平，也就达不到这个名利双收了。

辑陆

经典的尺度

很多时候，经典的价值在于
它创造了一个世界而不在于去解释这个世界。

《红楼梦》的写实与其他

写实与梦幻

整体说来，《红楼梦》是长于写实的。“石头”在全书第一章中答复空空道人说：“……其间离合悲欢、兴衰际遇，俱是按迹寻踪，不敢稍加穿凿，至失其真。”

这段写实主义的声明是由“石头”所做，有点令人哭笑不得，也有点中国式的聪明灵活的辩证法。

写实的作品中，穿插环绕装点一些神话的、魔幻的、匪夷所思的故事，使写实的作品增添了一些幻化的生动、神秘、奇异，使写实的作品也生出想象的翅膀，生出浪漫的彩色。这就比一味写实，除了实还是实的作品更文学了。

一般地说，写实的作品易于厚重，梦幻的作品易于轻灵，写实的小说易于长见识，梦幻的小说易于玩才华。或者反过来说，写实的小说易失之于拙，梦幻的小说易失之于巧。能不能把二者结合一下呢？厚重中显出轻灵，执着中显出超脱，命运的铁的法则之中显出恍兮忽兮的朦胧，痛苦而又无常的人生之外似乎还别有一个理解一切俯瞰一切而又对一切无能为力的太虚幻境……这是真小说家的境界，这是人生真味的体验，这是有为与无为、有所希冀与无可奈何的理念与情感的融会贯通。

有一种廉价的判断，写个荒诞的故事就反映了作者对生活的荒诞性的理解、感受与评价。这是只知其一不知其二。荒诞也是人的精神主体的一种要求，当科学性、必然性、可知性不能完全满足人的主体要求包括经验的要求、理解的要求与观赏、享受的要求的时候，梦幻性与荒诞性就应运而生，正像人们会在梦中得到现实中得不到的东西与体验一样。不管一个人多么理性和“科学”，不管他多么执着于逻辑的必然性，他总还是要做梦的。其次，荒诞、幻化也是一种美，是一种突破了现实的硬壳、摆脱了大地的芜杂的美，就像梦的美、痴的美、醉（酒）的美、疯狂的美一样。（说疯狂也可以是一种美这话听来有些残酷，但请想一想京剧《宇宙锋》，梅兰芳大师表演的不正是这一种“疯狂”的美吗？）

最后，没有人说过的是，幻化、荒诞化是把小说与人生间离的重要手段。《红楼梦》一开篇，作者就强调“将真事隐去”“假语村言”“经历过一番梦幻”“说来虽近荒唐，细玩颇有趣味”……一方面强调不失其真，未敢失其真，一方面又强调不可当真，不过是供“醉余睡醒之时，或避事消愁之际，把此一玩”而已，这就给创作主体留下了进可以攻、退可以守的极大的灵活性，留下了极大的使艺术创造力纵横驰骋的余地，留下了自己的“创作自由”，也为读者留下了欣赏与阅读即进行二度创造的自由。这就不像我们的一些聪明的呆鸟，强调创造就一口否定写实，强调娱乐“玩文学”就一口否定教化及其他一切功能，强调艺术形式就一口否定一切内容……或者正相反地进行只讲另一面理的批判。

间离了才好“把玩”。所以精神病医生不能去欣赏患者的疯狂美，但是戏迷们能欣赏舞台上赵玉蓉的装疯。间离了作者也才能自由。完全地写实，写作本身变成了一种介入、投入，乃至变成了一种舆论、一种“大众传播”、一种“态度”、一种“站队”，就必然会碰到一系列世俗人生中的问题。涉嫌不敬，涉嫌溢美，涉嫌揭人隐私，涉嫌泄己私愤，涉嫌造舆论，涉嫌呼应直至涉嫌提倡异端与犯上作乱……曹雪芹有几个脑袋敢去以身试文字狱！而且小说毕竟只是小说，至少首先是小说，虽然不如起诉书或辩护词那样具有明确的针对性，却因为失去了这种针对性而获得了更普遍更长远的意义。写小说就要把小说当小说写，而不是当檄文当救世秘方当判决书写，《红楼梦》摆在案头，您就“把玩把玩”吧。反正是“满纸荒唐言，一把辛酸泪，都云作者痴，谁解其中味？”

又道是：“说到辛酸处，荒唐愈可悲，由来同一梦，休笑世人痴！”

动人的石头故事

最动人的还是石头的故事，窃以为《石头记》的名字比《红楼梦》好，《红楼梦》这个名字起得多少费了点劲，不像《石头记》那样自然朴素，“不着一字，尽得风流”。至于《情僧录》《风月宝鉴》

《金陵十二钗》云云，就透出俗气来了。

太虚幻境的故事，一僧一道的故事，秦可卿死前向王熙凤托梦的故事，等等，俱无甚奇处。太虚幻境的价值在于它是由情所生之境，不像玉皇大帝、阴曹地府是人间政治统治之延伸，又不像西天、极乐世界是宗教幻想的“无差别境界”。但即使如此，与石头的故事相比，也是太差太差矣！

本是补天之石，其使命感、其先天的选择的可能性亦大矣，却落了个“众石俱得补天，独自己无才，不得入选，遂自怨自愧，日夜悲哀”的下场！呜呼，怀才不遇，失意文人，用现代话叫充满了“失落感”，真是中国千古文人的悲剧！虽说是“自怨自愧”，实际并不服输，因为来历不凡（是女娲氏炼出来的），抱负不凡（意在补天从政），“身手不凡”（“自经锻炼之后，灵性已通，自去自来，可大可小”——这里的“锻炼”二字，令人抚今思昔，一唱三叹），又失落又自负，又是“灵物”又“没有实在的好处”，这真是中国千古文人的悲剧心态！

石头是物，是自然，叫作“大荒山、无稽崖、青埂峰下”，浑浑噩噩，不由自主，落寞孤独而又平静安宁，悠长永远。偏偏这样一个无生命的石头通了灵性，被携到那“昌明隆盛之邦、诗礼簪缨之族、花柳繁华地、温柔富贵乡”里“去走一道”。这样，石头就成了人，就有了感觉、有了情义、有了灵魂，享受了人间的诸种美妙，也吃尽了人间的种种痛苦。人来自物，倒有点唯物论的味道。人成了人以后便脱离了物，在大自然面前感到了疏离和孤独。这是一种灵性的孤独，情感的孤独，灵魂的孤独，与原始的荒漠的孤独不一样，不是因荒漠而孤独，而是因脱离了荒漠，要求着不荒漠——如繁荣、文明、友谊——而孤独。不但孤独，而且脆弱，最终还要变成石头，还要回到大荒山无稽崖青埂峰下。这是一个圆环，无始无终。这不但是贾宝玉的“历史”，而且近乎宇宙与人类的历史。经过一个循环，或叫一个轮回、一番梦幻、翻过一回筋斗以后，毕竟又与未曾经历过不一样，留下了记载，留下了辛酸荒唐，留下了消愁破闷、喷饭供酒的材料，呜呼，这不就是人生吗？这不就是文学吗？这不就是小说吗？

石头是普通的，因石而成玉就是石头的升格乃至“异化”了。所以，“木石前盟”比“金玉良缘”动人得多。因为木石比金玉更具有原生性，更本真也更朴素。《红楼梦》中关于石头的故事非常精彩，显示了曹雪芹的高度的艺术想象力，也显示了他的悲哀、不平、迷惘和自我解脱。但《红楼梦》中关于玉——即那块宝玉——的描写可就大不如石了。衔之而生也罢，两行小字“莫失莫忘、仙寿恒昌”也罢，丢了又找回来也罢，特别是又出来个也是衔玉而生的甄宝玉也罢，除见林黛玉时摔玉一节以外，其余有关这块玉的具体描写都脱不开俗气，太实、啰唆、外加游离，甚至有画蛇添足之感。当然，整个说来还是有深意的，这一点后面当另做议论。

《红楼梦》里的另一个精彩的幻化故事便是神瑛侍者给绛珠草灌溉，绛珠草投生为女人，愿把一生的泪水还给爱自己的神瑛侍者的故事，着实是别致得很，古今中外，只此一家，任凭结构主义的大博士们怎么研究，难得找出一个什么原型什么模式来！而这个故事是这样优美，这样缠绵，这样至情，这样哀婉，与小说内容相比又是这样贴切，真是千古绝唱了！而这样的故事，不是来自初民的民间传说，不是出自神话时代的巫神宗教，而是来自后神话时代的文人创造，就更加令人赞叹了。

作为装点也罢，有这样的装点和没有这样的装点是不同的，有这样的幻化与没有这样的幻化是不同的。《红楼梦》中的写实描写像铁一样沉重，金一样珍贵，而《红楼梦》里装点穿插的这些幻化故事，用形色独特的烟霞衬托打扮起我们的铁与金来。没有艺术想象力的文学当然是跛足的文学，没有艺术想象力的作家，当然最多是门槛外的作家！

《好了歌》一析

《好了歌》了无意趣，浅俗得很。甄士隐为表达自己的学习心得与深刻领会而诵的曲文也没什么意思。什么“陋室空堂，当年笏满床……”之类，根本不合逻辑。当年笏满床是当年，如今陋室空堂是如今，二者岂可互相混淆或以一个否定另一个。反过来，也不妨唱：“当年空堂，如今笏满床，当年乞丐人皆谤，如今金银满箱。”这就变成了不可救药的乐观主义了。尽管如此，甄士隐的心得曲词的最后几句，还是确实有点意思：

“……乱哄哄你方唱罢我登场，反认他乡是故乡；甚荒唐，到头来都是为他人作嫁衣裳……”

这几句词概括得很形象也很实在。生活当中这种心劳力绌、轻举妄动、费尽心机、适得其反的例子实在太多太多！南辕北辙、缘木求鱼、自投罗网、自掘坟墓、螳螂捕蝉、黄雀在后、杀鸡取卵、饮鸩止渴、搬起石头砸自己的脚……从这些成语谚语中也不难想象这种“甚荒唐”的林林总总：“反认他乡是故乡”，“到头来都是为他人作嫁衣裳”，说明了主观与客观的分裂，动机与效果的背道而驰。为什么会这样呢？关键是人们往往过高估计了自己的力量，例如王熙凤，恃强到连有了疾病也不敢声张的程度。人们又往往估计不出合力的作用，因为人们自己的那点努力或者是很大的努力，归根结底不过是非常多的多边几何形的一个边。而历史的发展和生活的发展是这几条边的对角线，这些对角线组成新的平行四边形，最后经过不知凡几的组合与淘汰才形成的决定的对角线来主宰的。再其次是由于人们的短视，比如下棋，能看三步就不错了，能看十步八步大概就可以当国手了，谁能看出一百步棋去？谁能看到一百零一步呢？自己的努力到了第一百零一步反倒成就了对手，叫作“反认他乡是故乡”，叫作“为他人做嫁衣裳”，这样的事例还少吗？能不兴这种“乱烘烘”“甚荒唐”之叹吗？

空空道人的批评

空空道人对本书有一段批评，叫作：“第一件无朝代年纪可考，第二件并无大贤大忠、理朝廷、治风俗的善政……”翻译成现代语言就是第一时代背景不明确——导致了或决定了缺乏时代精神，第二没有政治内容也就少了教化意义。两条加在一块可以概括为不是重大题材，缺少有分量的主题思想。细想想，空空道人的评论确有道理也确有根据。几部奇书相较，当然是《三国演义》题材最重大，帝王将相，忠孝节义，纵横捭阖，治乱情理，俱收书上。《水浒传》也还可以的，叫作农民起义，朝廷招安，等等。甚至《西游记》的题材也比《红楼梦》重大，神魔较量，邪不压正，历险取经，终成正果，能小看吗？

时代背景问题也是不能轻忽的。记得一九五六年除夕我在一家报纸上发表了一篇小小的散文诗《新年》，不久即受到一位对我极富好意的革命前辈兼师长的批评，他说：“《新年》写得不好，看不出是哪一年写的，放在哪一年都行！”看来，这样一种文学批评上的价值观是由来已久的。

对空空道人的批评，“石头”做了一段自我辩护，但并不充分有力。“石头”不过是反唇相讥，批评了一番那种“千部一腔、千人一面”，缺少创造性，“讪谤君相，贬人妻女，奸淫凶恶……坏人子弟”的流行小说货色罢了。很妙，这里，“石头”是打着更加正统的旗号、唱着更真实地维护正统观念的调子来还击那种认为此书太不正统的批评的。这第一是实话，第二是“东方式的狡黠”。最后作者还要通过空空道人之口声明此书“大旨不过谈情，亦只是实录其事，绝无伤时诲淫之病”，一不伤时干政，二不诲淫叛道，端的是老实百姓写的闲书是也。这样一种低调门的自我界定，有利于保护作品，却又贬抑了作品的意义。其实最好的辩护是《红楼梦》本身。《红楼梦》的时代背景虽不具体明确，绝不等于作品没有时代特点。而《红楼梦》的深度，突破了表面上的题材局限，使作品的政治社会意义丝毫不逊于甚至超过了其他作品。

时间是多重的吗

《红楼梦》的艺术描写是无与伦比的。人物故事环境，不论音容笑貌、衣冠穿戴、饮食器具、花木房舍……无不写得鲜活清晰、凸现可触。即使是大事件大场面，也写得错落有致而又面面俱到、无懈可击。

但《红楼梦》里的时间，却是相当模糊的。首先，全书开宗明义，第一回已反复说明“无朝代年纪可考”。在时间的坐标系上，失去了自己的确定的位置。其次，各章回极少用清晰的语言表明时间顺序与时间距离。书中大多用“一日如何如何”“这日如何如何”“是日如何如何”“这年正是如何如何”“一时如何如何”这样的极为模糊的说法来作为一个新的事件叙述的开始。有时似乎清晰一点，如说“次日如何如何”，由于不知“此日”是哪一日，“次日”的说法当然也是不确定的。“次日”云云，能说明的只是一个局部的小小的具体的时间关系，却不能说明大的时间的规定性。或说“原来明日是端午节”“十一月三十日冬至”“已是掌灯时分”“择了初三黄道吉日”“时值暮春之际”“且说元妃疾愈之后”“那时已到十月中旬”等等，全是看着清楚实际模糊的时间界定，这些说法没有一个可资参照的确定指认，没有年代与年代关系，最多只有月日与月日之间的距离。

时间，哪怕是相对的时间的一个重要标志是人物的年龄，即使具体的、拥有某个纪元标准的年代不可考，只要知道人物的年龄变化也起码可以知道书中诸事的时间距离、时间关系。但《红楼梦》这样写到人物年龄的也绝无仅有。贾政痛打宝玉时王夫人说“我如今已将五十年岁的人”，史太君临死前说了一句“我到你们家已经六十多年了”，仍然失之于简，让人闹不清总的时间；而且，就是这样笼统的交代也是凤毛麟角。所以，读者乃至专门的红学家，都要费相当的力气去估算、去揣摸、去推断人物年龄与各个事件的时间轨迹。

这是为什么呢？很难用疏忽来解释这样一个时间模糊化的《红楼梦》现象。

关于“无朝代年纪可考”，作者通过“石头”的口答道：“……假借汉唐等年纪添缀，又有何难？……莫如我不借此套者，反倒新奇别致，不过只取其事体情理罢了，又何必拘拘于朝代年纪哉？”就是说，作者着眼的不是“朝代年纪”而是超越朝代年纪的，更具有普遍性和共同性的“事体情理”。事体情理这四个字是用得好的。“事体”指的是生活，是社会和宇宙，是本体论。“情理”两个字指的是人的概括分析与人的态度反应，是主体性的强调，是认识论。不标明具体时间，就要求有更高更广的概括性，而不是拘泥于一时一日。当然，不标明时间也仍然有时间的规定性，《红楼梦》反映的是中国封建社会的后期，当然。另一方面，不标明朝代年纪也还有利于躲避文灾文网，如书中所写：空空道人将《石头记》再检阅一遍，见上面虽有些指奸责佞贬恶诛邪之语，亦非伤时骂世之语，及至君仁臣良父慈子孝，凡伦常所关之处，皆是称功颂德，眷眷无穷……”这样一段声明，这样一个有意为之的时间模糊化处理，是不可掉以轻心的。

更有意义的是从艺术欣赏的角度，从“小说学”的角度来体会《红楼梦》的时间处理。一般来说，小说特别是长篇小说，当然是离不开故事情节的，故事情节对全书的叙述，起着统领组织的作用。而故事情节，一般又是很注意因果关系的。注意因果关系与故事情节，时间就扮演了一个重要的角色，一个“解说人”的角色加贯穿串联的角色。正是时间顺序与时间距离，使因果、故事成为可以理解的。其次，许多长篇小说注意历史事件与历史背景的展现，追求小说的历史感，在这些小说中，时间成为不可或缺的“角色”，起着主宰的与弥漫的作用。例如费定就强调在他的《初欢》与《不平凡的夏天》中，时间是首要的角色。但《红楼梦》不同，它的时间是模糊的，是一团烟雾。它的时间是平面的，似乎所有的事件都发生在一个遥远的平面上。你可以逐回阅读，从第一回阅读到第一百二十回，基本上弄清各种事件的前后顺序。你也可以任意翻开一章读，读到想撒手的地方就撒手，再任意翻开或之前或之后的一页读到你想合上书的时候。这些事件不仅是相连的一条线，而且是散开的一个平面，你可以顺着这条线读并时时回溯温习，你也可以任意穿行、逆行、跳越于这个平面这个“大观园”之上，正像在“怡红院”“栊翠庵”“稻香村”“潇湘馆”之间徜徉徘徊一样，你可以在“宝玉挨打”“晴雯补裘”“黛玉葬花”“龄官画蔷”之间流连忘返。

这是由于：第一，《红楼梦》开宗明义为作者也为读者建立了一个超越的与遥远的观察“哨位”。这个“哨位”就是大荒山无稽崖青埂峰，就是一种人世之外、历史之外的、时间与空间之外的浑朴荒漠的无限。叫作“曾历过一番梦幻”，既云一番梦幻，自不必问此“一番”是一分钟还是一百万年，对于梦幻来说，一分钟等同于一百万年。叫作“女娲氏炼石补天之时”，这里明确地说到这“之时”，可惜是“女娲氏炼石补天之时”，而这个“女娲纪元”本身就很辽远无边。叫作“又不知过了几世几劫”，这才“当日地陷东南”，当日从“不知几世几劫”的大无限大问号中生，谁能说得明晰呢？从这个远远的哨位来观察，时间顺序与时间距离又能有多少意义？岂不如同站在月亮上观察北京市的东单与西单的位置、天安门城楼与北海太液池的高度一样，得到一种齐远近、同高低的效果？“山中方七日，世上已千年”，大荒山无稽崖青埂峰的一日，就是大观园里的七分之一千即一百四十二年多。那么，《红楼梦》的种种生离死别、爱怨恩仇，不过发生在一瞬间，又如何能够细细地分清划定呢？

其次，第五回的“贾宝玉神游太虚境”，通过总括性的与针对“金陵十二钗”每个人物的判语、曲词，就《红楼梦》的人和事的发展趋向与最终结局，给予了明确的预告与留下深刻印象的慨叹。作为预告，这些判语曲词表达的结局是未来时的。作为掌握结局的预先叙述者，作者——警幻仙子——空空道人面对的却是“过去完成时”的事件。故事者故往之事也。所有的小说故事的时间把握上的基本矛盾就在于总体上是过去时与过去完成时，具体描写上则多是现在进行时。这样一个矛盾在《红楼梦》中表现得就更加突出。读者读《红楼梦》，是在强烈地、感情地、艺术地却又是笼统地获得了一个结局的衰败与虚空的印象以后才回过头来体味贾府当年的“烈火烹油、鲜花着锦”之盛的；是在了解了“枉自嗟呀”“空劳牵挂”“心事终虚话”的必然走向之后才回过头来体味宝黛爱情的深挚蚀骨的；是在了解了“一从二令三人木，哭向金陵事更哀”的悲惨下场以后再回过头来赞叹或者战栗于王熙凤的精明强悍毒辣的。一句话，是在“落了片白茫茫大地真干净”的前提下，在最终是一场“空”的前提下来观赏没有“干净”、没有“空”以前的“金陵十二钗”及其他各色人等的形形色“色”的。作者以石头的口吻，即以一个过来人的口吻写“已往所赖天恩祖德，锦衣纨绔之时，饫甘餍肥之日……”过来人写以往，站在终结处回顾与叙述“过程”，自然就是过去时过去完成时的回忆录了，不论写到了多么热闹的事件与多么美好的人物，读者确知这不过是在写一场必将破灭、其实早已破灭了的春梦。这里，时间的确定性的消失与人生的实在性的消失具有相通的意义。时间的淡化、模糊、消失即人生种种的淡化、模糊与消失，色既然只是空，也就没有时间性可言。

第三，空否定着色，色却也否定着空。时间的消失否定着时间的确定性与实在性，这是从全体而言的，但每个局部，每个具体的人和事，每个具体的时间即瞬间都在否定着时间的虚空，而充满了时间的现时性、现实性、明晰性。当宝玉和黛玉在一个晌午躺在同一个床上说笑话逗趣的时候，这个中午是实在的、温煦的、带着各种感人的色香味的和具体的，而作为小说艺术，这个中午是永远鲜活永远不会消逝因而是永恒的。当众女孩子聚集在怡红院深夜饮酒作乐为“怡红公子”庆寿的时候，这个或指的“猴年马月”的夜晚给人的印象却又是确指的，无可怀疑与无可更易的，这是一个千金难买、永不再现的，永远生动的瞬间，这是永恒与瞬间的统一，这是艺术魅力的一个组成部分。这又是或指与确指的统一，同样是艺术的生活的与超生活的魅力的一个组成部分。正像个体的无可逃避的衰老与死亡的“结局”的预知未必会妨碍生的实在与珍贵——甚至于可以更反衬出生的种种形色与魅力——一样；“空”的无情铁律其实也未必能全部掀倒“色”的美好与丑恶的动人；“悲凉之雾”显示着“华林”的摇摇欲摧，却也使“华林”显得更“华”，更难能可忆；不管最后的大地怎样“白茫茫”的“干净”，从贾宝玉到蒋玉菡，从林黛玉到鲍二家的，却都已留下了不可磨灭的与永远栩栩如生的形迹。

第四，作者似乎害怕读者（与作者自己）陷入这充满现时现世现实的世界和人生的种种纠葛与滋味之中不能自拔，害怕作者叙述读者阅读这独特而又丰富的色空故事的结果是醉色而忘空，赏色而厌空，趋色而避空。所以，在全书所展现了生活之流的并非十分激越急促的流程中，作者不断插入一些悲凉神秘甚至可畏的氛围描写，插入一些充满了不幸结局的暗示的诗词、谜语、酒令以及求签问卜，作者还时而写一写宝玉或王熙凤的梦，写写和尚道士、捡玉丢玉之类的故事，有些地方甚至写得有些突兀，有些与前后的写实篇什对不上茬。尽管如此，这些描写仍然是必要的与有特色的，它们不断地提醒着读者和作者本身，这一切的一切最终只是虚空；色相是一时的，而虚空是永远的。作者有意无意地以即时性的笔触来加强艺术的吸引力与魅惑力；却又以这些穿插来加强艺术的悲悯感与超脱感。作者的即时性描写使读者堕入凡尘，与绛珠神瑛等人同受人间的悲欢离合；作者又通过这种种的插话式的提醒来拯救你的灵魂，使你最终体会到一种既是艺术的又是哲学的(宗教意味的？)间离。当然，所有这些"提醒"都带有宿命论的色彩，宿命的观点与推断当然不是科学，从科学的观点看宿命也许是纯然的谬误乃至诓骗，这是另一个性质的问题。但作为小说，这里的宿命的暗示却也可以看成人的一种情感上的慨叹。宿命的慨叹既是情感反应也是实现间离效果的手段。而艺术欣赏的间离在把人物与事件推向远景的同时也必然把时间推向远方。

第五，当然，《红楼梦》故事的总体仍是按正常的时序来展现的，兴在前而衰在后，省亲在前而抄家在后，吟诗结社在前而生离死别在后，宝黛相爱至深在前心事终成虚话在后，这没有任何费解之处。但由于《红楼梦》是一本放开手脚写生活的书（这在中国的古典小说中是极罕有的），它并不特别讲究故事的完整、情节的连续，因果线索的明晰，因而时间在全书中的贯穿与凝聚（事件和人物）的作用并不那么强。刘姥姥三进（或前八十回的两进）大观园未必与贾府的事情、与全书的主线（不论是兴衰主线还是爱情主线）有必然的关系，早一点进或晚一点进丝毫不影响宝黛之情与凤(姐)探(春)之政。"红楼二尤"的故事表面上看是由于为贾敬办丧事引起的，但贾敬之死绝不是二尤之来、之死的必然原因。其他众多的饮食、医疗、聚会、行吟与红白喜事，既是互相联系的又是相对独立的。从单纯故事的观点，有些回目有它不多，没它不少。这种处理自然也使《红楼梦》的某些章回和场面，既可以连在一起读，又可以“自成纪元”，各自有自己的时间。这种处理使《红楼梦》的时间具有一种“散点透视”的多元性，加强了各个瞬间的独立性。

总之，在《红楼梦》中，确定的时间与不确定的时间，明晰的时间与模糊的时间，瞬间与永恒，过去、现在与未来，实在的时间与消亡了的时间，这些因素是这样难解难分地共生在一起、缠绕在一起、躁动在一起。《红楼梦》的阅读几乎给了读者以可能的对于时间的全部感受与全部解释。在《红楼梦》中，时间是流动的、可变的、无限的参照却又是具体分明的现实。恰恰由于汉语语法在动词的“时”上不那么讲究得分明，有很大的弹性，所以特别长于追求和产生这样的效果。这样一个时间的把握，是很有意思，很堪咀嚼的。

笔者读到一篇文章谈到“后现代主义小说”里的时间，文章作者以《百年孤独》起始的“许多年以后，× × 回想起这一天来……”为“后现代主义”的开天辟地性的发明创造，因为这种造句联结了过去、现在和未来，窃以为这有点少见多怪。小说与文学的既是经验的又是虚拟的本性其实已经包含着时间与时间观念的种种内部矛盾。愈是有深度的小说，愈有着对于时间的长河与每一朵浪花的鲜明感受。在我国的古典小说中，尤以《红楼梦》里的时间的多重性最最耐人寻味。

《白蛇传》与《巴黎圣母院》

可惜我不懂什么比较文学，要不然我一定比较一下《白蛇传》《白娘子永镇雷峰塔》与《巴黎圣母院》。

《白蛇传》是戏，而且窃以为是最伟大的一出戏，正像《红楼梦》是中国的最伟大的长篇小说。之前有冯梦龙编的话本小说《警世通言》中的《白娘子永镇雷峰塔》，更早还有民间传说。《巴黎圣母院》是雨果的著名长篇小说，改编了电影，改编了芭蕾舞剧（不知道是否有歌剧）。《白蛇传》与《巴黎圣母院》二者都有实的背景，中国的是杭州啊、断桥啊、孤山啊、雷峰塔啊什么的，法国的则是实有的巴黎啊、塞纳河啊、大学区直到圣母院啊什么的。实的背景与离奇的（《白》是神奇、魔幻的）故事的反差，造成了极不凡的艺术效果。再一个强烈的反差，就是情意绵绵的爱情故事与腥风血雨的厮杀情节，结合得奇。二者都有个钟情、上当、终于被镇压的女子，白娘子与爱斯梅拉达，令读者为之唏嘘不已乃至涕泪滂沱。二者都有个坏事的妖僧，法海与副主教甘果瓦。本来神甫、主教并不等于“僧”，看来《巴黎圣母院》的译者陈敬容也凑趣，把描写副主教甘果瓦杀人的那一章的标题译为《妖僧》。两个作品中都有一个不值得爱的、背叛了爱自己的姑娘的男子，许仙与弗比斯队长，这说明，“痴情女子负心汉”的模式，远远不只在中国才有地盘。最后还有一个人物值得比较，就是说两部作品中都有一个忠于女主人公、保护女主人公，至忠至诚至烈但终于没有成功的悲剧性的忠臣式人物，那就是小青与面貌丑陋的敲钟人伽西莫多。当然，伽西莫多是男人，自己也爱着爱斯梅拉达，而小青，绝大多数版本中是女子，这反映了东西方文化在处理性爱、友谊乃至忠诚的时候的观念差别。但值得注意的是，川剧中，小青本是男子，为侍候白娘子方便而幻化为女，一遇到杀伐武斗，小青又复原为男，这种东方式的灵活性、中国式的又祭灶王又堵灶王的嘴的狡黠与伽西莫多比较一下，甚至让人想起“此地无银三百两”的故事来。

把《白蛇传》的戏与《白娘子》的话本比较一下，也很有趣。除了戏里的许仙原在话本中称许宣，戏里增加了饮雄黄酒吓倒许仙（话本中是白蛇打破了雄黄罐），盗仙草救活许仙（死去活来的爱情，太棒了，《牡丹亭》也是如此），最后金山寺大战等戏剧化的情节外，最根本的区别在于，话本中实写了白娘子是妖物：“一阵风”“卷出一道腥气”“青天打一个霹雳”“吊桶来粗大白蛇，两眼一似灯盏”“大蛇张开血红大口，露出雪白齿，来咬先生”“白鳞放出光来”。直到法海禅师痛斥“业蓄”，白娘子“复了原形，变了三尺一条白蛇”，种种将白娘子当作妖孽写的段落词语，贯穿全篇。开始是正不压邪，终于是邪不压正，叫作欲擒还纵。蛇妖化作美妇人，而且“春心荡漾”“放出迷人声态，颠鸾倒凤，百媚千娇……”更是传说的“女人是祸水”的中国阳痿文人心态的观念表现，与把妲己写成狐狸精并无二致。不同的是，话本的题目不是“法海师神威捉妖”，也不是“许宣贪色险丧命”，甚至也不是“白蛇妖现形伏法”，而是“白娘子永镇雷峰塔”，这就有点意思了。“白娘子”三字一下子把她的“人”的性质肯定了，“永镇”云云可以说是带着遗憾的至少是客观的描述。这样，这篇话本就与包括《聊斋志异》中的《画皮》与《西游记》中的白骨精在内的众多的描写女妖女祸的文学作品显出了区别。当然，《聊斋志异》不乏正面描写“女狐”之可爱的作品，但这些作品中的妖（或蛇或狐）、人、佛（僧）的冲突，远远没有尖锐到《白娘子》的程度。

到了话本变成戏就渐渐把同情心置放于娘子一边了。蛇也罢，毕竟比和尚可爱。解放以后，爱憎更加分明了，白蛇青蛇成了正面人物，和尚成了反动派，而许仙是中间人物，合乎我们的政治模式。不知是不是受了阶级斗争理论的影响，解放后的各种剧种的《白蛇传》，无不是扬白（蛇）贬法（海）嘲许（仙）的。许仙愈来愈像一个动摇分子、右倾机会主义分子的典型了。可以看许仙而思陈独秀了。

《巴黎圣母院》的爱憎也是强烈分明的。吉卜赛女郎与敲钟人是那等纯洁美善，妖僧与队长是那等可恶。《白》中，白、许、法是三种色彩，而在《巴》中，只有黑白分明的两种色彩。

《白》的三种色彩与处理的写意性留下了极大的空白与弹性。这是它比《巴黎圣母院》空灵和高明的地方。其实对白蛇许仙的故事还可以做不同的多种解释与戏剧处理。首先是象征式的，蛇是情爱特别是女子情爱的象征，柔软、缠绵、怨毒、寸断、执着，简直绝了，比狐更悲伤和绝望，更催人泪下，比西方喜欢比喻的鱼或玫瑰更有深度也更感人肺腑。

其次一种解释是怪圈式的。蛇要爱，但这种爱要伤人。人爱蛇，但又要拯救自己的生命与灵魂。人怕蛇，合情合理。(叫作又爱又怕！)佛（僧）要救人，就要与蛇斗争。人的尴尬处境两难处境就在于活活夹在蛇与佛之中，“蛇还是佛”，比哈姆雷特的“活着还是死亡”的问题还要煎熬人。由蛇、人、佛之争出现了生与死、战争与和平，呜呼，《白蛇传》太伟大了！

更可以做弗洛伊德式的解释。《巴黎圣母院》中，妖僧是爱美女的。问题是雨果写得太实太满，太淋漓尽致了，妖僧形象不可原谅地丑恶着。电影《巴黎圣母院》就稍好一些，使人感到了妖僧的生活和思想感情的沉重堪怜。其实，把妖僧对爱斯梅拉达的爱也完全可以写得更美——一种绝望的孤独的压抑的美，那样写说不定更摄魂夺魄。

而法海呢？如果法海也爱白娘子呢？明朝的中国人，可就不敢这么写了，也许连想也不敢、不会这么想！

反过来说，佛、人、蛇，不都是人的心理人的意识的幻化吗？白、许、法的厮杀，不正是反映了人们的内心中的暴风雨吗？外宇宙的各种层次，不正是内宇宙的写照吗？

我们同样不应该排斥道德化的处理：白蛇就是妖，法海就是佛，佛法无边，妖氛终扫。现代化的法海甚至可以指出，路遇便生爱心闹不好会传染艾滋病的，雄黄酒说不定能防治艾滋病啊！有何不可？《潘金莲》不是屡演不衰、杀嫂祭兄、掌声四起吗？当然为潘金莲翻案鸣不平也可以。老《潘金莲》的戏特别是杀嫂一场潘的做功，是不可不一直演下去的，即使演下去也不会妨碍“五四”运动号召的反封建的大业的。我就不信看老《潘金莲》的人笃定会反对妇女解放、婚姻自主。看戏不可太钻牛角尖，讨论黄河、长城、龙、八卦之属，也是如此。

最后说两个小闲话。学雷锋时我常常想起“雷峰”，这种汉字的谐音可真够叫人分心的。再有就是，一旦有机会，我真想写一部《白蛇传》题材的叙事长诗。至于短诗《断桥》，我已写过了。收在四川文艺出版社为我出的第一部诗集《旋转的秋千》里，欲购就从速吧。

《雪》的联想

一

如果说文学作品的内容正像它所反映的生活一样无比丰富和多样，如果说文学作品所提示的客观对象又往往是无间地浸透了、并体现着作家的思想和感情——他的内心世界，那么，面对着文学作品，也就像面对着真实的生活和活的人的心灵一样：我们需要运用全部的思维和心理活动的形式去把握它，需要综合、分析，也需要想象、追忆，需要热烈的激情，也需要冷静的探讨。只有这样，才能真正完整和深刻地感受与理解生活，也只有这样，才能真正完整和深刻地感受与理解作品。

但是，具体到互不相同的作品，由于它们反映的生活领域、生活样式千差万别又各有侧重，由于它们的作者的主观评价和感受是以多种多样的途径表现在作品中的，因此，阅读和欣赏某一篇特定的（特别是比较短小的）作品的时候，在运用我们的全部头脑和心灵的同时，又可以，甚至必须侧重于某种思维和心理活动的形式。有一些富有哲理性和政论性的作品，特别需要我们反复思索推敲；另一种类型的作品尤其需要我们运用想象和感觉的记忆去鲜明地再现作品所精雕细刻的风景画与风俗画；还有一些直接抒情的作品，读者如果不把自己的心灵交给它（当然这是指健康的好作品），就谈不到欣赏和理解；至于那些讽喻奇诡、微言大义之作，不仅需要一般地分析作者的原意主旨，甚至有时还需要一定的考证与推演。

这里将要谈到的，收在《野草》中的鲁迅的一篇短小隽永的散文诗——《雪》，就是颇有特点的。它表现的对象是普普通通的自然景物——雪，但在对这种自然景物的描写中，作家深藏的、独特的心境自然而然地流露了出来；而作家的心境，又是自然而然地、自觉或者不完全自觉地反映着他所看到、感到、经历着的，比他所描写的对象本身广阔得多，也有意义得多的生活。在阅读《雪》的时候，我们不满足于停止在对“雪”作为自然景物的感受上：“雪”就是雪嘛，何必还硬去分析什么主题思想？这样说我们是不能满足的，我们希望通过作家所描写的雪，接触更多、更深的东西，那即是广阔的生活和作家深邃的内心。但我们又不能同意那种简单的、刻板的、不科学也不艺术的煞风景的做法：把作品所描写的自然景物的雪，说成只是一种象征、一种比喻、一种符号，自信地指出北方的雪和南方的雪各自代表着什么——就像有人曾经热心地判明了同一作家的散文诗《秋夜》中，天空、枣树、小红花、瘦诗人、小青虫、星星、夜鸟、画着猩红的栀子的灯罩……各自代表着什么——如说，北方的雪代表北洋军阀的统治，南方的雪代表南方的革命军，南北的雪就代表着南北的政局。（这种说法和下面列举的“煞风景”的做法，虽不见于正式文字，却在一些文学系学生的讨论中相当流行，从后面的引证看来，也可知道它们并非凭空而生。）这表面上似乎抬高了《雪》的主题思想和政治意义，实际上，它离开《雪》的形象和思想是多么远啊，怎么能把一篇深刻的散文诗解释成一篇粗浅的寓言呢？

不满足于表面的感受，不同意简单化的判断，那么，怎样才能恰到好处地透过“雪”花的折光，去把握作品的更多更深的内容，去咀嚼更醇厚的滋味呢？我以为，这里需要提出的是：联想。

联想，从心理学的意义上说，是一种介于再造想象与创造想象之间的反映过程，是从某种表象重新结合为另一种表象。在文学欣赏（乃至创造）中，是思想从一个对象到另一个对象的过渡：前一个对象往往是具体的、比较简单明白的，或者是自然界的，后一个对象却往往是更有普遍意义的、比较复杂甚至不那么完全确定的、社会的。这正是一种特有的形象思维的方法，因为我们说的这二者之间并没有必然的、逻辑的、前提与结论之间的那种关系。但是，后者绝不是凭空出现的，前者向后者过渡绝不是随意的。在这种过渡中，前者必须具有引人深思的特征，而后者必须最大限度地运用前者的各个特征，重新加以结合，于是自然而然地、水到渠成地诞生了这一新的对象，这个对象还必须更好地体现原对象的诸个特征的实质，并深化、扩充和加强这些特征的意义。

《雪》这篇文字（类似的还有《秋夜》等），比较接近于我国古代所说的“兴”体，“兴者起也”（见《文心雕龙》卷八，比兴篇），用现在的话说，也就是联想。它生动地描写景物，然而它不是一般的风物画，不是“赋”，不那么直观、真实。它又不是寓言，不是“比”，不是那样自觉地用一种对象做手段去表达另一种对象或另一种抽象的思想。但它只有“兴”的前一半，某种具体的事物——雪，却没有后一半，从这个具体事物联想起来的更大更深更感人的形象和思想。这可能是由于作者的有意含蓄，也可能是由于作者无意自觉地去完成这一联想，他在某种程度上只是凭直感写雪罢了。但是妙就妙在哪怕是在这种严格的局限于对具体对象的描写中，由于描写是这样深刻地抓住了具体对象的特征，这种特征是这样浓重地体现了作者的内心世界，而作者的内心又是这样深刻地体现了时代和社会的矛盾，因此，这些描写就富有启发性地提供了将对象的特征重新加以结合的条件，以至于在“雪”的后面，那种更大更深更感人的形象和思想，已经成熟到呼之欲出的地步了。在这种情况下，读者的切切实实从形象出发的、而又是活泼敏捷的联想，是多么必不可少，多么引人入胜啊！

二

《雪》的主题是什么？关于这个问题的论述见之于文字的并不多。人民大学的《中国现代文学史讲义》是这样说的：《雪》和《好的故事》都是回忆的文字。现实背景是寒冬凛冽的朔方，作者以回忆中的江南美景和好的人和好的事来和现实世界相对照，表明他对于当时北方现实的否定，而希望一个理想世界的出现。自然，作品也流露了轻微的孤独或失望的情绪。（见《中国现代文学史讲义》，人民大学，1962年，118页）一位评论家这样写道：《雪》的现实背景是北方的冬天，而跟这个现实相对立并且支配着全篇的情绪的，是对于虽在冬天也有如春天似的江南（同时也对于童年时代）的怀念和向往。有两种冬天……也有两种雪……在引用了作品对于江南雪景的描绘后，这位评论家说：这是多么可向往的美丽的情景啊。评论家最后概括说：很明白，他用一个江南跟目前的朔方的冬天对立起来……这主要的是他对于“朔方的冬天”一般的现实的否定。因此，这篇作品告诉我们，虽在冷酷的冬天，作者的心地中是存在着春天和光明的。（见冯雪峰：《野草》，《文艺报》1955 年第 19 号，13 页）还有这样一种说法：《雪》是一篇绝好的眷恋故乡、回忆儿时的抒情的小品文……鲁迅以他那生动细腻的文笔，真挚深厚的感情，真切雕绘出故乡中的自然景色，不用说在鲁迅的心灵中是一种深刻恬适的回味，就是我们读了它，也怎能不感到祖国的美丽而骄傲……（见卫俊秀：《鲁迅〈野草〉探索》，泥土社，1954 年，103 页）这些说法固然因为缺少发挥故而不十分明朗，但是看来前两种说法是相同的。即是说作品描写了两种冬天，两种雪；作者喜爱南方的冬天、南方的雪，甚至以之为“理想的世界”，和这“理想的世界”相对立的，是被否定的北方的冬天。（不知为什么，评论者绕开了北方的雪，没有对之进行分析，但根据两种冬天两种雪的说法，北方的雪和北方的冬天一样，该是被否定的。）而南北的冬天、南北的雪，又是和南北的“现实”分不开的。什么“现实”呢？讲义和评论没有说，我想，不言而喻，这是指北方的军阀统治和南方的革命运动了。这样看来，前面列举过的那种“象征符号”说，倒也不是没有来由的。

第三位的说法是相当表面和狭隘的，它没有能够开掘《雪》的思想内容。但在肯定作品是眷恋南方的雪这一点上，是和前面的说法一致的。

如果用一句简单的话表达，我们可以称之为“南北说”，这几乎已经是《雪》的公认的解释，一南一北，一个理想一个现实，一个革命一个反革命，一个肯定一个否定，看来《雪》的主题思想是黑白分明的了。

果真这样分明吗？且看鲁迅先生的原文吧，鲁迅是这样描写北方的雪的：

> 朔方的雪花在纷飞之后，却永远如粉，如沙，他们决不粘连，撒在屋上，地上，枯草上，就是这样。……别的，在晴天之下，旋风忽来，便蓬勃地奋飞，在日光中灿灿地生光，如包藏火焰的大雾，旋转而且升腾，弥漫太空，使太空旋转而且升腾地闪烁。
>
> 在无边的旷野上，在凛冽的天宇下，闪闪地旋转升腾着的是雨的精魂……
>
> 是的，那是孤独的雪，是死掉的雨，是雨的精魂。（见鲁迅《雪》。以下引文未注明出处者均见《雪》。）

这里，除了文中隐约的寒气会引起读者——特别是一些娇嫩的读者的生理的不舒适以外，哪一点，哪一句话，是可以说明鲁迅否定着这“朔方的雪”呢？

不，这里没有什么否定，这朔方的雪的形象也与北方的军阀毫不相干。这里写下的恰恰是一曲苍凉悲壮的赞歌。

下面，再看看南方的雪好了："江南的雪，可是滋润美艳之至了；那是还在隐约着的青春的消息，是极壮健的处子的皮肤……"看来，鲁迅先生对于"江南的雪"，确是喜爱和怀念的。小说《在酒楼上》中，也有这种明丽如画的描写。但是，难道这就是鲁迅先生的"理想世界"吗？伟大、坚强、清醒如鲁迅先生，处在一九二四年至一九二七年，在有所"不乐意"在"天堂""地狱""黄金世界"（见鲁迅《影的告别》，《野草》）里，因而哪里也不愿去地批判旧社会的一切的愤懑的心境中，难道会依依于儿时的江南白雪吗？

值得注意的是，鲁迅紧接着雪景的描写还特别写了孩子们堆的雪罗汉。那罗汉"很洁白，很明艳"，"以自身的滋润相粘连，整个地闪闪地生光。目光灼灼地嘴唇通红地坐在雪地里"。这也是蛮可爱的。但是：第二天还有几个孩子来访问他；对了他拍手，点头，嬉笑。但他终于独自坐着了。晴天又来消释他的皮肤，寒夜又使他结一层冰，化作不透明的水晶模样；连续的晴天又使他成为不知道算什么，而嘴上的胭脂也褪尽了。在这一段对于雪罗汉——江南的雪之子的描写中，固然也有含蓄的"眷恋"，但与其说眷恋引起了向往，不如说是惋惜，特别是那对于雪罗汉后期的寂寞命运的描述，更是响彻了我们所熟悉的、此时的鲁迅所特有的那种深沉、清醒、冷峻和无可奈何的微微嘲笑的调子。

鲁迅对江南的雪的感受和态度，其实也是复杂和微妙的。用眷恋、怀念、向往、理想这种一条直线上的词儿，怎么能概括得了呢？更不消说，在江南白雪和当时的南方的革命军之间画等号，是多么可笑了。

三

“南雪”与“北雪”，对于当时的鲁迅先生，不是什么“理想”与“现实”，而只是回忆与现实。鲁迅先生的童年是在江南度过的，他写江南的雪，必然会牵动、会引起（也就是“兴”）他的关于儿时、儿时的生活情趣、儿时的心灵体验的回忆。不管作者是否有心寓意，江南白雪的形象中是凝聚着鲁迅的童年，而这个童年，又是作者在特定的环境——这里用得着“北方的现实”了——和心境中反顾的，是被此时此地的鲁迅——探索着真理却又没有完全掌握马克思主义的世界观的思想家和战士——所自觉地或是不完全自觉地评价着的童年。

一个伟大的作家，由于他思想的非凡的广阔和深刻，由于他对生活的独具慧眼的观察和感受，也由于他的高超的艺术表现能力，使得他哪怕是信手拈来，写一些小景物和小事件的时候，往往也在这小景物小事件中注入了那么多思想和情感，使这小景物小事件的客观意义大大超出了作家的主观意图。《雪》也是这样，江南白雪和雪之子的形象，不仅是鲁迅的童年，还使我们联想到那个时代的一般的童年，扩而大之，形象的基本方面还可以包括青春。为童年和青春造像，这是许多大师花费过心血的。泰戈尔（也可以提到深受泰戈尔影响的我国作家冰心的早期作品）曾经多么迷醉地抒写过童年啊！他们热情地美化和圣化童年，童年的单纯，童年的敏锐，童年的善良、轻信、无知以至荒谬，都被当作至高无上的道德和美学理想而被动人地表现了出来。谁能读了他们的作品而不发出会心的微笑呢？不过，令人惆怅的是，我们毕竟要生在麻烦和多事的（成）人间，而不可能长久地流连于儿童的仙境。高尔基的童年就不那么单纯和美妙了，他在混乱和野蛮中好奇地眨着眼睛，在黑暗和卑污中执着地寻求着崇高和光明，在他的童年的眼睛里，生活似乎涂上了一层奇异和神秘的油彩。巴金在《激流三部曲》中，一次、两次、三次地告诉我们“青春是美丽的”，然而我们会怀疑即使是高觉慧的纯洁而又激越的青春，能否战胜那包围着青春的太强大了的腐朽和黑暗。（参见巴金《激流总序》和《家》《春》《秋》的历次序言）屠格涅夫的青春却是十分忧郁的了：青春，青春，你什么都不在乎……连忧愁也给你安慰，连悲哀也对你有帮助……可是你的日子也在时时刻刻地飞走了，不留一点痕迹，白白地消失了，而且你身上的一切，也都像太阳下面的蜡一样，雪一样地消灭了……（见屠格涅夫《初恋》，萧珊译，平明出版社，1954年，103页）至于巴尔扎克，他是怎样入木三分地嘲弄着和解剖着青春啊！他的《高老头》里的拉斯蒂涅与《贝姨》里的年轻的雕塑家，又有一种怎样地浸透了资本主义的寡廉鲜耻的物欲野心的青春啊！

这里，还没有引起人们充分注意的是鲁迅先生，是鲁迅的某些小说、散文中对童年和青春的描述。就说这篇小小的《雪》吧，它所引起的关于童年和青春的联想，具有着特别有趣、特别深刻的与众不同的地方。

看吧，鲁迅先生是怀念童年和青春的美丽的。他知道那江南的白雪是“滋润美艳之至”了；他追忆“血红的宝珠山茶”“白中隐青的单瓣梅花”“深黄的磬口的腊梅花”“冷绿的杂草”，他还想象那“嗡嗡地闹着”的蜜蜂“忙碌地飞着”，在“开在雪野中的”“冬花”

当中“采蜜”；这是一幅何等生气洋溢、色彩缤纷的图画！难道这不正是童年和青春的图画吗？正是在色彩缤纷、生气洋溢的童年和青春时代，鲁迅先生才分外鲜明地感受了周围世界的这种多彩与生动。在鲁迅先生那些触及现实生活的文字——不论小说还是杂文——里，是绝少这种色调的。这不也正是一篇“好的故事”吗？难怪鲁迅要“凝视”它，“追回”它，“完成”它了。（见鲁迅《好的故事》，《野草》）

不过，这些只是鲁迅的回忆和抒写中的一个方面，另一方面，鲁迅先生也沉重地感到、清醒地懂得：童年和青春虽然美丽多姿，却也有它软弱、不定、短暂的一面。正像那雪罗汉，尽管它“明艳”“洁白”“闪闪地生光”，却经受不住“晴天”，也经受不住“寒夜”，终于变成为“不知道算什么”，而“嘴上的胭脂也褪尽了”。它愈益寂寞，只能“独自坐着”。美好而又软弱的事物常常在毁灭着、流失着。正是如此，鲁迅才有“岂有豪情似旧时”（见鲁迅诗《悼杨铨》，《集外集拾遗》）的慨叹；正是如此，鲁迅也才怀疑那“好的故事”“何尝有一丝碎影”（见鲁迅《好的故事》，《野草》）留下。

和一些轻飘飘地沉湎在儿时回忆里的作家不同，鲁迅爱惜童年和青春，但是并非爱不释手。“曾惊秋肃临天下，敢遣春温上笔端”（见鲁迅诗《辛亥残秋偶作》，《集外集拾遗》），鲁迅笔下的春温，永远是饱尝秋肃的人心头的春温，是被秋肃严酷地锤炼过而又坚决地对抗着秋肃的春温，是一切暖室鱼缸里的春温所不能比拟的。在著名的《社戏》中，哪怕似乎是进行最深情的、毫无保留的回忆的同时，鲁迅先生也一刻没有忘记那丑恶的“秋肃”。《社戏》开头一段对戏园子里看京戏的令人窒息的经验的描写，不仅一般地反衬了幼年看社戏的美妙，而且也从那美妙中跳了出来，勇敢地面对着现实，给全文定下了一个于深沉清醒中见美好和纯真的调子，决定了这篇作品绝不同于例如冰心同志早期写的儿时回忆。

在《朝花夕拾》的小引中，鲁迅谈到童年时候那些最吸引他的东西：菱角、罗汉豆、茭白、香瓜（我以为，还应该包括江南白雪和雪罗汉），这些“都是我思乡后的蛊惑”，令他“时时反顾”“屡屡忆起”，但同时，鲁迅又说：“久别之后尝到了，也不过如此。”“他们也许要哄骗我一生”。鲁迅毕竟是无可估量地逾越了这童年的“鲜美”了，他知道在某种程度上这是“哄骗”和“不过如此”。对于童年和青春，对于一切美好、但还不够坚实的事物，鲁迅先生就是这样深情而又冷峻地评价着的啊！

童年和青春是要长大的，长大了就要变化，也应该变化，鲁迅是最不喜欢老了还要装小孩的老莱子的。或变化为无聊的吕纬甫（鲁迅小说《在酒楼上》的主人公），或变化为自戕的魏连殳（鲁迅小说《孤独者》的主人公），当然也有可能变成旧社会的统治机器的“润泽齿轮”的油（见鲁迅为柔石《二月》所作的《小引》），到那时候，真是褪尽了鲜红的颜色，而“不知道算什么”了。鲁迅先生在他的作品中痛心地解剖着、鞭挞着凡此种种。那么，到底该变成什么呢？冷酷的旧社会必然给童年和青春以创伤、以毒害、以扭曲麻醉、以致命的扼杀；那么，如果不甘心沉沦，却又尚未投身到无产阶级及其政党所领导的伟大的人民革命运动中去，这时，“苦恼了，呻吟了，愤怒，而且终于粗暴了”的“可爱的青年们”（见鲁迅《一觉》《野草》）

就只有变化成为坚韧深沉又不免孤独（孤独的情绪是并不轻微的哟）的战士，变为热得发冷的公民。

他摒弃任何温情，“绝不粘连”，颇似那位严肃的“过客”，感激之余却拒绝了好心的小姑娘馈赠的裹伤的布（见鲁迅《过客》）。他努力振作抖擞，“蓬勃地奋飞”，“灿灿生光”，绝不屈服，绝不退出战斗：像“秋夜”里的那株历尽沧桑的枣树，虽然落尽了青春和童年的树叶，虽然被“竿梢”打得“皮伤”，却仍然是傲然不拔地“默默地铁似的直刺着奇怪而高的天空”（见鲁迅《秋夜》）。他深深地蕴藏着那连自己都可能被它烧尽的热烈“如包藏火焰的大雾”，而外表“冰冷坚硬”“如粉如沙”，很有一种“死火”的性格（其实，火没有死，不会死）（见鲁迅《死火》）。他的前身，活泼泼的雨，是“死”了过的，所以，他再没有皮毛点缀，只剩下那赤裸裸的“精魂”，却顽强地、无法再被杀死地存在着，并且仍然光辉夺目，“闪闪地旋转”。他的精神惊天感地，“心事浩茫连广宇”（见鲁迅诗《无题》），“弥漫太空”，“使太空旋转而且升腾地闪烁”。

他是谁？

“是的，那是孤独的雪，是死掉的雨，是雨的精魂。”

这是“朔方的雪”的形象，不也正是当时的鲁迅的形象吗？

也许前面我们从江南白雪的形象联想到那么多的时候还不完全令人信服，那么朔方的雪的形象的对照会大大丰富人们对江南白雪的解释与发挥。正是这朔方的雪，而不是江南的雪的形象，“支配着全篇的主要情绪”（参考前所引的冯雪峰的文章）。屠格涅夫的青春像太阳下面的雪，消灭了，不留一点痕迹。但是鲁迅的雨，即使死掉了也还有“精魂”。表面上，这“精魂”没有江南白雪那样叫人舒服，其实，它更独特也更有分量得多。它是江南白雪的对立面和合乎逻辑的发展，它扬弃了江南白雪的形象，它是受了伤的、蜕变过来的，甚至是曾经“死掉”过的，但仍然没有污染、仍然不失其纯洁的生命（这是江南的雪的形象的核心）的童年和青春。如果说，鲁迅笔下的江南白雪的形象，并不算太稀罕，那么，鲁迅那样地去写朔方的雪，又把这两种雪联结在一起写，就非鲁迅这样的思想家、战士、大手笔而莫办了。

就是这样，鲁迅在《雪》中塑造了两个形象：江南的雪和朔方的雪；使我们联想起两种性格：美艳又不免脆弱的童年和青春与坚强又不免孤独的战士和公民；敷染了两类美学色调：瑰丽的和斑驳的，亲切的和严峻的，鲜活的和深重的，怡悦的和粗犷的，温馨的和悲壮的……这二者像一个乐曲中的第一主题与第二主题，互相补充，互相渗透，互相纠缠，互相争斗，组成了一个小小的然而是非凡的篇章。

四

我不以为上述的看法一定符合鲁迅的原意，我也不要求读者无保留地接受这些联想。有言在先，既是联想，当然不是结论。不仅对于《雪》是这样，成功的文学作品所提示的形象某种意义上可以说是一种客观存在，人们尽可以运用自己的观点、修养和经验去评价和感受它，像评价和感受真实的生活似的。所以，从理论上说，对一个作品的研究和评论是不可穷尽的（当然还要看作品是否有“无尽”地予以研究的价值），它需要逻辑思维也需要形象思维，你和我的体会不同，同一个人在不同时期、不同心情下阅读同一作品，也会有不尽相同的理解，在这一点上，阅读和评论也是一种创造，是不那么确定的，也可以说是“虚”的吧。

但是，作品提示的形象既然是客观存在，也就有着自己的内容和色彩，人们只能在这特定的内容和色彩的范畴之内去欣赏、评论、联想、发挥。联想可以尽情，发挥可以大胆，却不能离开形象本身的特征。可以从江南白雪联想到童年和青春，也可以只联想青春或只联想童年，还可以联想到其他美艳滋润而又不能久驻的事物，却不宜联想到江南的革命军。这里，单纯的方位概念——南与北，说明不了形象的特征，实在难以从鲁迅笔下的江南白雪的形象中找到“打倒列强除军阀”的影子。我们还要强调说，哪怕有哪一位专家考证出鲁迅的原意只不过是写写雪景，或原意竟真是影射南北政局（这后者的可能性是近于零的），也不能说明《雪》的主旨就必须是什么，这和作品本身所提示的形象并不是一回事，这也不会妨碍我们对作品做出合情合理的联想和解释。作家的意图，作品的形象，读者（评论家）的解释，这三者的关系很复杂，是密切关联而又各自有其相对的独立性的。文学史上有许多这样的现象，三者不完全一致，例如：历代许多读者把刘备、宋江、薛宝钗解释成为狡诈甚至阴险的人物，这固是源于作品，却不是与作品绝对一致的，更与作者原意有别。有人曾经以作者原意非此为理由批评这种解释，但不论作者原意如何，可以相信这种解释将会继续存在下去，并且读者（评论家）有权做出自己的评价。再如我国古代的文人常常婉转地写一些寄托的文字，如辛弃疾的《摸鱼儿》(更能消几番风雨……),借妇女伤春寄托对国事、朝廷的情怀。如果只看这首词而不加注解,是难以知晓词人的原意的,不过,这首词毕竟是依靠它本身,而不是依靠注解而留传下来的。关键是辛弃疾如此地熟悉妇女的伤春心绪,如此地富于艺术才能,因此,哪怕无意写伤春,假托伤春,却仍是把伤春写得惟妙惟肖,以致读者即使不知其原意,仍然欣赏和喜欢它。而它所引起的共鸣和联想,又不限于伤春,而是和读者自己的种种不如意的经验相通。总之,这是一个颇有趣味的问题,需要专门探讨。从这方面来说,它又是实的,人们应该从作品的本来面目出发,进行实事求是的研究和评价。

本文漫谈了两种雪,却没有谈两种冬天。因为《雪》里本没有"雪"以外的冬天。离开雪谈冬天,正像离开了形象本身而谈社会背景一样,未尝不是一种颠倒。当然,从《雪》中也可以看出鲁迅对"朔方"的严冷的感受,而这又无疑是与"北方的现实"有关的。这么说,"南北说"也并非全无道理,只是以之解释《雪》的全文,未免不足。

雪与风、花、月并列,是我国文人骚士自古以来喜欢吟咏描摹的对象,晋朝还有谢家女儿竞写雪景的佳话,但大都不脱鹅毛、吴盐、柳絮、梨花、白银……的状物套话,李白的"大如席"的雪花写得大胆,《红楼梦》中的"芦雪庵联诗"和《水浒传》中的"风雪山神庙"能够把雪的描绘与人物性格、遭遇、活动联系起来,自是给读者留下了深刻的印象。这里,鲁迅先生的写雪,特别是写朔方的雪,却别开生面,看他赋予了朔方的雪以怎样强烈的生命、奇突的性格,真是写活了、写神了。这篇《雪》,也称得上古今写雪的一段奇文了。

当然,这朔方的雪的形象是太肃杀了。真正的无产阶级的战士不应该是互不粘连的孤独的雪，真正的无产阶级战士有着强大的、光明的集体。让我们看完了鲁迅的《雪》再读一读毛主席的词《沁园春·雪》吧，那将获得怎样朗阔和强健的鼓舞！众所周知，鲁迅先生正是由热情救国的青年到孤身奋斗的战士、最后完成为积极乐观的无产阶级革命家，走过了这一段艰苦而光荣的历程的。

附记：本文作于一九六三年夏，时在北京师范学院中文系任教。一九六四年笔者将它寄给《甘肃文艺》的一位同志，一九七九年接到《甘肃文艺》编辑同志来信，始知经过十五年的动荡，此稿居然未丢失，并云准备发出。辗转保管，十分可感。只是笔者这一类的研究文字，很缺乏必要的准备，难免有许多疏漏、错误，如蒙专家及读者指正，则幸甚幸甚。

通境与通情

——也谈李商隐的六首《无题》七律

修辞上讲“通感”，哲学上讲“通理”——普遍规律，诗境上能不能讲“通境”、诗情上能不能讲“通情”呢？就是说，我们的诗人能不能创造一种这样的诗境，涵盖许多不同的心境，抒发这样一种诗情，与各种不同的感情相通呢？

让我们看看李商隐的六首七律——《无题》，谨按个人熟悉的程度，似乎也是这六首诗的普及程度为序，抄录如下：

相见时难别亦难，东风无力百花残。
春蚕到死丝方尽，蜡炬成灰泪始干。
晓镜但愁云鬓改，夜吟应觉月光寒。
蓬山此去无多路，青鸟殷勤为探看。

昨夜星辰昨夜风，画楼西畔桂堂东。
身无彩凤双飞翼，心有灵犀一点通。

隔座送钩春酒暖，分曹射覆蜡灯红。
嗟余听鼓应官去，走马兰台类转蓬。

来是空言去绝踪，月斜楼上五更钟。
梦为远别啼难唤，书被催成墨未浓。
蜡照半笼金翡翠，麝薰微度绣芙蓉。
刘郎已恨蓬山远，更隔蓬山一万重。

飒飒东风细雨来，芙蓉塘外有轻雷。
金蟾啮锁烧香入，玉虎牵丝汲井回。
贾氏窥帘韩掾少，宓妃留枕魏王才。
春心莫共花争发，一寸相思一寸灰。

重帏深下莫愁堂，卧后清宵细细长。
神女生涯原是梦，小姑居处本无郎。
风波不信菱枝弱，月露谁教桂叶香？
直道相思了无益，未妨惆怅是清狂。

凤尾香罗薄几重，碧文圆顶夜深缝。
扇裁月魄羞难掩，车走雷声语未通。
曾是寂寥金烬暗，断无消息石榴红。
斑骓只系垂杨岸，何处西南任好风。

可以继古人而继续争论义山写这几首诗的动机，有（寄）托？

无托？艳情？狎游？感遇？政治？悼亡？致令狐楚？可以遍引有关解释这首诗的资料并加论述，使资料上再添资料，使这解释成为一种学问。

更可以去思量一个问题：这些诗提供了什么样的语言语象典故，这些语言语象典故构筑了怎样的诗情诗境，这样的诗情诗境为何至少既可以解释为爱情又可以解释为政治？

从诗的文本开始，于是，从这六首七律《无题》中我们获得了一个又一个夜晚："夜吟应觉月光寒""昨夜星辰昨夜风""卧后清宵细细长""月斜楼上五更钟""碧文圆顶夜深缝""曾是寂寥金烬暗"等等。

我们看到了夜晚的蜡烛："蜡炬成灰泪始干""蜡照半笼金翡翠""分曹射覆蜡灯红"。看到了夜晚的星、月。有"星辰""月斜""月光寒""月露""月魄"等。得知了"梦"，"梦为远别啼难唤""神女生涯原是梦"等。

我们获得了一些典故、故事的引用，刘郎蓬山、贾氏窥帘、宓妃留枕、莫愁、斑骓、小姑、神女等皆有出处。这些典故多与女性有关，与爱情有关，与一种不成功的、被阻隔的、终未断绝的、朦朦胧胧的情感有关。

六首诗也提供了直写情感的句子，"晓镜但愁云鬓改""嗟余听鼓应官去""梦为远别啼难唤""春心莫共花争发，一寸相思一寸灰""曾是寂寥金烬暗""直道相思了无益，未妨惆怅是清狂"等。总的情绪是愁，是寂寥，是惆怅，是无益的即没有结果与呼应的相思。再比喻一下，就是"春蚕到死丝方尽，蜡炬成灰泪始干"的痛苦的执着与执着的痛苦了。

为什么痛苦？因为遥远和阻隔。"相见时难别亦难""来是空言去绝踪”“更隔蓬山一万重”“梦为远别啼难唤，书被催成墨未浓”“重帏深下莫愁堂”“车走雷声语未通”“断无消息石榴红”……美好的东西被阻挡在遥远的地方了。

却又执着，又相信感情的穿透的力量，乃至获得了一种亲切感、相通感。“身无彩凤双飞翼，心有灵犀一点通”，无翼而有通，身体是不自由的，行动是不自由的，然而心灵的力量与情感的力量是可以穿透的。“昨夜星辰……”这一首《无题》是六首中最亲切的，除结尾两句“嗟余……”发嗟叹之情以外，通篇似乎是写十分美好的回忆。“蜡照半笼”“麝薰微度”“金蟾啮锁烧香入，玉虎牵丝汲井回”，都写出了这种情感的穿透的渗透的力量，锁也锁不住，深藏也可以汲出来。“贾氏”“宓妃”典亦是讲此。“斑骓只系垂杨岸，何处西南任好风”“蓬山此去无多路，青鸟殷勤为探看”，希望仍存，春心未泯。虽然另一首诗说“更隔蓬山一万重”，总的情感仍然是“矛盾的统一”。这么，是“一万重”，阻而又隔，那么，是“无多路”“心有灵犀一点通”嘛。“一点通”与“语未通”，“无多路”与“一万重”，“月光寒”与“春酒暖”，“金烬暗”与“石榴红”，“去绝踪”与“任好风”，乃至“菱枝弱”与“桂叶香”，这种远与近、隔与通、冷与暖的心情，互相矛盾而又互相统一在诗人的内心世界、诗艺世界里。

以上说的是诗人提供的材料。读义山诗，也许更有兴趣的是看看他没有提供的是什么。他写下了什么是重要的，他没有写下的就更重要。善哉海明威之比喻也，文学作品如冰山，三分之一露出来了，三分之二隐藏在海水的下面。那三分之二又是什么呢？

没有提供确定的主体与客体。如果是抒情，总要有“抒情主人公”，如果是赠答、送别、悼亡、相思、嘲谑……总要有诗的主体与诗的对象。但这些诗没有。“晓镜但愁云鬓改，夜吟应觉月光寒”，是诗人的自思自叹？是诗人设想他所思念的一位女子的寂寞心绪，还是“晓镜”句写一位女子（“云鬓”嘛），“夜吟”句写诗人自己（“吟”当是吟诗喽）？同样，“梦为远别啼难唤，书被催成墨未浓”，也是没有人称的。是写自己思念别人——我念她或他，还是她（他）在思念我？互相思念？一般性的，普泛的，人类性宇宙性的思念之情？也许写作动机缘起很明确具体，那不是我辈考证得出来的，反正写出来成了“无头公案”，也就成了“多头公案”了。

汉语是绝了，动词没有时、位的变化，光看动词看不出你我他来。真不知道这样的诗如译成动词有人称变化的语言当如何译？只写动词原型？而汉语汉诗惯于写无主语的句子，或有及物动词作谓语而没有宾语的句子，不独义山然，不独《无题》然。

没有提供具体的时间与空间。“东风无力百花残”，有时间了，“相见时难别亦难”却是超时空的概括。那么，东风无力，百花残落，究竟是具体的暮春时节景色还是仅仅是一个象征，一个虚拟的背景，表达“见难”与“别难”的无可奈何呢？

“飒飒东风细雨来”是具体的。“金蟾啮锁”“玉虎牵丝”则只是比喻，没有具体的时间与空间的规定性。“贾氏窥帘”“宓妃留枕”是用典，用典目的是以古喻今，而不是讲西晋或东汉的往事。“春心莫共花争发，一寸相思一寸灰”，又是超时空的普遍规律了。

“昨夜星辰昨夜风”有具体的时间，“画楼西畔桂堂东”有具体的空间，“身无彩凤双飞翼，心有灵犀一点通”却又是超时空的概括。

“春蚕到死丝方尽，蜡炬成灰泪始干”连同前面提到的“相见”句，“春蚕”“春心”“身无”“梦为”诸联，都是无时间无空间无主体无对象的艺术概括、哲理概括、比喻概括，而越是这种“四无”句子，越是普及和易于接受，脍炙人口，人们可以不懂这六首诗或某一首“整”诗，却没有人不懂这几句几联。

时间与空间，是世间万物存在的不可缺少的背景、条件与形式。什么东西才能打破时间与空间的具体性、规定性和不可混淆的性质呢？只有诗，诗心，诗人的精神活动以及常人的内心生活。“直道相思了无益，未妨惆怅是清狂”，相思、惆怅与清狂是没有时空界限的。对相见时之难与别之难的咀嚼是不受时空限制的。心有灵犀，就更不受限制。近十余年谈文学新潮什么的，或曰“打破时空界限”之类，其实，我们老祖宗压根儿就没让具体的现实的时空把自己囿住。

没有提供现实与非现实、叙事、用事、借喻、神话之间的区别。“相见时难”一诗概括的当然是人间事，“蓬山”“青鸟”一联，却带来了神话或梦幻的色彩。“飒飒东风细雨来，芙蓉塘外有轻雷”，很写实的，“金蟾”“贾氏”二联一上，现实成就失落了。“昨夜星辰”篇相对来说写得最实最亲切，名句却是巧喻——“心有灵犀”也。“重帏深下莫愁堂，卧后清宵细细长”，“重帏深下”与“卧后清宵细细长”似乎都很现实，“莫愁堂”是怎么回事？写莫愁的故事？当然不是或至少不仅仅是。“来是空言去绝踪”是抽象的，“月斜楼上五更钟”又是写实的。“梦为”“书成”，又像实写又像借喻。“蜡照半笼金翡翠，麝薰微度绣芙蓉”，写实乎？借喻乎？前句写实——难以说“蜡照”句在比喻什么——后句借喻乎？抑或这两句写的都不是“实”，而只是诗人的心理活动——想象、追忆、幻境、梦境呢？

这样，新闻学里讲的几个W——何事（What）、何人（Who）、何时（When）、何地（Where）、为何（Why）——你在李商隐的这几首诗里是找不到至少是找不全找不清的。而注家诗家学者便遍索资料来解答这些“W”，以便用某人某事某时某地某因某果来解释这几首诗。这样，就势必以推测来代替推论，以想象代替证明，以对诗人生平境遇的考察代替对诗的客观内涵的把握（其实境遇和诗作关系未必是即时的与直线的），这又怎么能不聚讼纷纭、莫衷一是呢？

尤其重要的是，这些诗没有提供形象之间、诗句之间、诗联之间的连接、关系、逻辑与秩序。孤立地一句一句或两句两句地看，这些诗句并无难解之处，它们大多是具体的、形象的或平实的、确定的，“相见”“东风”“春蚕”“蜡炬”何难解之有？“昨夜”“画堂”“隔座”“分曹”何难解之有？“飒飒”“芙蓉”“梦为”“书被”何难解之有？即使用典用事，稍加注疏，也很好懂，问题是诗句特别是诗联之间，空隙很大、空白很大、跳跃很大，使你往往弄不清头两句、次两句、再两句与最后两句（即首联、颔联、颈联、尾联）之间的关系，并因而弄不清全诗的主旨，弄不清主题，甚至弄不清题材即不知所云。从颔联的“金蟾”到颈联的“贾氏”，从颔联的“神女生涯原是梦，小姑居处本无郎”到颈联的“风波不信菱枝弱，月露谁教桂叶香”，从“梦为”到“蜡照”，从“身无”到“隔座”，从“扇裁月魄羞难掩，车走雷声语未通”到“曾是寂寥金烬暗，断无消息石榴红”，最后从“春蚕”到“晓镜”，这六首诗的颔联与颈联的关系实在不易断定。逻辑推理关系吗？时间顺序关系吗？主从关系？递进关系？

虚实关系？兴起关系？所指能指关系？堆砌（无贬义，指含义主旨相近的句子放在一起）排比关系？景情关系？人境关系？比喻关系？似乎都不完全说得通。

当然不仅颔联颈联之间有这样大的空白。不过按七律的要求，这中间最要紧的二联，也是李义山最下功夫（许多名句都出自其诗的中间四句）的部分的这种“不连接”特色表现得特别明显、特别引人注目罢了。这样，就产生了一种奇妙的效果，具体与具体不甚连贯地放在一起，产生的效果是概括的抽象，如从“春蚕”联到“晓镜”联。确定与确定放在一起产生的效果是一种不确定、一种朦胧，如“飒飒东风”一诗。明白与明白放在一起产生的效果是曲奥和艰深，如“来是空言去绝踪”一诗。不连贯性、中断性，可以说是李商隐这几首诗的重要的结构手法，“蒙太奇”手法，叙述手法。正是用这种手法，构筑了、熔铸了诗人的诗象与诗境，建造了一个与外部世界有关联又大不相同的深幽的内心世界，造成了一种特殊的“蒙太奇”，一种更加现代的极简略的“蒙太奇”。现代电影较少用“淡出”“淡入”“叠影”手段，而常常是直接跳进去。开始，人们也会觉得不太习惯，看多了这样的电影，观众就会开动脑筋用自己的想象补充蒙太奇的变化。对于诗句诗联的“蒙太奇”呢？我们可不可以花一点脑筋？

以“相见时难别亦难”为例，第二句“东风无力百花残”。第一句是抽象的情，第二句是具体的背景。两句连在一起，使情变得具体可感，使背景变得具有概括性的内涵。颔联“春蚕”“蜡炬”，又具体又抽象，又精微又独特，又痛切又模糊。现在，第一句的叙述，第二句的描写，第三、四句的象征放列在一起，“难”这一客观的存在与主观感受的结合变成了丝一样泪一样感人的执着了。颈联“晓镜但愁云鬓改，夜吟应觉月光寒”，本身是并不艰深的描述，却使“难”“无力”“残”“尽”“干”这些抽象的悲哀一下子变得富有人间味、亲切感。具体分析这两句，“晓镜”句更人情，“夜吟”句人情之中更流露出一种飘然的寂寞。这六句诗下来，抽象的、具体的、人间的、宇宙的（花、蚕、蜡等）、叙述的、抒情的、描绘的、象征的都有了，一个世界已经诞生了。最后两句又有点超人间了，蓬山了，仙境了，不但有“此岸”而且有“彼岸”了。

回过头来看全诗：

“相见时难别亦难”是写一种不得相见——抒而言之，这是一种不得相应相和相通相悦相满足的悲哀。悲哀铭心刻骨、难尽难干、与生俱在，如蚕之吐丝至死、蜡之滴泪至无。东风百花，青春正在逝去。消极之中仍有一种体贴，一种眷恋，愁云鬓之改，觉月光之寒，并非槁木死灰，却又无可奈何。无奈之中遐思彼岸之蓬山，身无双翼而青鸟有翼，能为之殷勤探看乎？一丝希望，一点春心，袅袅无穷。

“昨夜星辰昨夜风”，这起句其实是了不起的。连用两个昨夜，过去的事已是永远的不复返的过去，星辰和风却这样的亲切可触，这样的历时不变。星辰与风与昨夜一样而人事已非，这七个字里不是包含着一种张力吗？首联、颈联都比较具体，中间夹一句概括性极强而无具体所指的妙喻。“身无彩凤双飞翼，心有灵犀一点通”，这两句在某种意义上已经脱离了全诗而被独立接受，并用来形容许多事情，乃至“文革”前后可以用这两句来批判“三反分子”的相互“呼应”！尾联淡淡的嗟叹，弥漫开去。从颈联的美好具体的回忆（在六首《无题》中其回忆的温暖应属绝无仅有），跳到“嗟余听鼓应官去，走马兰台类转蓬”，与“身无彩凤双飞翼”呼应，道出了作者的身不由己的怅惘。

“来是空言去绝踪”，没头没脑、横空出世的第一句。是一个梦吗？是许多梦想和渴望的抽象概括吗？与次句“月斜楼上五更钟”之间留下了空白，抽象与具体在这里交融而变得更加富有弹性。“梦为远别啼难唤”与“书被催成墨未浓”之间又是一片空白，谁梦了？谁书了？谁啼了？谁唤了？同一时间同一地点同一人？不同时间同一地点同一人？不同地点，同一时间两个人？（排列组合下去，设想绵绵。）此颔联又在首联及颈联间留下空白，使你觉得诗人在表达一种无法表达的心情，在想象一种难以想象的意境。颈联“蜡照半笼金翡翠，麝薰微度绣芙蓉”，似乎突入贵夫人的深闺（如果是小姐，似不应这样点缀嘉华），是梦入吗？是致书吗？是别后的回忆吗？连作者自己也似乎弄不明晰了，“刘郎已恨蓬山远，更隔蓬山一万重”。

从色彩、风致上看，此诗首联悲凉，“来是空言去绝踪”甚至是一种使人震惊的冲刺，幸有一句“月斜楼上五更钟”的平实之句，才使读者打了一个趔趄之后没有跌倒。颔联多情而且纤细，“墨未浓”云云有点女性化。颈联绮丽幽雅朦胧，让你觉得诗人对红尘生活诸多眷眷甚至不无非非之想。尾联又悲凉了，但悲凉已经“化开”，虽说“一万重”但也淡淡，没有什么新的刺激，而且尾联的节奏减缓，容量减少，读起来不吃力了。

“飒飒东风细雨来”此诗同样汇具象、抽象、典故、比喻、哲理、抒情于一炉，联与联之间的巨大反差使诗意闪烁而又无所不包。

综观之，当仍是对相知相悦相应相和的一种向往，雨细雷轻，在理想与现实之间，在人与人之间，这里有一种不事张扬却又相互吸引的情感力量，锁坚而香可入，井深而丝可牵。贾氏倾慕韩寿，甄妃向往曹植，感情世界中那些像烟一样无形的东西其实是无可阻挡的，那些深埋在井底的东西也终将汲出。而这一切又都不可能获得圆满的结果。春心与花争发，这该多么迷人，而终于成灰，又是多么悲凉。悲即美，这不是川端康成的命题吗？

“重帏深处莫愁堂”，这一首写得更加朦胧若隐若现，写相思的惆怅与清狂。失眠的夜晚，咀嚼着、品味着内心的深情。好事难全，神女、小姑又成就了什么？弱的菱枝承担着人间的风波，清爽的桂叶，因月露而益香。美在失却，爱在失却，理想在失却，都留下了某种沁人的芳香。

“凤尾香罗薄几重”，阻隔与希望共存。凤尾香罗是美的，“几重”却使美深藏。“碧文圆顶夜深缝”不但是美的，而且有一种难以触摸的神秘感。“扇裁”掩盖而又难掩，扇与羞都是阻隔又都不是那么决绝。“语未通”而能听到车走的雷声，这不也是“身无”而“心有”吗？寂寥是因为没有消息。“金烬暗”与未有的“石榴红”都在有无之间呈现一种婉转的美丽。终于抱着一丝希望，等待着能够“入君怀”的“西南风”的到来。

这是写爱情吗？当然是写爱情。这里有对逝去的妻子的思念吗？完全可能。这是写人生的自怨与自解吗？也是，每首诗的情境都是自相矛盾而又自成格局的。这是写作者政治上的坎坷、怀才不遇、怀情不遇？以致写到牛李党争给自己带来的厄运吗？完全可以这样解释。

“5W”没写清，但读者可以用自己最熟悉最痛感的“W”去补充。

汉语“空间”一词何其妙也！既空且间，诗句与诗联之间的空白、空隙、间离、间隔构成了这六首诗的谈不上宏伟阔大，却十分美丽深幽曲折有致的艺术空间。读者、学者、史家、传记家与诗人同行，大可以在它们的艺术空间中做出自己的选择、想象、补充与欣赏，这种“空”“间”便是通情与通境。不同的“W”的情感与不同的“W”的环境都可以与它们的艺术空间相通，而这种“空”与“间”的性质，正是李商隐这几首诗的绝妙之处。

那么，这样的艺术空间，这样的蒙太奇，这样的“W”的隐去或朦胧化，是怎样形成的呢？当然不会是李商隐受了什么什么流派理论的影响。通观这几首诗以及诗人其他一些抒情诗(如著名的《锦瑟》)的特点，套用一个既摩登又不合时宜的说法，这一类型的诗似可说成作者“向内转”的产物。只有当诗人致力于表现自己幽深婉转多愁善感的内心世界、感情世界的时候，他才会不知不觉地摆脱“5W”，不知不觉地摆脱某人某事的因果顺序，乃至摆脱时空限制、逻辑限制与语法限制。内心世界与“5W”的现实生活息息相关，因此诸诗不乏具体形象、具体描写以及时隐时现的某个或几个“W”。内心世界又不是绑在几个确定的、不可人的“W”上的，所以，内心世界的自由、广阔与瞬息万变的流动性又使得一首诗中出现属性大不相同的句、联。内心世界、感情世界的相反相成，使这些不甚连贯的诗句联成一体。每一句特别是每一联的功力使得它们既是整首诗的一个有机组成部分又具有独立存在的价值与魅力，有许多联就是离开全诗而被传诵至今的。汉字的整齐、七律的严格的格律，更从形式上、语言上、音乐感上帮助了每首诗的完整与统一，使一颗一颗的珍珠，一道一道的彩练，组合成一座又一座令人目眩神迷的艺术圣殿，却也是艺术迷宫。

“文章千古事，得失寸心知。”在这种“向内转”、淡化“W”、蒙太奇的手法造就了通情与通境的同时当然会遭到另一方面的批评，艰深曲奥，故弄玄虚，太不“返璞归真”，乃至雕琢过分。情发于中而成文，“文”反过来也可造境造情。不连贯的蒙太奇会带来某种随意性，随意性未必全是贬义，这里说的只是客观现象。随意性则会带来文字的与诗的排列组合的游戏性。中国文人读旧体诗早有集句的传统，集不同诗人的不同诗中的句子而能成“新”诗，不论你喜欢不喜欢这都是早有的存在。李商隐的这几首《无题》，也可以重新排列组合。例如：

车走雷声语未通，月斜楼上五更钟。

身无彩凤双飞翼，凤尾香罗薄几重。

神女生涯原是梦，碧文圆顶夜深缝。

春心莫共花争发，来是空言去绝踪。

对仗差了，仍可读下来。如果一联一联地集就更好办一些。例如：

昨夜星辰昨夜风，画楼西畔桂堂东。

梦为远别啼难唤，书被催成墨未浓。

几日寂寥伤酒后，一番萧索禁烟中。（此联集自韦庄诗）

刘郎已恨蓬山远，更隔蓬山一万重。

呜呼，知止而后有定，诗道恢恢，疏而多漏。再讲下去，不是有点“走火入魔”了吗？

图书在版编目（CIP）数据

人生即燃烧 / 王蒙著. -- 南京 : 江苏凤凰文艺出版社, 2020.5
ISBN 978-7-5594-4472-1

Ⅰ. ①人… Ⅱ. ①王… Ⅲ. ①散文集 – 中国 – 当代
Ⅳ. ①I267

中国版本图书馆CIP数据核字(2019)第292135号

人生即燃烧

王蒙　著

责任编辑　李龙姣
特约编辑　史义伟
装帧设计　所以设计馆
责任印制　刘　巍
出版发行　江苏凤凰文艺出版社
　　　　　南京市中央路 165 号，邮编：210009
网　　址　http://www.jswenyi.com
印　　刷　北京中科印刷有限公司
开　　本　880 毫米 ×1230 毫米　1/32
印　　张　9
字　　数　200 千字
版　　次　2020 年 5 月第 1 版　2020 年 5 月第 1 次印刷
书　　号　ISBN 978-7-5594-4472-1
定　　价　49.80 元

江苏凤凰文艺版图书凡印刷、装订错误可随时向承印厂调换
电话：（010）83670070